青少版

岳家将

〔清〕钱彩◎著
司马志◎改编

花山文艺出版社

图书在版编目（CIP）数据

岳家将 /（清）钱彩著；司马志改编 . —石家庄：
花山文艺出版社，2018.4
ISBN 978-7-80755-893-4

Ⅰ.①岳… Ⅱ.①钱… ②司… Ⅲ.①章回小说—
中国—清代 Ⅳ.① I242.4

中国版本图书馆 CIP 数据核字（2017）第 299573 号

书　　名：**岳家将**

著　　者：钱　彩

编　　者：司马志

责任编辑：梁东方

责任校对：杨丽英

美术编辑：胡彤亮

出版发行：花山文艺出版社（邮政编码：050061）
　　　　　　（河北省石家庄市友谊北大街 330 号）

销售热线：0311-88643221/29/31/32/26

传　　真：0311-88643225

印　　刷：三河市天润建兴印务有限公司

经　　销：新华书店

开　　本：880×1230　1/32

印　　张：11

字　　数：195 千字

版　　次：2018 年 2 月第 1 版
　　　　　　2018 年 2 月第 1 次印刷

书　　号：ISBN 978-7-80755-893-4

定　　价：35.00 元

　　岳家将、杨家将、薛家将、呼家将是我国古代小说中的四大英雄家族，它们在中国民间文学领域有着广泛的群众基础。

　　岳飞，字鹏举，是南宋著名的爱国将领。他忠君爱国、英勇杀敌，生前死后都赢得了人民深深的爱戴。在他被害不久，他的故事便开始在民间流传，至元明两代更是得到了更广范围的传播。如元杂剧中有《地藏王征东窗事记》，明代有传奇《精忠记》，等等。明代小说中有熊大木的《大宋中兴通俗演义》及据熊本删改的邹元标编订的《岳武穆王精忠传》、于华玉的《岳武穆尽忠报国传》等。至清初，则出现流传至今的这一版本，即清金氏余庆堂刻本的《说岳全传》，共 20 册 80 回，作者是清代小说家钱彩。

　　钱彩，字锦文，浙江仁和（今浙江杭州）人，约于清圣祖康熙年间前后在世。钱彩综合了历代说岳题材作品，并在此基础上进行加工改造，著出了《说岳全传》。《说岳全传》问世之后，其影响之大，使过去同题材的作品都相形见绌，从而成为这类题材的小说中带有总结性和定型化的作品。

《说岳全传》主要描写岳飞率领的岳家军抗击金兵侵略的故事。主要人物有岳飞、岳云、牛皋、汤怀、张显、王贵、陆文龙、岳雷等。本书所写的忠奸斗争是在南宋立国未稳、金兵大举进兵中原的特殊历史背景之下展开的。岳飞等爱国将领，力主抗战，收复失地；而以秦桧为首的权奸集团，则竭力主张卖国求和。因此，爱国与卖国、抗战与投降，便成为作品中反映的忠奸斗争的具体内容。

全书的主旨秉承了自宋以来延续数百年的忠君爱国思想，热情讴歌了岳飞及其岳家将尽忠抗敌、保家卫国的爱国主义精神，痛斥了秦桧等权奸投降卖国、残害忠良的无耻行径。而集中体现这一思想精华的，正是岳飞这一形象。岳飞勇武过人，智谋卓越，忠孝节义，精忠报国，是个理想化的人物。为了一个"忠"字，他可以置战场胜败于不顾，置身家性命于度外，慷慨就义，别无怨言。这一点，正是千百年来令千千万万读者感动的所在。

为了更方便青少年阅读，此次我们对钱彩所著的小说做了更精细的修改和整理，改名为《岳家将》，全书仍采用章回体形式，内容丰富，通俗易懂，值得一读。

目录

第一回　天遣赤须龙下界　佛谪金翅鸟降凡 1

第二回　泛洪涛虬王报怨　抚孤寡员外施恩 5

第三回　岳院君闭门课子　周先生设帐授徒 10

第四回　麒麟村小英雄结义　沥泉洞老蛇怪献枪 14

第五回　岳飞巧试九支箭　李春慨缔百年姻 20

第六回　沥泉山岳飞庐墓　乱草冈牛皋剪径 24

第七回　梦飞虎徐仁荐贤　索贿赂洪先革职 28

第八回　岳飞完姻归故土　洪先纠盗劫行装 33

第九回　元帅府岳鹏举谈兵　招商店宗留守赐宴 38

第十回　大相国寺闲听评话　小校场中私抢状元 43

第十一回　周三畏遵训赠宝剑　宗留守立誓取真才　……49

第十二回　夺状元枪挑小梁王　反武场放走岳鹏举　……52

第十三回　昭丰镇王贵染病　牟驼冈宗泽踹营　……57

第十四回　岳飞破贼酬知己　施全剪径遇良朋　……62

第十五回　金兀术兴兵入寇　陆子敬设计御敌　……66

第十六回　下假书哈迷蚩割鼻　破潞安陆节度尽忠　……70

第十七回　梁夫人炮炸失两狼　张叔夜假降保河间　……76

第十八回　金兀术冰冻渡黄河　张邦昌奸谋倾社稷　……79

第十九回　李侍郎拼命骂番王　崔总兵进衣传血诏　……82

第二十回　金营神鸟引真主　夹江泥马渡康王　……85

目录

第二十一回　宋高宗金陵即帝位　岳鹏举划地绝交情　88

第二十二回　结义盟王佐假名　刺精忠岳母训子　91

第二十三回　胡先奉令探功绩　岳飞设计败金兵　95

第二十四回　释番将刘豫降金　献玉玺邦昌拜相　98

第二十五回　王横断桥霸渡口　邦昌假诏害忠良　102

第二十六回　刘豫恃宠张珠盖　曹荣降贼献黄河　107

第二十七回　岳飞大战爱华山　阮良水底擒兀术　110

第二十八回　岳元帅调兵剿寇　牛统制巡湖被擒　114

第二十九回　岳元帅单身探贼　耿明达兄弟投诚　118

第三十回　破兵船岳飞定计　袭洞庭杨虎归降　122

3

岳家将

第三十一回　穿梭镖明收虎将　苦肉计暗取康郎　127

第三十二回　牛皋酒醉破番兵　金节梦虎谐婚匹　132

第三十三回　刘鲁王纵子行凶　孟邦杰逃灾遇友　135

第三十四回　掘陷坑吉青被获　认兄弟张用献关　140

第三十五回　九宫山解粮遇盗　樊家庄争鹿招亲　145

第三十六回　何元庆两番被获　金兀术五路进兵　149

第三十七回　五通神显灵航大海　宋康王被困牛头山　153

第三十八回　解军粮英雄归宋室　下战书福将进金营　157

第三十九回　祭帅旗奸臣代畜　挑华车勇士遭殃　160

第四十回　杀番兵岳云保家属　赠赤兔关铃结义兄　163

目录

第四十一回　巩家庄岳云聘妇　牛头山张宪救主 …… 168

第四十二回　打碎免战牌岳公子犯禁　挑死大王子韩彦直冲营 …… 172

第四十三回　送客将军双结义　赠囊和尚泄天机 …… 175

第四十四回　梁夫人击鼓战金山　金兀术败走黄天荡 …… 179

第四十五回　掘通老鹤河兀术逃生　迁都临安郡岳飞归里 …… 182

第四十六回　兀术施恩养秦桧　苗傅衔怨杀王渊 …… 185

第四十七回　擒叛臣虎将勤王　召良帅贤后赐旗 …… 189

第四十八回　杨景梦传撒手锏　王佐计设金兰宴 …… 193

第四十九回　杨钦暗献地理图　世忠计破藏金窟 …… 196

第五十回　打酒坛福将遇神仙　探君山元戎遭厄难 …… 203

5

岳家将

第五十一回　伍尚志火牛冲敌阵　鲍方祖赠宝破妖人　206

第五十二回　严成方较锤结义　戚统制暗箭报仇　209

第五十三回　岳元帅大破五方阵　杨再兴误走小商河　213

第五十四回　贬九成秦桧弄权　送钦差汤怀自刎　217

第五十五回　陆殿下单身战五将　王统制断臂假降金　221

第五十六回　述往事王佐献图　明邪正曹宁弑父　225

第五十七回　演钩镰大破连环马　射箭书潜避铁浮陀　228

第五十八回　再放报仇箭戚方殒命　大破金龙阵关铃逞能　232

第五十九回　召回兵矫诏发金牌　详噩梦禅师赠偈语　238

第六十回　勘冤狱周三畏挂冠　探图圄张总兵死义　242

6

目录

第六十一回　东窗下夫妻设计　风波亭父子归神　247

第六十二回　韩家庄岳雷逢义友　七宝镇牛通闹酒坊　251

第六十三回　兴风浪忠魂显圣　投古井烈女殉身　255

第六十四回　诸葛梦里授兵书　欧阳狱中施巧计　260

第六十五回　小兄弟偷祭岳王坟　吕巡检贪赃闹乌镇　264

第六十六回　牛公子直言触父　柴娘娘恩义待仇　268

第六十七回　赵王府莽汉闹新房　问月庵兄弟双配匹　272

第六十八回　牛通智取尽南关　岳霆途遇众好汉　277

第六十九回　打擂台同祭岳王坟　愤冤情哭诉潮神庙　281

第七十回　灵隐寺进香疯僧游戏　众安桥行刺义士捐躯　285

第七十一回　苗王洞岳霖入赘　东南山何立见佛　290

第七十二回　黑蛮龙提兵祭岳坟　秦丞相嚼舌归阴府　294

第七十三回　胡梦蝶醉后吟诗游地狱　金兀术三曹对案再兴兵　297

第七十四回　赦罪封功御祭岳王坟　勘奸定罪正法栖霞岭　302

第七十五回　万人口张俊应誓　杀奸属王彪报仇　305

第七十六回　普风师宝珠打宋将　诸葛锦火箭破驼龙　309

第七十七回　山狮驼兵阻界山　杨继周力敌番将　315

第七十八回　黑风珠四将丧命　白龙带伍连遭擒　319

第七十九回　施岑收服乌灵圣母　牛皋气死完颜兀术　325

第八十回　表精忠墓顶加封　证因果大鹏归位　333

　　残唐五代之时，朝梁暮晋，黎庶遭殃。有户姓岳的人家，家主名叫岳和。成亲多年，妻子姚氏一直无所出，直至四十这年，才为岳和生下了一个儿子。

　　岳飞出生这一天，陈抟老祖（陈抟老祖，一生好睡。他本是在睡中得道的神仙，世人不晓得，只说是"陈抟一困千年"）变化成一个道人模样来到岳家化斋。家丁回禀岳和，岳和让家丁将道人请了进来。道人进来后，岳和上前揖道："弟子姓岳名和，不敢动问道长法号，在何处焚修？"

　　道人答："贫道法号希夷，云游四海，到处为家。今日偶然来到贵庄，正遇见员外生了公子，不知员外可否愿把令郎抱出来，让贫道看看令郎今生的命运如何。"

　　岳和走进卧房对夫人姚氏道："外边有个修行了多年的道人，进门化斋，想要帮我们看看孩儿今生的命

1

运如何。"

姚氏道:"才生下的小儿,若血光污触了神明,甚不稳便。"

岳和道:"我也如此说。那道人传与我一个法儿,叫将雨伞撑了,遮身出去,便不妨事,兼且诸邪远避。"

姚氏道:"既然如此,老爷好生抱他出去,不要惊了他。"

岳和将孩子抱在怀里,又命一个产婆拿一把雨伞撑开,遮了头上,然后把孩子抱了出来。道人看了,赞不绝口道:"好个儿郎!请问员外可给孩子取名?"

岳和道:"小儿今日初生,尚未取名。"

老祖道:"贫道斗胆,替令郎取个名字如何?"

岳和道:"道长肯赐名,那是极妙的了!"

老祖道:"我看令郎相貌魁梧,长大后必然前程万里,远举高飞,就取个'飞'字为名,表字'鹏举',何如?"

岳和听了,心中大喜,再三道谢。然后把儿子抱进房中,将道人取的名字,细细讲给夫人,夫妻同欣喜。

随后,岳和再次来到中堂,款待道人。老祖道:"有一事告禀员外,贫道方才有一道友一同前来,往前村化斋去了。贫道与他约定,若有施主,邀来同享。今蒙员外盛席,想去邀这道友同来领情,不知尊意允否?"

　　岳和道："求之不得，不知这位师父在何处？待弟子去请来便是了。"

　　老祖道："出家人行踪无定，待贫道去寻来便是。"说罢便移步出厅。走到院中，老祖突然看到天井内有两件东西，连声道好。

岳和听到老祖道好，忙走到院中，看到老祖正在观赏他家里刚买回来不久的一对养鱼的花缸。老祖假意道："好一对花缸！"然后将拐杖伸到缸内画了个灵符，口中默默念咒，演法端正。他对岳和道："三日之内，若令郎平安，不消说得；但若有甚惊恐，可叫你妻子抱了令郎，坐在左首那只大花缸内，可保住性命。务必记得这些话，千万不要忘了！"岳和连声道："领命，领命！"然后，老祖就告辞而去了。

转眼到了三日后。这一日，岳和为贺添儿设席款待乡邻。大家齐声向他表示祝贺，有人提出想见见小公子，岳和便回到房中抱了出来，众人见后又是齐声称赞："好一个小官人。"正在这时，一个后生冒冒失失走到面前，摸了摸孩子的手，这下可糟了，孩子哇哇哭了起来。岳和哄了一会儿，他还是哭个不停，只好急忙把他抱回了内堂，交给了姚氏。

泛洪涛虬王报怨　抚孤寡员外施恩

5

可是姚氏哄了半天，小官人仍是啼哭不止，而且哭声有些怪异。这时候，岳和突然想起三日前那个道人对他说的话，便对姚氏道："夫人，前几天来的那位道长说如果孩子三日内受到什么惊吓，让夫人你抱着他坐进院中的花缸内，这样可保无事。"姚氏听了，急忙抱着孩子来到院中，坐在那口花缸内。果然，一进到那花缸内，小官人立刻止住了哭声。

可就在这时候，突然传来一声巨响，顿时天崩地裂，滔滔洪水漫将过来，岳家庄霎时变成了一片汪洋。岳和紧紧扳着花缸，姚氏在缸内大哭道："老爷，这是怎么了？"岳和叫道："夫人！此乃天数难逃！我将此子托付于你，你要好好保住我岳氏这一点血脉，那样我也可以瞑目了！"说到这里，岳和的手一松便随水漂流，不知去向了。

姚氏坐在缸中，随着水势，漂到了一个叫麒麟村的村庄里。村中有个富户，姓王名明，夫人何氏，夫妇都已年过半百。这一日，王明清早起来，坐在厅上与夫人叙话："夫人，我夜里做了一个梦，要请一个算命先生来圆梦。"王夫人道："若说算命，我不会；若是圆梦，我是极在行的，老爷且说来。"

王明道："我梦见空中火起，火光冲天，把我惊醒。不知这是吉是凶？"王夫人道："恭喜员外，火起必遇贵人。"

王明不信，王夫人道："我怎敢胡说。那日跟员外到县里去取钱粮，在书坊门口经过，就进去买了一本《解梦全书》。"说着便进房去拿了一本梦书，找出这一段递给王明看。

王明看后，果如夫人所说，心中不禁暗想：此地村庄地面，哪里会有贵人相遇？正半疑半信中，忽听得门外震天的喧嚷，便急忙走出庄去查看。

原来，不知哪里发大水，从上游漂过许多物件，村里人都在哄抢，故此喧嚷不止。这时候，王夫人远远望见一件东西漂来，上面有许多鹰鸟搭着翎翅，好像凉棚一般的盖在半空。便道："老爷快看，那边的鹰鸟怎如此奇怪？"王明抬头观看，果然奇异。

不一会儿，等那些鹰鸟漂近，却见鹰鸟羽翅下是一口花缸，里面坐着一个妇人，怀中抱着一个娃娃。王夫人走上前赶散了鹰鸟，对王明说道："老爷，难道这就是那个贵人？"王明走近一看，道："一个半老妇人，怎么能是我的贵人？"

王夫人道："她怀中抱着个孩子，漂流不死。古人说：'大难不死，必有后福。'况且这些鹰鸟护佑着他，长大了必定做官。难道不是贵人吗？"王明觉得夫人说得有一定道理，便上前问道："这里是河北大名府内黄县麒麟村。不知你居住何处？"姚氏听了，悲咽道："我乃相州汤阴县孝弟里永和乡岳家庄人氏，因遭洪水，我夫君被水冲去，不知死活，人口田产全部淹没。我命不该绝，抱着小儿坐在缸内，漂到此地来。"说着，又放声大哭起来。

王夫人道："老爷，把他们母子留在家中吧，让她做做帮工也好。"王明道："夫人说得有理。"便对姚氏道："老汉姓王名明，舍下就在前面。你若肯，可以到舍下暂住，待我派人前去探听你家的情况，如果你家员外还在，再派人送你回去，夫妻父子完聚，不知你意下如何？"姚氏道："多谢恩公！若肯收留我母子二人，真乃是重生父母。"

就这样，姚氏带着小岳飞在王员外家暂时住了下来。王员外随即便派人前往汤阴县探听，家人回报说当地水势已平复，但却没打听到岳家人的下落。姚氏得知这一消息，放声痛哭，王夫人再三劝解。从此二人情同姊妹一般。

一日闲话中，王夫人说起员外无子，姚氏便劝她让员外再娶一偏房。王夫人此前一直不曾作此想，主要是放不下嫉妒之心，王明敬她，她不同意自己娶妾，自己就绝不会这么做。如今姚氏苦劝王夫人，让她放开心胸。王夫人被劝解通了，便帮王员外又娶了一房妾室。到了第二年，果然得一子，取名王贵。王员外因此十分感激姚氏。

时光如梭，当年的岳家小官人已经长到七岁，王贵也已经六岁了。王员外请个训蒙先生到家，教他们两个读书识字。

这一日，王夫人对岳母道："令郎年已长成，你们母子可以去独立门户了。旁边有几间空房，各种物什一应俱全，你们可以搬到那边居住，吃穿用度，我自会派人按时送去。你觉得如何？"姚氏道："多蒙员外和夫人救我母子，大恩未报，一切都听员外和夫人安排。"

就这样，岳飞母子搬到了离王府不远的一座院子里。这一日，吃过早饭，姚氏对岳飞道："儿啊，你今年已经七岁了，不要再天天只想着玩耍。这里有一个柴扒、一只筐篮，明日开始你就上山去捡柴吧。"岳飞道："孩儿谨依母命。"

第二天一早，岳飞就拿了筐篮、柴扒上山捡柴，临走时还告诉母亲要关好家门。岳母在屋中答应，等岳飞走后，她不禁悲从中来，哭道："我可怜的儿啊，若是你父还在，何须你这小小年纪就出去捡柴，你本该坐在家中听夫子教诲才对啊！"

第三回

岳院君闭门课子
周先生设帐授徒 ◉

　　岳飞出了门，来到一座山上，看见有七八个男孩在地里玩耍。其中有两个男孩是王员外左右邻居家的儿子，他俩认得岳飞，便招呼岳飞跟他们一起来玩叠罗汉。

　　岳飞记得母亲之言，便没同意。结果那两个孩子却道："你若不肯陪我们玩，就打你这狗头！"说着这几个顽童就一齐上前想打岳飞，岳飞一下子推倒了三四个人，然后转身走了。众顽童见岳飞厉害，不敢追来，有几个还跑到岳家向岳母告状，说岳飞打了他们。

　　再说岳飞摆脱了那几个顽童后便开始拾柴。天色渐晚，他背着柴筐返回了家中。岳母见篮内都是枯枝没有柴草，便生气道："我叫你去拾柴草，你却去跟别人打架。况且这枯枝是别人种的花木，若被主人看见了，定会责打你。"岳飞见母亲生气了，连忙跪下道："母亲不要生气，孩儿明日再去拾柴草，也不再与人打架了。"岳母道："你先起来吧。你不用去拾柴了，我去向员外借几本书，明日开始我教你读书识字吧。"岳飞道，"谨依母命。"

第二天开始，岳母开始教岳飞读书识字。岳飞很聪明，一学便会，岳母很是欣慰。这一天，岳飞折了几根杨柳枝，做成笔的模样，又把沙子铺在桌上，然后开始在上面练字。

且说王员外的儿子王贵虽然只有六岁，却生得身强力大，气质粗鲁。这一天，王夫人教他下象棋，他不好好学，还用棋子打破了母亲的头。王员外知道后想要责打他，可王夫人却拦着不让，王员外道："你这般纵容他，只怕误了他的终生！"

正生气时，家丁来报，好友张员外张显之、汤员外汤文仲来访。原来这两位员外同样也在为自家儿子不听话而气恼，便都来找王员外诉苦。三人正闲话间，家丁又来报说，陕西周侗老相公来访。三人听后大喜，忙一同出门迎接。

王员外道："大哥，一别二十余年，不知老嫂、贤侄今何在啊？"周侗道："老妻去世已久，小儿跟了小徒卢俊义前去征辽，殁于军中。如今哥哥我真是举目无亲了啊。不知几位兄弟这些年过得如何，家中各有几个孩儿啊？"王员外道："不瞒兄长，我们几个正为这些孽障发愁呢。"

　　接着，三人就各自把自家儿子的事跟周侗讲了一番。周侗听后道："不是哥哥我夸口，有我在此，不怕治不服他们。"三人听了大喜道："既然如此，不知大哥肯屈留在此么？"周侗道："三位兄弟客气了，如果你们愿意收留我，我自当尽心尽力教导他们。"三位员外喜不自胜，纷纷致谢。

　　自此以后，周侗留在了王员外家，开始教导这几个孩子读书、习武。王员外特在府中择了一个安静的院落，作为学堂。

　　岳飞就住在王家隔壁，所以他经常在墙外踩着凳子偷偷听周侗讲书。这一天，周侗要到乡下去办事，临行前给几个孩子留了一道题目，让他们好好完成，自己回来会检查。

　　周侗走后，王贵等人便又开始淘气，不再用功。这时候岳飞看见先生外出了，想到学堂里看看，便走了进来。王贵看见他，一把扯住，跟其他几个孩子说道："汤哥哥，张兄弟，你两个人来看看这个人就叫岳飞，我爹爹常说他很聪明。今日先生出了题目要咱们做，不如咱们让他来代做，如何？"张、汤二人都称好。岳飞道："我没上过学堂，怕做不好，不中先生之意。"王贵等人告诉他应付一下即可，说完便跑出去玩耍了。

　　岳飞将三人平日所做的题翻出来查看，又走到先生位上坐下，将周侗的文章细细看了，心中对周侗不禁大加敬佩：

"我岳飞若得此人训教，不怕日后不成名！"想到这里，他站起身来，提着笔，蘸着墨，端过垫脚小凳，站在上边，在那粉壁上写下一首诗：

投笔由来羡虎头，须教谈笑觅封侯。

胸中浩气凌霄汉，腰下青萍射斗牛。

英雄自合调羹鼎，云龙风虎自相投。

功名未遂男儿志，一在时人笑敝裘。

最后又写上了"七龄幼童岳飞偶题"几个字，这才放下笔。这时候，王贵几人慌忙跑了进来，连声道："不好了！你快走，快走！"岳飞不如何故，急忙跑了出去。

第四回

麒麟村小英雄结义 ●
沥泉洞老蛇怪献枪

　　原来是周侗提前回来了，王贵等人担心被他发现捉岳飞代笔，所以慌里慌张地让岳飞快走。

　　周侗回到课堂坐下，猛然抬起头来看见粉壁上写着几行字。他站起身来，上前仔细观看，原来是一首诗。周侗读了一遍，觉得此诗虽不优美，但句法却可观，而且充满抱负。看到最后署名为岳飞，这才想起王员外曾说过，隔壁有个叫岳飞的孩子非常聪明，今天看了他作的诗，心想果然不假。周侗有心收他作学生，便对王贵几人道："你们几个做的好事！快去将岳飞叫来，就说先生我找他有事。"王贵几人也看见了岳飞作的诗，知道代笔之事已被发现，所以丝毫不敢推却，立刻去找岳飞了。

　　一会儿工夫，王贵便将岳飞带了过来。见了周侗，岳飞深深一揖，站在一边："听闻先生唤我，不知有何事差遣？"

周侗见岳飞虽小小年纪，却生得相貌堂堂，而且举止端庄，心中更喜。于是他命王贵取过一张椅子，让岳飞坐下，然后问道："这壁上的佳句，是你作的吗？"岳飞红着脸道："小子年幼无知，一时狂妄，还望老先生恕罪！"周侗又问："有表字吗？"岳飞应道："是先人命为'鹏举'二字。"周侗道："嗯，正好顾名思义。你的文字却是何师传授？"岳飞道："只因家道贫寒，无师传授，是家母教读的几句书，沙上学写的几个字。"

周侗沉默了一会儿，又道："你现在就回家去，对你母亲说我明日请她过来叙话，让她请王夫人相陪。"岳飞点头称是。第二天，岳母在王夫人的陪同下来到学堂。

周侗对岳母道："请岳夫人到此，别无话说。只因见令郎十分聪俊，老汉想将他收为义子，特请夫人到此相商。"岳母一听不觉泪流满面，说道："我并无三男两女，只有这一点骨血，还指望他接续岳氏一脉，故此事实难从命，还望见谅！"周桐道："夫人莫怪，老夫非唐突之人。因见令郎题诗抱负，日后必成大器，若无名师点拨，岂不可惜？老夫空有一身本事，传了两个徒弟，俱被奸臣害死。眼下虽然教着这三个孩子，可哪个又及得令郎这般英杰？只要认作父子称呼，既不用更名，也不用改姓。老汉愿以平生本事相付，待老汉百年之后，只要令郎能将我这几根老骨头掩埋在土，我就别无所求了！"

岳母一听此言，心中喜忧参半，却也不好再说什么了。岳飞走上前去道："请爹爹上坐，待孩儿拜见。"说罢便朝周侗跪了下去，拜了八拜。然后他又在母亲面前拜了三拜。岳母见事已至此，便同意了。王员外听说此事也十分高兴，立刻吩咐安排筵席，差人请了张达、汤文仲，一起来庆贺。

次日起，岳飞便进了学堂，跟王贵等人一同在周侗门下读书、习武。

时光荏苒，夏去秋来，这一年岳飞已经十三岁了。众兄弟们一同在书房朝夕读书。周侗教法精妙，几年下来，他们四人都成了能文善武的高手。这一日，正值三月天气，春暖花香，周侗对四人道："我的老友志明长老是个有德行的高僧，他在沥泉山，今日无事，我想去探望一下他。"岳飞道："爹爹独自一人前往，路上岂不寂寞，不如带我们一同去走走，既能与爹爹做伴，又能让我们去认识一下高僧，见见世面。爹爹以为如何？"周侗觉得有理便同意了。

五个人一同往沥泉山来。一路上春光明媚，桃柳争妍，不觉欣欣喜喜。

一路闲话，来到山前。上山后走了半里路左右，前面的茂林里现出两扇柴扉。周侗命岳飞去叩门。不一会儿，一个小沙弥走出门来，问道："哪一位？"周侗道："烦请通报你师父一声，说陕西周侗特来探望。"小沙弥答应后转身走了进去。片刻之后，志明长老便亲自来到门前迎接。

志明长老与周侗叙了旧，问起周侗近况。周侗道："小弟这几年只靠带这几个小徒。这个岳飞，乃是小弟螟蛉之子。"长老道："妙极！我看令郎骨骼清奇，必非凡品！"说完便吩咐小沙弥去备办素斋相待。

到了次日清早，周侗辞别长老要回去了。长老道："难得老友到此，且待用过早斋再去不迟。"周侗点头应了。岳飞吃完早斋，见爹爹和几个兄弟还没用完，便独自一人走出院外，想要四处逛逛。走着走着，便来到了不远处的沥泉洞。

只见半山坡一块大石头上面镌着"沥泉奇品"四个大字，正是苏东坡的笔迹。泉上有一个石洞，洞中伸出一个斗大的蛇头，眼光四射，口中流涎。岳飞连忙把身子一侧，让过蛇头，趁着势将蛇尾一拖。一声巨响，定睛再看时，手中拿的哪里是蛇尾，却是一条丈八长的蘸金枪，枪杆上有"沥泉神矛"四个字。

岳飞十分得意，手提着枪便回到庵中。见了周侗，岳飞把得来此枪的经过细细说了一遍。周侗听后大喜，志明长老听后道："恭喜老友啊！这沥泉原是神物，令郎得之，日后定有登台拜将之荣。"说罢走进云房取出一册兵书，上用锦匣藏锁，交与周侗。周侗吩咐岳飞好生收藏。

众人拜别志明长老后下山，回至王家庄。第二日，周侗命王贵等三人置备弓箭习射，然后将枪法传授给岳飞。

自此以后，岳飞双日习文，单日习武。周侗是东京八十万禁军教头林冲的师父，又传过河北大名府卢俊义的武艺，本事高强。他见岳飞是个练武的好苗子，恨不得把平生武艺全部传授给他。因此，在他的调教下，岳飞文武双全，比卢、林二人更高。

这一日，王员外等三人同周先生一同在庄前闲步，忽遇村中里长走上前来施礼道："昨日县中行下牌来小考，小人已将四位小相公的名字送入县中去了，特来告知。本月十五日要进城，员外们须早些打点打点。"周侗便对三个员外说道："各位贤弟，且请回去整备令郎们的考事罢。"众员外告别，各自回家。

周侗走进书房来，对张显、汤怀、王贵三人道："十五日要进城考武，你们回去，叫父亲置备衣帽弓马等，好去应考。"三人答应一声，各自回去。周侗又叫岳飞也回去与母亲商议，打点进县应试。岳飞禀道："孩儿有一事，难以应试！"周侗便问："你有何事？"

第五回

李春慨缔百年姻
岳飞巧试九支箭 ◉

岳飞禀道："孩儿不比王贵等三个兄弟有钱去置办车马，孩儿家中贫苦，没有钱准备这些，所以还是等下科再去不迟。"周侗心中也知道他说的不假。他想了一下，然后让岳飞跟他进了卧房。

进了卧房，周侗从箱子里取出一件半新半旧的素白袍、一块大红片锦、一条大红鸾带，放在桌上，说道："把这件衣服拿回去，让你母亲给你改一改，然后我再把王员外送给我的那匹马借给你，这样你的行头就全了。"岳飞听后连声道谢，然后便拿着衣服回家了。岳母连夜把衣服给他改了出来。

第二天，岳飞换好行头，跟着周侗一起来到县中校场。不多时，王员外等三人带着王贵三兄弟也赶到了。这时，各乡镇上的武童也都纷纷赶来，一会儿工夫就已人山人海。又过了一会儿，县主李春率人赶到，进到校场，在演武厅上坐定。

　　看到来赴考的人如此多，县主李春心中暗喜："今日若能选几个好门生，进京得中之时，连我也有光彩呀。"

　　周侗和岳飞坐在一旁，周侗侧着耳朵听那些武童们的箭声，听后不觉微微含笑。岳飞问道："爹爹为什么笑？"周侗道："我儿你没听见吗？只能听见那些武生的弓声箭响，却听不见鼓声响，岂不是很好笑吗？"原来，那李县主看射了数牌，中意的却一个也没有。不多时，轮到麒麟村的武生上场了。

　　汤怀立第一个发箭，张显立第二个发箭，王贵排在了第三。只见他们三人开弓发箭，果然奇妙，看得众人齐声喝彩，连那李县主都看得呆了。箭箭上垛，并无虚发。但闻擂鼓响，不听见弓箭的声音，直待射完了，鼓声方住。三人同上演武厅来。李县主大喜，问道："你三人弓箭，是何人传授？"汤怀忙上前禀道："家师是关西人，姓周名侗。"李县主道："原来令业师就是周老先生，他是本县的好友，久不相会，如今却在哪里？"汤怀道："现在下边茶棚内。"李县主听了，随即差人去请。

　　不多时，周侗带了岳飞到演武厅来，李县主忙下阶迎接，见了礼，分宾主坐下。周侗道："别来甚久，不知县主家中令郎几位？"李县主道："先室已经去世，只留下一个小女，十五岁了。周兄曾有令郎否？"周侗把手一招，叫道："我儿，过来见了叔父。"

岳飞应声上前，向李县主行礼。李县主道："令徒已经如此本领，令郎一定本领更是高强，可否展示一下？"周侗道："好说，好说。"李县主又问："令郎能射多少步数？"周侗道："小儿年纪虽轻，却开得硬弓，恐要射到二百四十步。"李县主口内称赞，心里不信，便吩咐："把箭垛摆列二百四十步！"

岳飞走下阶去，立定身，拈定弓，搭上箭，嗖嗖嗖连发了九支。那打鼓的从第一支箭打起，直打到第九支，方才住手。李县主大喜问道："令郎今年几岁了？可曾联姻否？"周侗道："虚度二八，尚未定亲。"

李县主道："大哥若不嫌弃，愿将小女许配令郎。"周侗道："如此甚妙，只恐高攀不起。"李县主道："相好弟兄，何必客套。小弟即此一言为定。"周侗谢了，即叫岳飞："过来拜谢了岳父。"岳飞即上来拜谢过。

岳飞回到家中，将周侗写的一封信交与母亲。岳母看过后大喜，拜过家堂祖宗，后又得知李小姐竟然与岳飞是同年同月同日同时生，这可真是良缘一桩。

岳飞次日听周侗吩咐："明日早些同我到县里去谢过李县主。"岳飞答应道："晓得！"次早天明，父子两个梳洗后步行进城。

　　岳飞见到县主李春，拜谢了赠亲之恩。李县主对周侗道："贤婿到此，无物相赠，小弟还有几十匹马未曾卖完，奉送令郎一匹如何？"周侗道："小儿习武，正少一骑。若承厚赐，自然是极好的。"

　　三人便起身，一同来到后边马房内，李县主命马夫取套杆，伺候他们挑马。三人正说话间，忽听得隔壁马嘶声响。岳飞道："听这叫声，是匹好马！不知在何处？"李县主道："贤婿果然有眼光。此马力大无穷，见了人乱踢乱咬，无人降得住，原本卖了出去却又被退回来，一连五六次，只得将它锁在隔壁墙内。不知贤婿能否将它降住？若降得住，相赠便是了。"随即叫马夫开了门。岳飞来到隔壁马厩，见是匹白马，心中甚是喜欢，便走到近前。那马见有人来，举蹄就踢，岳飞往后一闪，那马又回身来咬，岳飞趁势一把把鬃毛抓住，举起掌来就打，一连几下，那白马便老实了。

第六回

沥泉山岳飞庐墓 ◎
乱草冈牛皋剪径

白马安静下来后，岳飞仔细观看，果然是匹好马，浑身雪白，没有一根杂毛，他心中很是喜欢。

李春见岳飞降服了白马也很高兴，便命家人取来一副好鞍辔，放在马背上。周侗道："我儿，这马虽好，但不知跑法如何？你何不试试，我在后面仔细观察一番。"

岳飞飞身上马应道："使得！"然后便加上一鞭，放开马去。只见这匹马嗖的一声蹿了出去，一溜烟便没了踪影。周侗一时兴起，骑上马追了上去。

师徒二人尽了兴才收马，回到李县主家中。又叙了一会儿话，周侗与岳飞便告辞回家了。周侗跑马跑得热了，回到家就把外衣脱了，可不一会儿就觉得眼目昏花，头开始疼起来。过了一会儿，又觉胸腹胀闷，身子发寒发热起来。岳飞闻知，连忙过来服侍。谁知这病却一直不见好，到了第七日，越发严重了。众员外都赶来问候。

那周侗对岳飞道："你将我带来的箱笼物件，都取过来。"然后又对王员外三人道："难得众位贤弟们都在这里，如今愚兄病入膏肓，想来不久于人世了！岳飞拜我一场，无物可赠，惭愧我漂泊一世，并无积蓄，只有这些许物件，草草后事，望贤弟备办了！另外，沥泉山东南小山下有块空地是王贤弟家的产业，希望能将我葬在那里，不知王贤弟可否答应？"王明回道："当然可以。"周侗道："贤弟们若要诸侄成名，须离不得鹏举！"言毕，痰涌而终。时年七十九岁。岳飞痛哭不已，众人莫不悲伤。

灵柩停在王家庄，请僧道做了七七四十九日经事，随后送往沥泉山侧首安葬。殡葬已毕，岳飞便在坟上搭个芦棚，在内守墓。众员外时常叫儿子们来陪伴。

时光易过，日月如梭。过了冬，已是清明时节，众员外带了儿子们来上坟。一则祭奠先生，二则是来劝慰岳飞。王员外说道："鹏举！你老母在家，无人侍奉，不宜久居此地，就此收拾了，同我们回去吧。"岳飞执意不肯，众员外只得先回庄，留几个小兄弟在此。

几个兄弟正在劝岳飞回家，突然从旁边草丛中走出二十几个人来。原来他们想要到内黄县去，听说前面有个叫"乱草冈"的地方有个强盗武艺高强，在那里拦路抢劫钱财，便躲在了这里。岳飞给他们指了一条前往内黄县的路，他们道谢后便告辞了。

王贵道："大哥，那强盗不知是怎么样的？我们去看看也好。"岳飞道："我们又没有兵器在此，倘若动起手来该如何？"汤怀道："哥哥，咱们一身武艺，还怕几个强盗不成？"岳飞心中暗想："我若不去，众兄弟会把我看轻了，只道我没有胆量了。"于是便答应了。

四兄弟往后山转到乱草冈来。远远就望见那个强盗，只见他面如黑漆，身躯长大，骑着一匹乌骓马，手提两条四楞镔铁锏。马下跪着一群人，有十五六个，正在齐声讨饶。岳飞见状对王贵三人说道："我看此人气质粗鲁，可以智取，不可力敌。"说罢，他走了出来，大声说道："朋友，我是个大客商，伙计、车辆都在后边。这些人都是小本生意，有什么油水可取？放了他们，小弟我自会多送些银钱给大王。"那人听了便饶了众人，让他们去了。

众人走后，岳飞道："你若打得过我，我便自动奉送钱财，若打不过，一文钱也休想拿走！"那人怒道："我倒要看看你们有何本事，竟敢来捋虎须？"说罢便飞身下马，一拳往岳飞心口打去。岳飞把身子向左边一闪，然后飞起右脚来，一脚踢中那人的左肋，将他踢倒在地。

那人一骨碌爬将起来，大叫一声："气煞我也！"遂在腰间拔出一把剑来，就要自刎。岳飞道："你这朋友，真真性急！我又不曾与你交手，是你自己靴底滑，跌了一跤。你若自尽，岂不白送了性命？"那人回头看着岳飞问道："尊姓大名？何方人氏？"岳飞道："我姓岳名飞，就在此麒麟村居住。"那人道："你既住在麒麟村，可晓得有个周侗师父吗？"岳飞道："此人正是先义父，你怎么认得？"那人听了，便道："怪不得我输给你了，原来是周师父的公子。何不早说，小弟得罪了！"说完连忙拜将下去，岳飞将他扶起。

两个便在草地上坐了，细问来历。原来那人名叫牛皋，陕西人氏，祖上也是军汉出身。父亲临终前告诉他，要想成名，得去投周侗师父。因此父亲去世后，他便和母亲离乡到此寻访周师父。因没有拜见之礼，所以才暂时在这里抢些钱财，却不想正巧遇到了岳飞。

岳飞听后告诉了他义父已经去世，牛皋悲痛万分。止住哭声之后，牛皋又带岳飞几人前去拜见老母。牛母闻听周侗已经去世也是十分悲伤。岳飞劝道："老母休要悲伤，小侄虽不能及先义父的本领，却也得皮毛。今既到此，那就到我舍间居住，我四弟兄一齐操演武艺，如何？"牛母听后，方才高兴起来。

第七回

梦飞虎徐仁荐贤
索贿赂洪先革职

一日，村中里长告诉兄弟几人，相州节度都院刘大老爷行文到县，让各处武童到那里考试，取中的可以上京应试。

次日，岳飞骑马进城，来到内黄县衙门。岳飞走进内衙，拜见了岳父，道："小婿要往相州院考，特来拜别。还有一个结义兄弟也要去应试，只因前日未曾小考，要求岳父大人附册送考。"李县主道："贤婿义弟叫作什么名字？我把他添上。"岳飞道："叫作牛皋。"李县主吩咐从人记了补上，又道："贤婿到相州，待我写一封书你带去。"写好后，出来交付与岳飞，道："我有一个老友在相州做汤阴县县主，叫作徐仁，为人正直，颇有声名，贤婿可带这封书去找他，这补考诸事就省得办了。"

岳飞接书收好了，拜谢出来。回到家中，与众员外说道："方才到县里去，把牛兄弟名字也补上了。明朝是吉日，正好起身。"众员外应允。到次日，五兄弟拜别了父母，出庄上马，前往相州进发。

　　不一日，到了相州。众弟兄进了南门，走了里许，见一家店门上挂着一扇招牌，上写着"江振子安寓客商"。岳飞看那店中倒也洁净，便决定投宿在此。此时已是晌午，五兄弟先点了些酒菜。

　　客店老板江振子问五人要前往何处，岳飞说有封书信要交到汤阴县县主手中。江振子告诉他们出了店不远便是汤阴县衙，五兄弟吃过饭便来到县衙前。

　　这县主徐仁当夜刚刚得了一梦，这日升堂便让衙中一个名叫"百晓"的书吏为其解梦。

　　百晓问他梦中情形，徐县主道："昨夜三更时，我忽然梦见五只五色老虎飞上堂来，朝本县身上扑来，不觉惊惶而醒，出了一身冷汗，未知主何吉凶？"百晓道："恭喜老爷！昔日周文王夜梦飞熊入帐，后得子牙于渭水。"

　　就在这时，门役来禀道："内黄县有五位武士，口称县主李老爷有书求见。"徐县主立即吩咐请他们进来。五人来到公堂上，行礼已毕，将书信呈上。徐县主接书看了，又见五个人相貌轩昂，心中暗想：昨夜的梦，莫非会应在此五人身上吗？于是便道："明日我便带你们去参见都院刘大人。"岳飞等谢了县主，出衙回寓。

　　次日，五人来到辕门，因没有例钱，被中军洪先挡在了门外。五人在回寓途中遇到徐县主，说了此事。徐县主便让五人跟随自己来到辕门，拜见了刘都院。刘都院名光世，他见岳飞五兄弟个个相貌堂堂，魁伟雄壮，心中好生欢喜。这时中军洪先走上厅来禀道："这五个人的弓马甚是平常，中军已经见过。"徐县主上前禀道："这中军因未曾送得常例与他，故此诳禀。这些武生们三年一望，望大人成全！"洪先又道："若不信，敢与我比比武艺吗？"岳飞禀道："若大老爷出令，就与你比试何妨？"刘都院便同意了。

岳飞不慌不忙，取过沥泉枪，轻轻地吐个旗鼓，摆了一个"丹凤朝天"势，洪先举起叉一下往岳飞头上叉下去。岳飞把头一低，侧身躲过，拽回步，拖枪而走。洪先只道他输了，抢步便往岳飞背上叉来。岳飞转过身来，把枪向上一隔，将洪先的叉掀过一边，趁势倒转枪杆，在洪先背上轻轻地一捺。这洪先站不住脚，扑的一跤，跌倒在地，那股叉也丢在一边了。厅上厅下这些人禁不住喝声彩："果然好武艺！"洪先满面羞惭，抱头鼠窜地去了。

刘都院命徐县主带岳飞五人同到箭厅比箭。岳飞的箭术自然比其他四人更好，刘都院问他师从何人，岳飞禀道："先义父周侗教成我众弟兄的武艺。如今只求大老爷赏一批册，好进京去。倘能取得功名，日后就好重还故里了。"刘都院听了，大喜道："原来是周师父传授，难怪都是这般好

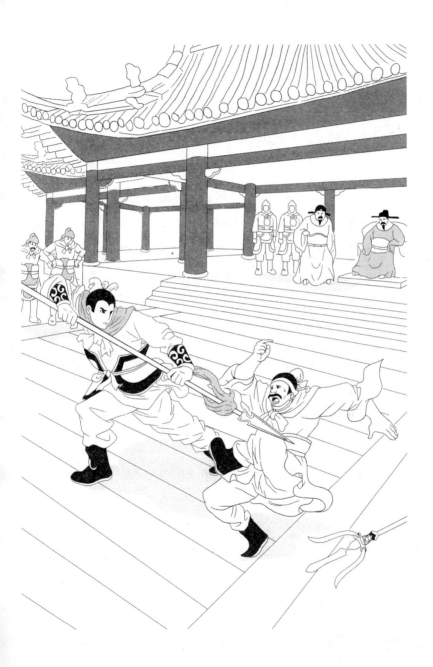

武艺。目下贤契可回去收拾，本都院着人送书进京，与你料理功名便是了。"又唤徐仁道："这个门生日后定有好处，贵县可差人替他查一查所有岳家旧时基业，查点明白，待本院发银盖造房屋，叫他仍归故土便了。"徐县主领命。

次日，三位员外正在王员外庄上谈论商酌，岳飞等五兄弟回到了庄上。几人走进厅内，岳飞向众员外作过揖，就将归宗之事——禀明。王员外不觉眼中流下泪来，说道："鹏举！你在此间，小儿辈正好相交。况且令尊遗命，叫小儿辈'不要离了鹏举，方得功名成就'。如今你要归宗，叫我怎生舍得？"岳飞道："小侄只因刘大人恩义，难违他命。小侄也舍不得老叔伯并兄弟们，可也是无可奈何呀。"张员外道："我倒有个主意，包你们一世不得分离。"汤怀急忙问张员外："是何主意？"张员外道："只留两房的当家人在此总管田产，其余人同岳贤侄迁往汤阴县，这样不就行了。"岳飞道："这怎么可以？老叔伯是大家，有许多人口，为了小侄都要迁往汤阴居住，也不是轻易的事，还求斟酌。"众员外道："我等心意相同，主意已定，鹏举不必多言。"

岳飞只得回家，与母亲说了众员外要迁居之事。

次日，岳飞别了母亲，备马进城来见岳父。岳飞将到了汤阴县如何禀见县尊，如何比试以及三位员外要随他一起迁居等事情全部禀告了岳父。

岳飞完姻归故土 ◉
洪先纠盗劫行装

李县主对岳飞道："老夫自从丧偶未娶，小女无人照看。我且不留你，你速速回去与令堂说明，明日正是黄道吉日，老夫亲自送小女过门成亲，一同与你归宗便是。"

岳飞谢过岳父后辞别出街，上马回转麒麟村来。众员外正好在堂前议论起身之事，岳飞道："岳父听说小侄归宗，他说家母无人侍奉，明日就要亲送小姐过来。这件事怎么处理？"众员外道："这真是大喜事啊！"王员外道："你那边恐怕房屋窄小，我这里空屋颇多。只需请你母亲来拣两间，收拾做新房便是了。"岳飞谢了，回去告禀了母亲，岳飞母亲自然欢喜。

这里王家庄上准备筵席，挂红结彩，热热闹闹，专等明日吉期。次日，一众乐人作起乐来，两个喜娘扶小姐出轿，与岳飞参拜天地，遂入洞房。岳飞出来再次拜谢了岳丈，与众员外见过了礼。李县主吃了三杯，起身道："小婿小女年幼，全仗各位员外提携。因我县中有事，不得亲送贤婿回乡了，就此拜别。"众员外再三相留不住，只得送出大门。

众人回至中堂，欢呼畅饮，尽醉方休。次日，岳飞要去谢亲，就同众兄弟们一齐进县辞行。过了三朝，齐集在王家庄上，五姓男女共有百余口，车子百余辆，骡马挑夫，离了麒麟村，往汤阴县进发。

过不得两日，来到一个所在，地名野猫村，此处一片荒郊，并无人家。汤、张二人前去打探后回来道："大哥，我两个直到十里之外，并无村落人家，从这里向西去三四里地，山脚下有一座土地庙。虽是冷落，殿上两廊，仅够歇息。"岳飞便吩咐一众车辆马匹跟着，汤怀引路，一直往土山脚下而来。

到了庙门，众人一齐把车辆推入庙内，安顿在两廊下。众夫人同李小姐和丫鬟们，都在殿上歇息。

岳飞对汤怀、张显道："二位贤弟，今夜便由你们二人在殿后破屋内看守。"二人点头称是。岳飞又对王贵道："三兄弟，你来看守左边墙壁残坏处，倘若左边有失，可要追究你的责任！"王贵也点头称是。接着岳飞又对牛皋道："右边的墙也快倒的了，你可守着右边！"牛皋高声答应。

将近二更，远处忽然传来一阵嚷闹声。渐渐地，一片火光，将近庙门，只听有人高声叫道："不要放走了岳飞！"岳飞这一惊不小，心中暗想："我年纪尚轻，从未与人结仇，何故会有人与我过不去？"

原来，来的不是别人，正是相州节度使刘光世手下的中军官洪先。此前比武败给了岳飞，刘都院将他革了职。他为此怀恨在心，听说岳飞举家要迁住汤阴县，便纠集了一班旧时伙伴，带着两个儿子洪文、洪武，到此报仇。岳飞见状心中暗想：冤家宜解不宜结。我和众兄弟只要守住了庙门，谅他们也进不来。等到天明，他们自然就去了。想到这里，便吩咐众兄弟好生把守。

可牛皋、汤怀都是血气方刚之人，哪能忍下这口气，见贼人前来挑衅，立刻提了武器冲出庙门。洪先等人自然不是牛皋等人的对手，几个回合下来，洪先的两个儿子便被打死了。洪先见两个儿子被杀，气得红了眼，举刀急朝岳飞砍来。结果还没到岳飞跟前，便被汤怀一步上前，一枪结果了性命。

那些小喽啰见洪先死了，各自四散逃命。岳飞知道，虽然他们杀的是贼人，但还是难免会吃官司，便与众兄弟商议该如何处理这件事。牛皋道："我有个主意，不如把这些尸首堆在庙里，我们寻些乱草树枝来，放一把火，烧他个干干净净！"岳飞笑道："牛兄弟这句话讲得极是，此法倒是可行。"随即让家眷随车马先走了。

风狂火骤，霎时间，把一座山神庙烧成了白地。岳飞和弟兄等上马提枪，赶上车辆，一同赶路。不到一日，众人便来到了相州。安顿好后，兄弟五人一起来到县衙，拜见徐县主，禀告了李县尊送女成亲，众员外迁来同居之事。

叙谈之后，徐县主同岳飞来到孝弟里永和乡。徐县主在马上对岳飞道："本县在鱼鳞册上，查出这一带是岳氏基地。都院大人发下银两，回赎出来，造了这几间房，你料理后搬进去便是了。"岳飞再三称谢。

岳飞请各家家眷搬进去。岳母想起旧时家业何等富丽，又思起先夫，不觉流下眼泪。岳飞道："母亲不必悲伤，眼下房屋虽小，也可安居，待日后儿子定会再造几间，让您安度晚年。"岳母收起悲伤，微笑点头。岳飞遂命摆酒，阖家庆贺。

到第二日，徐县主带领了这兄弟五个同到节度衙门。岳飞向刘都院叩谢道："大老爷天高地厚之恩，门生等不知如何回报！"

刘都院将岳飞唤到近前，悄悄说道："我日前已修书寄与宗留守，嘱他照应你考事，如今再写一封书你带去，亲自到那里当面投递。他若见了，必有好处。"说完又命人取来五十两银子，交给岳飞作为路费。岳飞再三称谢，收了书札银两，与众兄弟一同拜别而去。

　　次日，五兄弟各自去收拾盘缠行李包裹，捎在马上，拜别众人。岳飞又与李小姐作别，嘱咐了几句话。然后五兄弟便上马而去了。

　　不日来到京城，岳飞对众兄弟说道："贤弟们！我们进城须要把旧时性子收拾些。此乃京都，比不得在家里时。"四人点头称是。

　　五人在马上谈谈说说，行了几里路后，忽见一人气喘吁吁从后边赶了上来，把岳飞马上缰绳一把拖住，叫道："岳大爷！你把我害了，怎不照顾我！"岳飞回头一看，原来是江振子，便道："啊呀！你为何在此？我怎么害了你？"

第九回

元帅府岳鹏举谈兵
招商店宗留守赐宴 ◉

江振子道："不瞒大爷说，有个洪中军，他怪小的留了大爷们，带人把小人家中砸得粉碎，又吩咐地方不许容留小人在那里开店。小人无奈，只得搬到这里南薰门内开了个客寓。方才见大爷们几匹马打此过去，故此小人赶上来，请大爷们仍到小店去歇吧。"岳大爷欢喜道："这正是他乡遇故知了！"

四人跟着江振子来到店前，岳飞问江振子道："你先一步来到京师，可晓得宗留守的衙门在哪里？"江振子道："自然晓得。这位宗大老爷单名一个泽字，官拜护国大元帅，留守汴京，这时候还在朝中办事未回，要到午时过后，才会回府坐堂。"岳飞等人在店中吃了饭，又歇息了一会儿，眼见已经是晌午，便带着刘都院的书信，一同往宗留守处赶去。

五兄弟行了近半里路便来到了衙门。这时候，正遇到宗留守退朝回府。只见行路的人都两边立定，许多执事众军校随着，宗留守坐着大轿，威威武武，一路而来。轿子进堂后，只听得三梆升堂鼓，两边衙役军校，一片吆喝声。宗留守升坐公案，吩咐旗牌官："将一应文书陆续呈缴批阅。倘有汤阴县武生岳飞来，可着他进来。"旗牌官应一声："是！"

岳飞对众兄弟道："我先进去拜见，倘有机缘，兄弟们都有好处。"说完便进了辕门，对旗牌禀道："汤阴县武生岳飞求见。"旗牌道："你就是岳飞？来得正好，我家大老爷正要见你。"

岳飞随着旗牌直至大堂上，双膝跪下，道："大老爷在上，汤阴县武生岳飞叩见。"宗爷问岳飞："你几时来的？"岳飞道："武生今日才到。"说完便将刘节度的书双手呈上。宗泽拆开看了，把案一拍，喝声："岳飞！你这封书札出了多少银子买来的？从实讲来便罢，若有半句虚词，看夹棍伺候！"

岳飞见宗留守发怒，并未慌张，而是徐徐禀道："武生是汤阴县人氏，先父岳和，生下武生三日就遭黄河水发而丧于清波之中。武生淌至内黄县，得遇王明恩公收养。长大后，拜了陕西周侗为义父，学成武艺。因在相州院考，蒙刘大老爷思义，着汤阴县徐公，查出武生旧时基业，又发银盖造房屋，命我母子归宗。临行又赠银五十两为进京路费，着武生到此讨个出身，以图建功立业。武生一贫如洗，哪有银钱送与刘大老爷？"

宗泽听了这一番言语，心想：我久闻有个周侗，本事高强，不肯做官。既是他的义子，或者果有些才学。遂道："我的神臂弓，有三百斤，不知你能扯得动否？"岳飞道："且请来试一试。"

不一会儿，军校将宗泽自用的神臂弓并一壶雕翎箭，摆列在阶下。岳飞走上前，搭上箭，嗖嗖嗖一连九支，支支中在红心。放下弓，上厅来见宗爷。宗泽大喜，道："你惯用什么军器？"岳飞禀道："武生各件俱晓得些，用惯的却是枪。"宗泽道："好。"命军校："取我的枪来。"宗泽命岳飞："使与我看。"

岳飞应了一声，提枪在手，使出三十六翻身、七十二变化。宗泽看了，不觉连声道："好！"岳飞使完了枪，面色不红，喉气不喘，轻轻把枪倚在一边。宗泽道："果然是位少年英雄，若朝廷用你为将，你有何用兵之道？"岳飞道："武生之志，倘能进步，只愿：

令行阃外摇山岳，队伍端严赏罚明。

将在谋猷不在勇，高防困守下防坑。

身先士卒常施爱，计重生灵不为名。

获献元戎恢土地，指日高歌定升平。"

40

宗泽听了大喜，走下座来，双手扶起岳飞道："英雄请起。你果是真才实学。"叫左右："看坐来！"

岳飞谢过后，坐了下来。宗泽道："那些行兵布阵之法，也曾温习否？"岳飞道："古时与今时不同，战场有广、狭、险、易，岂可用一定的阵图？夫用兵大要，须要出奇，使那敌人不能测度我方虚实，方可取胜。用兵之妙，只要以权济变，全在一心也。"

宗泽听了这一番议论道："真乃国家栋梁！刘节度真会识人。可如今真不凑巧。"岳飞道："大老爷何出此言？"宗泽道："因现有个藩王，姓柴名桂，乃是柴世宗嫡派子孙，在滇南南宁州，封为小梁王。因来朝贺当今天子，不知听了何人言语，今科要在此夺取状元。圣上点了四大主考：一个是丞相张邦昌，一个是兵部大堂王铎，一个是右军都督张俊，一个就是本官。如今他三个做主，要定他作状元，所以说不凑巧。"岳飞道："此事还求大老爷做主！"宗泽道："为国求贤，自然要取真才，但此事有些周折。"

岳飞拜谢宗泽出了辕门。黄昏时，弟兄五人坐下饮酒。岳飞把宗留守看验演武之事说了一遍，

弟兄四个听了都很高兴，但岳飞却心中有事，暗想：这武状元若被王子占去，我们的功名就出于人下，哪里能讨得出身？一时酒涌上心头，不觉靠在桌上睡着了。

　　王贵、张显、汤怀三人见岳飞睡下了，也都在旁边的榻上睡下了。牛皋还不困，便决定到街上看看景致，遂轻轻走下楼来。

　　出了店门，见街上果然热闹。牛皋心里暗想：闻得东京有个大相国寺非常出名，何不到那里去游玩一番。便打听了路，一路来到了相国寺前。

　　牛皋随着人流走进天王殿，只见那东一堆人，西一堆人，围在一起。

原来是一个说书的摆着一个书场，聚了许多人，坐在那里听他说评书。

这人说的是北宋金枪倒马传的故事，故事讲得很是精彩，杨老令公带领八虎勇闯幽州。评书告一段落，这时候一位穿白衣的男子取出两锭银子递与说书的道："道友，我们是路过的，送轻莫怪。"旁边一穿红衣的男子道："大哥，两锭银子已经不少了。"穿白衣的道："兄弟，你不曾听见说我的先祖父子九人，百万军中没有敌手吗？莫说两锭，十锭也值！"穿红衣的道："原来如此。"牛皋暗想：原来为祖宗之事。他见二人往对门走去，便跟了过去。原来对门也有位说书人正在说书。

这位说书人说的是大唐名将罗成之事。听完后，穿红衣的拿出四锭银子给了说书人，说书的连声称谢。牛皋想道：难道这罗成是他的祖宗？

　　牛皋猜得没错。那个穿白衣的，姓杨名再兴，乃是山后杨令公的子孙。穿红衣的，是唐朝罗成的子孙，叫作罗延庆。杨再兴道："罗兄，咱们二人何不往小校场比比武艺。若能得胜，就在此抢个状元；若是不能得胜，下次再来！"罗延庆道："说得有理。"说完二人便回家准备了。

　　牛皋心道：还好有我在此听见，要不然，状元就被这两个狗头抢去了！牛皋急忙赶回来，见岳飞等人还在熟睡，心中想道：且等我去抢了状元来，送与大哥吧！于是便飞身上马，往校场而去。

　　来到校场门口，见到杨、罗二人，牛皋大声叫道："状元是俺大哥的！岂容你二人在此争夺？看铜！"可是牛皋哪是杨、罗二人的对手。幸好此时是在京中，二人不敢伤他性命。牛皋虽败了但还是不服，口中叫道："大哥，你怎还不来？再不来，状元就被别人抢去了！"杨再兴道："这个呆子口口声声叫什么大哥大哥，看来他大哥必定有些本事，不如我们在此等候，会一会他。"

　　岳飞睡醒来，看见三个人都睡着，只不见了牛皋，他的双铜原是挂在壁上的，如今却也不见了。岳飞急忙叫醒了王贵三人。问明店主牛皋去的方向，兄弟四人立即出门上了马，又在路上问明才知牛皋去了小校场，打听了小校场的位置后便直奔而去。离小校场不远时，岳飞几人便听到牛皋在大喊：

"哥哥若再不来，状元被别人抢去了！"

岳大爷急忙拍马进到校场，只见牛皋面容失色，口中白沫乱喷。又见一白一红两员小将各骑马匹，分使一把银枪、金枪，犹如天将一般，正在缠战牛皋。岳飞大叫一声："休得伤了我的兄弟！"杨、罗二人见了，两杆枪一齐向岳飞挑来。岳飞把枪往下一掷，二人的枪头着地。二人大惊，看了看岳飞，道："今科状元必是此人，我们去吧。"遂拍马而走。岳飞大叫："二位好汉慢行，请问尊姓大名！"二人回转头来，说道："我们乃山后杨再兴、湖广罗延庆是也。今科状元权且让你，日后再得相会。"说罢，拍马而去。

杨、罗二人走后，牛皋对岳飞道："我在此与他们相杀，无非要夺状元与大哥。不想这二人厉害得很，杀不过他。亏得哥哥赢了他，这状元一定是哥哥的了。"岳飞笑道："多承兄弟美意。这状元是要与天下英雄比武，无人胜得才为状元，哪里有两三个人私抢的道理？"

次日起来，用过早饭，汤怀、张显、王贵要去买剑，岳飞和牛皋跟他们一同前往。五人带着银两来到街上，看到一家店内摆列着几件古董，壁上挂着几幅名人书画，还有五六口刀剑。岳飞几人走进店中，问店主可有好刀好剑，拿出来让他们看看。店主道："要说好剑，只有一口，不在这店中，却在舍下。"说完便差人去请二相公出来。不多时，里边走出一个人来，道："哥哥，有何吩咐？"店主道："这几位相公要买好剑，想来是个识货的。你可陪众位到家中去，看看那一口。"岳飞细看那人，只见他：头戴一顶晋阳巾，面前是一块羊脂白玉；身穿一领蓝道袍，脚蹬一双大红朱履；手执湘妃金扇，风流俊雅超然。

岳飞等人随着二相公来到一座庄门，门外一带俱是垂杨，低低石墙，两扇篱门。二相公推开门，请岳飞几人进了草堂。行礼坐下后二相公道："先请教列位尊姓大名，贵乡何处？"岳飞道："在下相州汤阴县人氏，姓岳名飞，字鹏举。"二相公道："久仰，久仰！"

岳飞见屋内有一副对联，上联是"柳营春试马"，下联是"虎将夜谈兵"。岳飞道："请教先生尊姓大名？"那人道："在下姓周，贱字三畏。"然后他从屋内拿出一把剑，道："请岳兄看剑。"岳飞就立起身来，接剑在手，道："周先生，请收了进去罢！"周三畏道："岳兄既然看了，为何不还价钱？难道还未中意么？"岳飞道："周先生，此乃府上之宝，价值连城。谅我等不敢妄想，休得取笑！告辞了。"周三畏道："岳兄请留步，既识此剑，小弟还要再请教。"

接着，周三畏道："学生祖上原系世代武职，故遗下此剑。今学生已经三代改习文学，此剑并没有什么用。祖父曾嘱咐子孙道：'若后人有识得此剑出处者，便可将此剑赠之，分文不可取受。'今岳兄既知是宝剑，必须请教，是不是此剑之主，还未定呢。"岳飞道："小生意下疑是此剑，但说来又怕不是，岂不贻笑大方？今先生必要问，倘若错了，请勿见笑。"周三畏道："有幸见教，在下洗耳恭听！"

　　岳飞道："此剑出鞘即有寒气侵人，乃是春秋之时楚王命炼剑大师欧阳冶善打造的'湛卢'。唐朝大将薛仁贵曾得之，如今不知为何落于先生之手？不知这剑是否如我口中所说？"

　　周三畏听了这一席话，不觉欣然笑道："岳兄果然博古，确是此剑。此剑埋没数世，今日方遇其主。请岳兄收起！他日定当为国家之栋梁，也不负我先祖遗言。"岳飞道："他人之宝，我怎敢擅取？绝无此理。"周三畏道："此乃祖命，小弟怎敢违背？"岳飞再三推辞不掉，只得收下，佩在腰间，拜谢了相赠之德。告别了周三畏，兄弟几人又到街上，王贵三人一人买了一把剑。

　　次日清早，众弟兄一齐进了校场，只见各省都有大批举子赶来，人山人海，拥挤不开。

　　天色渐明，九省四郡的好汉俱已到齐。只见张邦昌、王铎、张俊三位主考官一齐进了校场，到演武厅坐下。不多时，宗泽也到了，上了演武厅，与三人行礼毕，坐着用过了茶。张邦昌开言道："宗大人的贵门生，竟请填上了榜罢！"宗泽道："哪有什么敝门生，张大人为何如此说？"张邦昌道："汤阴县的岳飞，岂不是贵门生么？"张邦昌说出了"岳飞"两字，倒弄得宗泽脸红心跳，半晌后才接道："此乃国家大典，岂容你私自检验？如今必须对神立誓，表明心迹，方可开试。"即叫左右："过来，与我摆列香案。"立起身来，先拜了天地："信官宗泽，浙江金华府义乌县人氏。蒙圣恩考试武生，自当诚心秉公，拔取贤才，为朝廷出力。若存一点欺君卖法、误国求财之念，必死于刀箭之下。"誓毕起来，就请张邦昌过来立誓。

张邦昌暗道：这个老头儿好混账！如何立起誓来？可事已至此，他也只得跪下一同立誓。王铎和张俊见张邦昌立了誓，也都跪下立了誓。

四位主考立誓已毕，回到演武厅上坐。宗泽心里暗想：他三人主意已定，这状元必然要选中小梁王柴桂。不如传他上来，先考他一考。便命旗牌道："传南宁州的举子柴桂上来。"柴桂上来后作了一揖，站在一边。宗泽道："你就是柴桂吗？"柴桂道："是！"宗爷道："你既来考试，为何参见不跪？"柴桂无可奈何，只得跪下。

那张邦昌看见，急得好生焦躁：也罢！待我也叫他的门生上来，骂他一场，好出口气。于是使命旗牌把岳飞叫来。岳飞上厅，看见柴王跪在宗爷面前，他便跪在张邦昌面前叩头。张邦昌道："你就是岳飞么？"岳飞应声道："是。"张邦昌道："有何本事，竟敢妄想作状元？"岳飞道："小人怎敢妄想作状元。今科场中，有几千举子都来考试，哪一个不想作状元？武举也不过随例应试，怎敢妄想？"

张邦昌本是要骂他一顿，不料岳飞回出这几句话来，便道："也罢！先考你二人的本事如何。"遂出了个题目让二人作答。

岳飞和柴桂二人领命后，就在演武厅两旁摆列桌子纸笔，各去作论。不一会儿岳飞就上来交卷，柴桂此时觉得还未答妥，但见岳飞已交卷，便也只得交上卷来。

张邦昌将梁王的卷子看了一下，然后就卷进袖子里。接着又岳飞的文字，心中不免吃惊："此人文才，比我还好，怪不得宗老头儿爱他！"可表面上却并未表露出来，反而故意喝道："这样文字，也来抢状元！"说罢把卷子往下一掷，喝道："又出去！"宗泽见状，急忙喝令住手，然后命左右捡起岳飞的卷子呈上来。宗泽展开细看，心中大喜：真是言言比金石，字字赛珠玑啊！张邦昌这奸贼果真是轻才重利。想到这儿，他故意对岳飞道："你这样才能，怎能取得功名到手？你岂不晓得苏秦献的《万言书》、温庭筠代作的《南花赋》么？"

第十二回

夺状元枪挑小梁王 ◉
反武场放走岳鹏举

张邦昌听得宗泽说出那两桩故事，听出他是在骂自己妒贤嫉能，不免有些心虚。他急忙转移话题，道："岳飞，先不论诗书如何，我问你，你敢与小梁王比箭么？"岳飞道："老爷有令，末敢不从。"宗泽心中暗喜：若说比箭，此贼就上了当了！便吩咐左右："把箭垛摆列在一百数十步之外。"

柴桂见靶子很远，就向张邦昌禀道："在下弓软，先让岳飞射罢。"岳飞不慌不忙，立定了身，当天下英雄之面，开弓搭箭，真个是弓开如满月，箭发似流星，嗖嗖嗖一连射了九支。

柴桂暗想："箭是比他不过了，不如与他比武，以便用言语打动他，让这状元与我。若不依从，趁势把他砍死。"算计已定，就禀道："岳飞之箭皆中，倘然柴桂也中了，何以分别高下？不如与他比武罢。"张邦昌听了，就命岳飞与柴桂比武。柴桂随即走下厅来，整鞍上马，手提着一柄金背大砍刀，叫声："岳飞！快上来，看孤家的刀！"岳飞倒提着枪，慢腾腾地懒得上前。宗泽见状心中有些着急：难道他临场胆怯，若是如此，倒枉费了我一番心血！

柴桂见岳飞来到面前，便轻声道："岳飞，孤家有一句话与你讲，你若肯诈败下去，成就了孤家大事，孤家定会重重赏你；若不依从，怕你性命难保！"岳飞道："千岁乃是堂堂一国藩王，富贵至极，何苦要占夺一个武状元，反丢却藩王之位，与这些寒士争名？岂不上负圣主求贤之意，不如还让众举子考。"柴桂听了大怒，遂举起刀来，当当当，一连六七刀。岳飞使个解数，叫作"童子抱心势"，东来东架，西来西架，自然不会被他砍到。

柴桂收刀回马，转演武厅来。岳飞亦随后跟来，看他要如何。只见柴桂下马上厅来，禀张邦昌道："岳飞武艺平常，怎能上阵交锋？"岳飞随后道："如今只求各位大老爷做主，令梁王与武举各立下一张生死文书。不论哪个失手，伤了对方性命，都可以不负责任。"宗泽道："这话也说得是。自古道壮士临阵，不死也要带伤，那里保得定？柴桂你愿不愿呢？"

柴桂心中自是不愿，但事已至此也只得在文书上画了押。随后，二人一齐下厅来，岳飞上马，找到王贵，对他说道:"王贤弟,你整顿好兵器,在校场门首等候,我若是被梁王砍死了,你为我收尸。若是我败下来,你便把校场门砍开,等我好逃命。这一张生死文书,帮我好生收着。倘然没了,我命休矣!"吩咐已毕,转身来到校场中间。

柴桂与岳飞立了生死文书之后心里便有些慌张了,急忙回到帐房之中对众家将道:"本藩今日来此考武,稳稳要夺个状元。不期偏偏遇着这个岳飞,要与本藩比试,立了生死文书,不是我伤他,便是他伤我。你们有何主见赢得他?"众家将道:"这岳飞有几个头,敢伤千岁?朝中自有张太师等做主,何必怕他?"柴桂听后觉得有理,便重新披挂上马,来到校场中间,刚好岳飞也到了。

柴桂抬起头来,只见岳飞雄赳赳,气昂昂,他心中不免又生出一些胆怯,叫道:"岳兄,依着孤家所言可好?你若肯把状元让与我,少不了你的榜眼、探花。"岳飞道:"若以威势相逼,不要说是举子一人,还有天下许多举子在此,都是不肯服的!"柴桂听了大怒,提起金背刀,照岳飞顶梁上就是一刀。岳飞把沥泉枪一架,震得那柴桂两臂酸麻,叫声:"不好!"不由得心慌意乱,再一刀砍来。岳飞又把枪轻轻一举,将柴桂的刀绕过一边。

岳飞耍了一枪,往柴桂心窝里刺来。柴桂头望下、脚朝天被挑于马下,岳飞再挑一枪,结果了柴桂性命。那些护卫兵丁等，俱吓得面面相觑。巡场官当下吩咐众护兵："看守了岳飞，不要让他走了！"岳飞神色不变，下了马，把枪插在地上，马拴在枪杆之上等令。

柴桂手下家将各执兵器抢出帐房来，想要给他报仇。张显用钩镰枪，将一座帐房扯去了半边，大声吆喝道："你们谁敢擅自动手，不要惹我们众好汉动起手来，不然顷刻间叫你们性命难保！"吓得这些家将不再敢上前。

忽听得张邦昌传令："将岳飞斩首号令！"宗泽大喝一声："住手！"说完一手扯了张邦昌的手，一手搀住王铎的手，说道："这岳飞是杀不得的！他二人已立下生死文书，各不偿命，你我都有印信落在上面。若杀了他，恐这些举子不服，你我俱有性命之忧。此事必须奏明圣上，请旨定夺才是。"张邦昌道："岳飞乃是一介武生，敢将藩王挑死，罪该问斩！"这时候，牛皋在台下大声喊道："天下多少英雄来考，哪一个不想功名？如今岳飞武艺高强，挑死了梁王，不仅不能作状元，反要将他斩首，我等实在不服！不如先杀了这瘟试官，再去与皇帝老子算账罢！"众武举齐声喊叫："我们三年一望，前来应试，谁人不望功名？今梁王倚势要强占状元，屈害贤才，我们反了罢！"这一声喊，趁着大旗又倒下，犹如天崩地裂一般。宗泽将两手一放，叫声："老太师！你听见了吗？"

张邦昌与那王铎、张俊三人，看见众举这般光景，顿时手足无措，一齐扯住了宗泽的衣服，希望他能想办法平息众怒。

宗泽道："你看人情汹汹，众心不服，奏闻一事也来不及。不如先将岳飞放了，先解了眼前之危，再作道理。"三人齐声道："甚是，甚是。"于是下令给岳飞松绑。岳飞保了性命，也不上前叩谢，直接取了兵器，跳上马，往外飞跑。牛皋引了众弟兄随后赶上。王贵在外边看见，忙将校场门砍开，五个弟兄一同逃了出去。

岳飞弟兄五个逃出了校场门，来到留守府衙门前，一齐下马，望着辕门大哭一场，拜了四拜后，起来对把门巡捕官说道："烦请跟宗大老爷说，我岳飞等今生不能补报，待转世来效犬马之力罢！"说完，几人便上马回到寓所收拾了行李，准备回乡。

众官见武生已散，便吩咐梁王的家将收拾尸首，然后一同来到午门。张邦昌奏道："今科武场，宗泽门生岳飞挑死了梁王。"幸亏宗泽是两朝大臣，最后只被削了职。

宗泽回到衙中，把门巡捕跪下禀告了岳飞等人离开之言，宗泽听后深觉惋惜，思忖之后决定带人前去追赶。出城追了二十余里，远远望见岳飞几人在前。岳飞见宗泽赶来，急忙带着几个兄弟一齐下马跪拜："门生等蒙恩师救命之恩，未能报答，今日逃命心急，因此来不及面辞。不知恩师赶来有何吩咐？"宗泽道：

"老夫如今被圣上削职，因此特来一会。尔等不必介怀，只怕朝廷放不下我。此次权当安闲数日罢了。"又叙了一会儿话，宗泽问家将："此处可有什么住所？"家将禀道："前去不下半里，乃是李大老爷的花园，可以借宿。"宗泽便同众人上马前行。来到李家花园安顿好之后，宗泽送给岳飞一副盔甲衣袍。

次日清晨，岳飞等拜别了宗泽后再次上路。宗泽也带领从人回了城。岳飞等五人在路上说起宗泽的恩义："真是难得！为了我们反累他削了职，不知何日方能报答他？"就这样行了几十里路之后，他们来到昭丰镇，找到一家客店安歇。

且说太行山金刀王善，差人打听到梁王被岳飞挑死，圣旨将宗泽削职归农，停止武场，于是便召储了军师、诸将，开言道："如今奸臣当道，梁王已死，宗泽又被削职，朝中再无能人，因此孤家意欲趁此时夺取宋室江山，卿等怎么看？"军师田奇连声称好，王善大喜，遂点马保为先锋，偏将何六、何七等，带领人马三万，扮作官兵模样，分作三队，提前出发。王善同田奇等率领大兵随后，一路往汴京行进。离城五十里，放炮安营。这里守城将士闻报，很是慌张，忙把各城门紧闭，添兵守护，一面入朝启奏。

徽宗听说后忙登金銮大殿，宣集众公卿，询问谁可前去

御敌，这时李纲出列奏道："臣李纲启奏陛下，王善兵强将勇，蓄谋已久；只因畏惧宗泽，故而不敢猖獗。今若要退贼军，须召回宗泽领兵，方保太平。"徽宗准奏，即刻传旨命宗泽入朝，领兵退贼。

宗泽趁机以被削官职、愤恨填胸等由，迫徽宗将兵部尚书王铎设计拿下，然后才答应领旨入宫见驾。徽宗即刻复了宗泽原职，张邦昌趁机奏说，王善只是乌合之众，只要派兵五千便可退敌，徽宗准奏。就这样，宗泽带领儿子宗方只带着五千兵士便前去应敌了。

临行前，宗泽对儿子道："我儿，为父被奸臣妒害，五千人马怎能杀退这四五万喽啰？我儿好生固守，待为父单枪独马，杀入贼营。倘为父的不能取胜，死于阵内，以报国恩，我儿即领兵回城，保你母亲家眷回归故土，不得留恋京城。"吩咐完毕，便匹马单枪出本营，去闯王善的营盘。

宗泽一马冲入贼营，大叫一声："贼兵挡我者死！避我者生！看宗留守来踹营也！"所到之处，人逢人倒，马遇马伤。众喽啰哪里抵挡得住，慌忙报告。王善心中想道：那宗泽乃宋朝名将，又是忠臣。今单身杀进营来，必须是被奸臣算计，万不得已，不会如此！孤家若得此人归顺，何愁江山得不到手？想到这里，便命五营大小三军："速出迎敌！只要生擒活捉，不许伤他性命！"众将答应一声："得令！"就将宗泽重重叠叠围裹起来，大叫："宗泽！此时不下马，更待何时？"

第十四回

岳飞破贼酬知己
施全剪径遇良朋

再表岳飞几人。这一日，岳飞几人正在店内喝茶，忽听店主人和小二说起太行山盗贼起兵抢城、宗泽领兵退敌之事。岳飞跟几个兄弟商议后决定前去支援。

随即，岳飞、汤怀、张显先行上马，王贵因前一天吃坏了肚子，所以牛皋与他随后赶来。

岳飞三人先来到牟驼冈，抬头观看，果然是宗泽的旗号。岳飞说道："恩师精通兵法，怎么扎营在冈上？此乃不祥之兆。我们快前去看看。"进到营中，岳飞见到宗方，便问："令尊大人素练兵术，精通阵法，却为何结营险地？"宗方泪流两颊，便将被奸臣陷害，不肯发兵，宗泽只能匹马单枪已端入贼营之事细细说了。岳飞听后道："公子，待我同愚兄弟们下去，杀入贼营内，救出恩师便是。"

三人奋勇当先，冲进敌营，那些喽啰怎能抵挡得住，个个被杀得人仰马翻。此时，宗泽正被众贼困在中央，杀得气喘不住。正在危急之际，猛听得一片声齐叫道："枪挑小梁王的岳飞杀进来了！"宗泽正在疑惑，只听得一声呐喊，果然是岳飞杀到面前。宗泽大喜，道："老夫在这里！"岳飞上前道："恩师，门生来迟，望乞恕罪！"说声未绝，只见汤怀从左边杀来，张显从右边杀来。岳飞道："二位兄弟，恩师在此，我们并力杀出营去！"

此时牛皋、王贵也已经赶来，一齐杀入营中。王善听闻有人来救宗泽，忙上马，提刀出营。王贵看见王善出营，便一马当先，直奔王善。牛皋大叫："王哥哥，不要动手，这个狗贼就由我来收拾吧！"说完便冲过来，一刀将王善砍于马下。

王贵下马取了王善首级，挂在腰间，看见王善这口金刀很是中意，就把自己的刀撇下，取了金刀。众贼兵看见主帅已死，料难以抵挡，就都奔逃到山顶上。宗方看见贼营已乱，领军冲下，直抵贼营乱杀。

岳飞见已助阵完毕，便欲拜辞宗泽。宗泽却道："你有此大功，哪能就这样走了。待老夫明日进朝禀奏天子，会有好消息告诉你的。"岳飞听后，便在营中歇了一夜。到了次日，宗泽带领兄弟五人来到午门。宗泽入朝，向徽宗奏道："臣宗泽奉命领兵杀贼，被贼兵围困不能冲出。幸得汤阴县岳飞等弟兄五人杀入重围，救了臣命，又诛了贼首王善等人，俱有首级报功。降兵一万余人。收得车马粮草兵械，不计其数，候旨发落。"徽宗听奏大喜，传旨宣岳飞等五人上殿见驾。

徽宗问张邦昌，岳飞等人该封何职，张邦昌一直对岳飞怀恨在心，便奏报说："因他们在武场有罪，所以可以将功折罪，封赏待日后有功再赏不迟。"徽宗准奏。传下旨来，岳飞谢恩退出。宗泽心中大怒，暗骂：奸贼！如此妒贤嫉能，天下怎得太平！

岳飞等人在辕门首等候宗泽，宗泽愧道："老夫本想力荐你等，不料被奸臣阻拦。我看此时不是图功名的时候，贤契等不如暂请回乡，再等机会罢了！"岳飞等人谢过宗泽后启程返乡。

途中五人遇到一伙人，跟踪而来。其中一人对他们道："前边红罗山有强盗阻路，我们的行李都被抢去了，你们还是另择他路吧。"牛皋听后大喜道："快活，快活！又是好买卖到了！"

岳飞等人赶到山前，果有五人在此阻路打劫。岳飞五人与他们交战在一起。几个回合之后，对方为首一人似乎认出了岳飞是谁，急忙唤其他四个兄弟住手，然后问道："我看你有些面善，不知从哪里来？"岳飞道："我等是汤阴县举子，从武场返回，哪里认得你们这班强盗！"那人道："难道你就是枪挑小梁王的岳飞么？"岳飞道："是也！"那人听了，

慌忙下马来，连忙行礼道："穿了盔甲，一时认不出，多多
得罪了！"岳飞下马扶住道："好汉请起，为何认得小弟？"
那人说自己名叫施全，四兄弟分别是赵云、周青、梁兴和吉
青。他们五人是结义兄弟，原本是来抢武状元，不料因岳飞
挑死小梁王之事武场罢科，于是便想回家。但一想又无家小，
便决定去投奔岳飞，因囊中羞涩，所以想在半路劫些钱财以
作见面礼。岳飞听后，大喜，忙请众位上山，摆了香案，一
齐结为兄弟。随后，施全五人收拾行李，跟随岳飞一齐回转
汤阴居住，终日修文演武，讲论兵机战法。

第十五回

金兀术兴兵入寇 ●
陆子敬设计御敌

　　且说北地女真国黄龙府，有一个总领狼主，名叫完颜乌骨达，国号大金。完颜乌骨达生有五子：大太子名为粘罕，二太子名为喇罕，三太子答罕，四太子兀术，五太子泽利。又有左丞相哈哩强，军师哈迷蚩，参谋勿迷西，大元帅粘摩忽，二元帅皎摩忽，三元帅奇握温铁木真，四元帅乌哩布，五元帅瓦哩波。管下六国三川不少地方，却对中原花花世界一直心中向住，因此一心要夺取宋室江山。

　　这一日，老狼主登殿，哈迷蚩奏道："臣到中原探听消息，老南蛮皇帝让位与小皇帝钦宗。这小皇帝自即位以来，不理朝政，专听奸臣之言，那些关塞并无好汉保守。今狼主要夺中原，只消发兵前去，包管一鼓而得也。"老狼主闻奏大喜，即择定了十五这一日往校场中挑选扫宋大元帅。

　　十五这日老狼主摆驾往校场中来，到演武厅上坐下。演武厅前有一座铁龙，原是先王遗下镇国之宝，重有一千余斤。老狼主传旨："不论军民人等，有能举得起这铁龙者，即封为昌平王、扫南大元帅之职。"四太子兀术自荐能举起铁龙，老狼主准其一试。

兀术谢了恩下厅来，仰天暗暗祝告：我若进得中原，抢得宋朝天下，望神力护佑，举起铁龙。若进不得中原，抢不得宋朝天下，便举不起铁龙，死于刀剑之下。祝罢，左手撩衣，右手将铁龙前足一提，一下举了起来，高喊："父王，臣儿举得起！"老狼主一见大喜，文武官员、军民人等齐声喝彩，都说："四殿下真是天神！"

老狼主即刻封四太子兀术为昌平王、扫南大元帅，总领六国三川兵马，带领军师参谋、左右丞相、各位元帅并各邦小元帅，选定良辰吉日，发兵五十万，进兵中原。

且说兀术领兵在路上行了一月有余，到了南朝地界。第一关乃是潞安州。此关节度陆子敬听闻后，急忙写下一道告急奏章，差官连夜前往汴梁，求朝廷发兵来救应。随后，他又写了两道告急文书，一道送至两狼关总兵韩世忠处，一道送与河间府太守张叔夜，求他二人发兵前来相助。差人出城后，陆子敬亲率三军，上城保守，昼夜巡查。

兀术领兵，一路滚滚而来，来到了潞安州，离城五十里，放炮安营。几日后，兀术点起五千人马，同着军师，出了营来，杀到城下。

陆子敬吩咐军士好生看守城池，自己匹马单枪出到阵前。兀术大喊一声："来者是陆登否？"陆子敬道："是也！"

兀术道："陆将军！我乃大金国四太子兀术，官拜昌平王、扫南大元帅，今领兵五十万，要进中原去取宋朝天下，这潞安州乃第一个所在。我久闻将军是一条好汉，特来相劝，若肯归降了我，就官封王位，不知将军意下如何？"陆子敬道："休得胡说！天下有南北之分，各守疆界。你犯我边疆，劳我众将，是何道理？"双方未能谈合，便战到一处。陆子敬哪里是兀术对手，几个回合下来便已招架不住，只得转马头败走。城内放下吊桥，接应他进了城。

次日，兀术又到城下讨战。城上即将"免战牌"挂起，随你叫骂，总不出战。守了半个多月，兀术心焦起来，遂命乌国龙、乌国虎去造云梯。

几日后，云梯造好。这一日黄昏，兀术领兵五千，带了云梯，来到城河边渡过了河，将云梯靠着城墙，令番兵一齐爬上去。黑暗中，兀术看城上并无灯火，心中大喜，对军师道："这遭必得潞安州了！"还未说完，只听得城上一声炮响，霎时，灯笼火把，照得如同白日，把那些小番的头皆抛下城来。兀术见状，急忙问军师这是怎么回事，哈迷蚩也不知道这突来的变故是何原因。原来那城上是用竹子撑的丝网，网上尽挂着倒须钩，悬空张着。那些爬城番兵，黑暗里看不明白，都走在网中，所以尽被杀了。

话说兀术在此攻城，一晃已过了月余，但一直没能将城攻破，反而伤了很多军士，心中好不烦恼。军师见他心烦，便劝他出营打猎散心。兀术领了一些亲兵来到一片密林深处，突然远远望见一个汉子向林中躲去，兀术疑为奸细，便命人将其逮了过来。兀术道："你是哪里来的奸细？快快说来！"

第十六回

下假书哈迷蚩割鼻

破潞安陆节度尽忠 ◉

那人连忙叩头说自己是良民，兀术见他也不像奸细，便要放他走，但军师却说他见驾一点儿不惊慌，必是奸细，便说须将他带回营中好好盘查。

兀术回到大营坐下，向那人细细盘问。那人仍说自己是良民，并不是奸细，军师便命人搜他身，结果果然搜到一封书信，是两狼关总兵韩世忠写给陆子敬的。书上说：

"有汴梁节度孙浩，奉旨领兵前来助守关隘。若有孙浩出战，不可助阵，他乃张邦昌心腹，须要防他。即死于番阵，也不可惜。今特差赵得胜传达告知。"

军师对兀术道："这封书信虽然看似平常，内中却有机密。譬如孙浩提兵前来与狼主交战，若是陆子敬领兵来助阵，只消暗暗发兵，一面就去抢城。倘陆子敬得了此书，不出来助阵，坚守城池，何日得进此城？待臣套他笔迹，写一封书教他助阵，引得他出来，

我这里领大兵将他重重围住，一面差人领兵抢城。"兀术大喜，便叫军师快快依计行事。

到了次日，军师将蜡丸书做好，来见兀术，自动请缨去见陆子敬。兀术准后，哈迷蚩扮作宋兵一般装束，藏了书信，辞了兀术出营。来到吊桥边叫城门，陆子敬在城上见是一人，便命人放下吊桥。

进城之后，陆子敬问他是何人，哈迷蚩说自己叫赵得胜，是奉两狼总兵韩世忠之命来送信的。陆子敬暗想韩元帅那边，原有一个赵得胜，但不曾见过，便试探着问了他几个问题，诸如韩总兵家有几子，叫什么名字，哈迷蚩来之前早已有所防备，所以对答如流，陆子敬这才相信了他。他接过书信细细观看，心内暗想道：孙浩是奸臣门下，怎么反叫我去助他？况且我去助阵，如若兀术分兵前来抢城，怎能抵挡？正在疑惑，忽然闻到一股羊膻气，便问家将今日是否吃了羊肉，家将都说没有。陆子敬又把书信拿到鼻边闻了闻，然后哈哈大笑道："若不是这股羊膻气，几乎被他瞒过了！你这骚奴，竟敢来哄骗我，来人，把他拿下！"

哈迷蚩见事已败露，并未惊讶，而是承认道："明知山有虎，故作采樵人。因你城中固守难攻，故用此计。我乃大金国军师哈迷蚩是也。"陆子敬道："我今若杀了你，恐天下人笑我怕你计策来取中原；若就是这样放你回去，你下次再来做奸细，如何识认？"说完吩咐家将割了哈迷蚩的鼻子，然后放他出了城。

哈迷蚩掩面回营，见到兀术将前情细说了一遍，兀术劝慰他几句，答应日后定会为他报割鼻之仇。半月过后，伤势已愈，哈迷蚩安了一个假鼻子，又来见兀术，他建议突袭潞安州水关，兀术同意。接着兀术派手下一员大将点起一千兵士，等到黄昏，悄悄来到水关一齐下水，想偷进水关。谁知水关上有网拦住，网上尽是铜铃，如人在水中碰着网，铜铃响处，挠钩齐下。番兵不知，俱被拿住，尽被斩首。兀术听闻后与军师议道："陆子敬果然厉害！我索性自己去抢那水关，若失手死于水内，你等便收兵回去罢了！"

到晚间，兀术自领一千兵马来到水关。等到三更时分，兀术先下水去探看，果然一头撞在网里，上面铜铃响起。城上听见，忙要收网，却被兀术用刀割断，然后他一下跳上岸来，用斧头砍死宋军。奔到城门边来，砍断门闩，打去了锁，开了城门，外边小番接应。恰好这一日陆子敬回衙去了，无人阻挡。番兵一拥进城。

陆子敬听闻这个消息，知道潞安州已是不保，自己也不愿再偷生，便与夫人双双自刎了。临死前，他们把幼儿交给乳母，希望她能保住陆门最后的骨血。

兀术带兵杀进府衙，见陆子敬已经自刎，却尸身不倒。

后兀术得知，他是不放心自己的儿子，兀术感其为国尽忠而死，便当着他尸身的面答应会留他儿子一条性命，并抚养成人。兀术说完这些，陆子敬的尸身才跌倒在地。

且说总兵韩世忠正在中军，忽有探子来报说潞安州已经被兀术攻破，陆子敬夫妇尽节，而兀术领兵已经奔两狼关而来，离此不余百里了。韩世忠急忙传令各营将士，在三山口各处紧要关隘，遍设伏兵火炮，添兵把守，然后又立刻修表入朝告急。正在料理，又有探子来报说汴梁节度孙浩领兵五万，绕城而过，杀进番营去了。韩世忠心中暗道：若不发兵救应，必至全军覆没；若去救应，又怕本关有失。思忖再三他还是决定派人去救应。大公子韩尚德自愿请命，于是韩世忠便命他带一千人前去救应孙浩回来。"观四处，耳听八方，可战则战，可守则守。若不见孙浩，可速回兵，切勿冒险与战！"

韩尚德领兵出关。将近番营，吩咐众军士："你们且扎住营盘在此等我，我独自一人蹿进营中，寻见了孙浩，或者一同杀出来。倘寻不见孙浩，我战死番营，你们回报大老爷便是！"说完便单枪匹马冲进番营。殊不知此时孙浩的人马早已全军覆没。韩尚德虽本领高强，但哪敌得过对方千军万马。手下那一千人马，在外边远远望了半日，一直不见公子，料想他一定是命丧番营了，于是急忙回马进关报告了韩世忠。

　　韩世忠一听，即刻带兵杀入番营。兀术下令叫众将将韩元帅围住，然后又即刻调兵去抢两狼关，好叫韩世忠首尾不能照应。韩世忠虽是英雄，可怎挡得番兵众多，一层一层围裹拢来，一时哪里杀得出去！另一边，兀术带领大兵，浩浩荡荡，杀奔两狼关来。

　　韩夫人在关内听报说，番兵已经杀了过来，心知韩元帅多半是凶多吉少了，她把小公子交给乳娘夫妇，命他二人收拾金银珠宝，带着印信骑马立刻出关。如果听到得胜的消息再回来，如果听到兵败的消息，便将小公子抚养长大，待成人后送入朝中，令他袭父之职。二人领命，收拾后便出关而去了。

第十七回

梁夫人炮炸失两狼
张叔夜假降保河间 ◉

韩夫人自己带领家将人马，来到关前。兀术劝韩夫人投降交城，韩夫人悲愤道："番奴！我丈夫、孩儿的性命俱害在你手内，恨不得拿你来碎尸万段，方泄此恨，你竟敢还在此摇唇鼓舌！"

兀术道："你丈夫、儿子何曾死？只是都被我困在营中。你若降顺了，我自当将他们放了。"韩夫人不信，骑马出城抢刀便朝兀术砍来，兀术举斧相迎。战到五六个回合，梁夫人哪里招架得住，只得回马败下。兀术随后赶上来，抢入关中。

韩夫人见关已失了，只得落荒而走。行到一茂林前，正遇到家中乳母夫妇抱着小公子，韩夫人下马抱住公子大哭起来。

番兵们知道得了两狼关，都想抢进关去，故此围兵渐渐少了。韩世忠奋勇往外冲来，正遇上大公子，父子二人并力杀出重围后来到茂林之处，正遇到韩夫人一行人。夫妇二人商议后决定同往京城候旨。

且说兀术进了两狼关，查点了仓库钱粮，军师进言称，可以趁此锐气，发兵进攻河间府，渡过黄河，直取汴京。兀术觉得可行，便立刻整兵往河间府而去。

再说韩世忠夫妇等来到黄河地界，接到钦差圣旨。钦差宣读诏书："韩世忠失守两狼关，本应问罪，姑念有功免死，削职为民。"韩世忠夫妇一同谢恩，交还了两颗印信。之后夫妻、父子一同回到了陕西。

河间府节度使张叔夜，闻报失了两狼关，兀术率领大兵来取河间府，不觉惊慌，心中暗想：那陆登何等智谋，韩世忠夫妇又是何等骁勇，他们都保不住城池，我又如何守得住这河间府呢？想定主意，他便与众将士计议，传令城上竖起降旗，等金兵到来，以保一府百姓，免受杀戮之惨。等他渡过黄河，各路勤王兵来，再杀败兀术，那时候将兵截其归路，必擒兀术。诸将领令。

且说张叔夜有两位公子，大公子名唤张立，二公子名唤张用，二人听说父亲要降番兵，心中都觉难堪，不想做卖国贼。于是他们从母亲那里要来几百两银子，偷偷出了城。没想到刚出城不到二十里，就遇到了番兵，二人摆开两条铁棍，将番兵打得落花流水。兀术下令不要伤他们性命，要捉活的。众番将二人围住直杀到黄昏时分，张立不见了兄弟，心中焦急，急忙杀出一条血路。张用也寻不见了兄长，好在也杀了出去。兄弟二人就此失散了。

兀术未能捉住张家兄弟，只得命令当夜安营扎寨。次日天明，将近城池，只见一将远远带人跪接，打着降旗，口称："河间府节度使张叔夜归降，特来迎请狼主进城。"兀术见张叔夜亲来投降心中欢喜，便封他为鲁王，仍守此城。张叔夜谢恩而退，叫众军搬出猪羊酒，犒众番兵吃了。兀术带兵来到黄河口，拣一空地，安下营盘，打造船只，等待渡河。

兀术大军已近黄河的消息传到钦宗耳中，他召集群臣商议。张邦昌建议由李纲、宗泽带兵去退兵。于是钦宗便封李纲为元帅，宗泽为先锋，领兵五万前往黄河退敌。二人领旨出朝。

李纲虽是个有谋有智的忠臣，但是个文官，不会上阵厮杀。领旨回府后与夫人辞别，忽见阶檐下站着一个汉子。李纲问他是何人，他答说自己叫张保，可以挑得五六百斤的东西，李纲便收他做了随行。

次日，李纲和宗泽二人一同出府上马，来到校场点齐五万人马，发炮起行。一路来到黄河口，安下营寨。宗泽写下一封书札，差人连夜送往汤阴县，去请岳飞同众弟兄前来助战。谁料不多日送信人回来禀告说，岳飞重病不能前来，他的几个兄弟不愿离开他，所以也都推辞不来。宗泽大感无奈，深觉宋室无望了。

第十八回

金兀术冰冻渡黄河
张邦昌奸谋倾社稷 ◉

　　兀术差燕子国元帅乌国龙、乌国虎往河间府取齐船匠，备办木料，在黄河口搭起厂棚，打造船只，准备渡河。李纲命张保去打探敌情。这天黄昏张保带着十几个水手，放一只小船，趁着星光，摇到对岸，把船藏在芦苇中间。挨到五更，张保带着水手们跳上岸，来到番营前捉了个番兵，打听到了兀术的营盘位置，也打听到了乌国龙、乌国虎在此监造船只。张保结果了番兵，然后带着手下人放了一把火把船厂烧了，然后乘船回了对岸。

　　兀术听闻船厂被烧，非常生气，只好命人再去置办木料，招集船匠，重搭厂棚赶造。

　　此时正值八月，不承想天气异常，连日强风，天气寒冷，黄河都开始结冻。军师向兀术献策，趁黄河结冰，一举渡河。兀术觉得此计甚妙，立刻下令发兵，踏着冰河而过。宋营中兵将俱是单衣铁甲，挡不住寒冷，见番兵势如潮涌而来，尽皆拼命逃走。

张保见这状况，忙进营中，背了李纲就走。宗泽见军士已溃，也只得弃营而逃，赶上李纲，一同来京候旨。结果二人还未进城，便有钦差拿着圣旨前来："李纲、宗泽失守黄河，本应问罪，姑念保驾有功，削职为民。"二人谢恩后各自返乡而去了。

兀术得了黄河，逢人便杀，占了宋营，一路奔汴京而来。离城二十里，安下营寨。探军飞报入朝："今兀术之兵，杀过黄河，已至京城。"钦宗急得团团转，张邦昌进谏可以备份厚礼以求和，又自荐愿往，钦宗准奏。

谁料想，张邦昌前后两次带着厚礼前去番营都没见到兀术，礼物反而被前来帮助兀术攻打宋朝的马蹄国元帅黑风高和燕子国元帅乌国龙、乌国虎收下了，他们并未将礼呈交给兀术。而且收礼之后，他们都回本国了。

无奈之下，张邦昌只好第三次带着厚礼去番营求和。这一次，他终于见到了兀术。兀术知道张邦昌是宋朝第一大奸臣，便有心拉拢他，封他做了楚王，并让他献计，以夺宋朝天下。张邦昌献计道："狼主要他的天下，必须先绝了他的后代，方能到手。"兀术道："此计如何实施？"张邦昌道："如今可差一个官员，与臣同去见宋主，只说要一亲王为质，狼主方肯退兵。待臣再添些利害之言哄吓他一番，不怕他不献太子出来与狼主。"兀术闻言，连声叫好。

张邦昌同两个番臣同回到城中，上朝来见钦宗，说了兀术要一名亲王为质，方肯退兵。最终，钦宗只得将兄弟赵王交给番臣带回为质。新科状元秦桧自请愿与赵王同往番营为质。

就这样，秦桧与赵王前去金营为质。谁料到赵王是个胆小的，刚到番营便被一名叫作蒲芦温的十分凶恶的番将给吓了一大跳，结果受惊过度而死。

第十九回

李侍郎拼命骂番王
崔总兵进衣传血诏 ◉

秦桧见赵王被吓死，想要讨还公道，怎奈身在番营无计可施。兀术派人将秦桧稳住，然后急忙与张邦昌商议处理此事。

张邦昌献计说宋廷还有一位九殿下，就是康王赵构，自己会想办法把他要来。张邦昌回朝后谎称赵王自己跌下马摔死了，如今兀术仍要一个亲王为质方肯退兵。钦宗无法，只得召康王上殿。康王愿往，大臣李若水保其同去。

挟了康王来之后，张邦昌接着献计，要把二帝挟来。张邦昌回朝后对徽、钦二帝道："九王爷是个亲王，还要五代先王牌位才好。须得主公亲送一程。"二帝不知是计，依言亲送出城。方过吊桥，便被番兵拿住来至金营。

二帝被押至金营后，兀术命军师点一百人马，押送二帝往北，李若水冒死请命与二帝同往，兀术敬他是一个忠臣便答应了。

二帝被押到北国后，受到多番羞辱，痛不欲生。李若水为护二帝据理力争，结果被老狼主下令杀死。哈迷虫悄悄派人收拾了李若水的尸首，盛在一个金漆盒内，私自藏好。老狼主又传旨将徽、钦二帝发下五国城，拘在陷阱之内，令他们坐井观天。

二宗被押至北国一个月之后，兀术大兵回国，拜见父王奏道："臣儿初进中原，势如破竹。"老狼主大喜。

且说宋朝代州雁门关，有个总兵崔孝，失陷在北邦，已经一十八年。因为善于医马，所以在众番营里四下往来。这日他听说二帝困于五国城内，便取了两件老羊皮袄子，烧了几十斤牛羊脯，又带了几根皮条，来至五国城，请那些平章让他去见旧主一面。众平章与他熟识，敬他是条汉子，便放他进去了。

崔孝见到二帝后倒地便跪，表明了自己身份，并进谏让二帝手写一封血诏书，由他带回朝中，然后再起兵救二帝回朝。

二帝听了，便把白衫扯下一块，咬破指尖写血书，叫康王逃回中原即位，重整江山。崔孝将血诏书藏于夹衣内，哭了一场，辞别二帝。

金营神鸟引真主·夹江泥马渡康王

接下来的时日，崔孝仍往各营头去看马，一直留心打听康王消息。

过了新春至二月中旬，兀术再次起兵五十万，并各国番兵，诸位殿下，一同随征，杀奔南朝。

到了四月中旬，进了潞安州城门。兀术把陆节度尽忠之事，与众殿下细说了一番，众殿下莫不赞叹。不一日，又至两狼关。兀术又把雷震三山口、炮炸两狼关的事也说一遍。众殿下都道："此乃我主洪福齐天所致。"到了河间府，兀术传令："不许入城骚扰百姓，有负张叔夜投顺之心。"又一日，到了黄河，已是六月中旬，天气炎热。兀术传令："仍旧沿河一带安下营盘，待等天气稍凉后渡河。"

时间一晃，到了七月十五日。兀术传令，搭起一座芦棚，宰了许多猪羊鱼鸭之类，望北拜祖。把祭礼摆得端正，众王爷早已齐集伺候。这一次，崔孝终于得见康王。康王的马受了惊，他差一点儿从马上跌下来，幸好及时稳住，不过飞鱼袋内的一张雕弓却坠在地上。

崔孝急忙走上一步，拾起弓来，双手递上，说道："殿下收好了。"兀术听见崔孝是中原口音，便问他是何人，崔孝答说，自己原是中原人氏，不过在这里医马已经十九年了。兀术觉得他对大金国很忠心，便答应以后封他个大官。崔孝谢了，就跟着康王来至营中。

崔孝与康王说了二帝所写血诏书之事，并说会帮助他逃回宋廷。康王跪接二帝血诏书，流泪痛哭。这时候小番报说狼主来了，康王急忙把血诏书藏在了身上。

几人正叙话时，半空中突然出现一只大鸟，好比母鸡一般，身上毛片，俱是五彩夺目，落在对面帐篷顶上。兀术命人将它射下来，康王请缨。他心中暗暗祷告道：若是神鸟，引我逃命，天不绝宋，此箭射去，箭到鸟落。随后便一箭射去。那神鸟张开口，把箭衔了就飞。崔孝急忙把康王的马牵将过来，叫道："殿下，快上马追去！"

康王跳上马，随了这神鸟追去。崔孝执鞭赶上，跟在后边。兀术见状，急忙出帐，跨上火龙驹，加鞭赶去。生死只在一线，能否回朝在此一举，康王快马加鞭一直未停歇。

跑出几十里之后，前面一条大江拦住了去路。后面兀术带着追兵越来越近，康王对天长叹："天丧我也！"随着他这一声大喊，身下坐骑忽然一举前蹄，一下子跃入江中。兀术在后面一看，大叫一声："不好了！"赶到江边一望，不见了康王，心中恼怒。

且说康王的马跳入江中，他骑在马上，好似在雾里一般，不敢睁开眼睛，耳朵内听得呼呼水响。不一个时辰，马已过了夹江，跳上岸来。又行了一程，到一茂林之处，马将康王放在地上，跑进林中去了。

林中有一座古庙。康王抬头一看，那庙门上有个旧匾额，虽然剥落，却仍看得出是五个金字，写着"崔府君神庙"。康王走入庙门，在庙里倚了一根柱子便睡着了。

第二十一回

宋高宗金陵即帝位
岳鹏举划地绝交情 ◉

这庙所属磁州丰丘县。丰丘县的县主名叫都宽。这一夜三更时分，都县主忽然做了个梦，梦中有个自称崔府君的神人让都宽去他的庙里接驾。醒来后，都宽急忙找来师爷询问是否有一座庙叫崔府君庙，一问果真有此庙，于是他即刻命人备马掌灯。来到城门边，已经天明。出了城，一路朝崔府君庙而去。

又行了十几里路，终到得庙前。都县主推开庙门，只见地上正坐着一人。康王此时正好刚刚醒来，一见有人前来他一手把腰刀拔出，捏在手中，喝声："谁敢靠前？"都县主跪下道："主公不必惊慌，臣是来接驾的。"康王道："孤乃康王赵构，在金营逃出，你是何人？如何说是来接驾的？"都宽道："臣乃磁州丰丘知县都宽，蒙神明梦中指点，命臣到此接驾。"康王大喜道："虽是神圣有灵，也难得卿家忠义！"都宽将马牵过来，扶康王上了马，自己同众人步行跟随，一路进了城。

随后元帅王渊赶来保驾，原来他也梦到神明让他到此保驾。王渊奏道："国不可一日无君。臣愿保主公驾回汴京，明正大位，号召四方，以图恢复。"最终，因汴京已经残破，况有奸臣张邦昌守在那里，因此择了金陵之地另建都城。康王准奏，择日起身，往金陵进发。到了金陵，诸臣依次朝见。众大臣尽着冠冕法服，康王即于五月初一，继位于南京，号高宗皇帝。改元建炎，昭告天下。

高宗继位，开始召集四方勤王兵马。数日之间，赵鼎、田思中、李纲、宗泽及各路节度使、各总兵都来护驾。听新君继位，汤阴县徐仁来到金陵。见到王渊之后，王渊向他询问岳飞情状。徐仁回说，当初因在武场内挑死了小梁王，岳飞始终功名不就，现在家赋闲。王渊知岳飞是个人才，便将此事上奏给高宗。高宗即刻命徐仁去请岳飞来朝，为国效力。徐仁谢恩出朝，快马回汤阴来请岳飞。

且说回乡已数年，岳飞的儿子岳云已经长到七岁。期间王员外夫妇和汤员外夫妇相继染病去世。岳飞自打还乡后，一直因一身本领无法为国效力而终日愁苦。母亲和妻子都劝他不要气馁，更不可荒废了学业。这一日，岳飞牵着马出门来到空场上。正要练枪，忽见王贵、汤怀等四人牵着马说说笑笑而来。这几年因旱荒，米粮腾贵，牛皋几人未免做些不法之事。岳飞知道他们又要出去打劫了，叹道："我几次劝你们休取那不义之财，此次必定又去干那勾当了！"牛皋应道："大哥，只为'饥寒'二字难忍！"岳飞听了，便道："众兄弟，为兄的从此与你们划地断义，各自努力罢了！"众人道："也顾不得这许多，目前也只能这样了。"随后各自上马，一齐去了。

与兄弟分别，岳飞心中悲痛，眼中流下泪来，再也无心操演枪马，回到家中放声大哭起来。岳母听见，走出来喝道："儿子，这是为何？"岳飞道："只为今日与一班兄弟们划地断义。回来想起，舍不得这些兄弟，故尔悲伤。"

　　母子二人正在叙话，忽听得有人来叩门。岳飞开了门让那人进来，那人自称名叫王佐，是湖广洞庭通圣大王杨幺驾下，只因朝廷信任奸邪，劳民伤财，万民离散。眼下二帝被金国掳去，国家无主。因此大王杨幺志欲恢复中原，以安百姓。久慕岳飞文武全才，因此特命他前来聘请岳飞，同往洞庭湖去扶助江山，共享富贵。说完从包裹中拿出许多金银财宝，说留给岳飞以作安家之用。

　　岳飞听罢，称自己生是宋朝人，死是宋朝鬼，绝不会做背叛国家之事，便婉言谢绝了。王佐无奈，只得回去复命了。

　　岳母听岳飞说了此事后，心中产生了一个想法。她对岳飞道："我儿，你出去端来香烛，在中堂摆下香案，待我出来，自有道理。"岳飞按母吩咐办齐了所需东西，然后请出了母亲。

母亲让岳飞带着媳妇一同在香案之前焚香点烛。拜过天地祖宗后，岳母道："为娘见你不受叛贼之聘，甘守清贫，不贪浊富，心中甚是欣慰。但恐我死之后，又有那些不肖之徒前来勾引，倘若我儿一时失志，做出些不忠之事，岂不把半世英名丧于一旦？故我今日要在你背上刺下'精忠报国'四字。但愿你做个忠臣，为娘死后，让那些来来往往的人道：'好个岳母，教子成名，尽忠报国，流芳百世！'我就含笑于九泉了！"岳飞道："母亲说得有理，就与孩儿刺字罢！"说完就将衣服脱下半边。

岳母取笔，先在岳飞背上正脊之中写了"精忠报国"四字，然后将绣花拿在手中咬着牙根刺了下去。刺完，将醋墨涂上了，以求永不褪色。岳飞始终一声未吭，起身叩谢了母亲训子之恩。

次日一早，汤阴县县主徐仁赶到了岳家庄。徐仁说明来意，岳飞急忙摆案接旨。岳飞跪下后，徐仁宣读圣旨道：

"奉天承运皇帝诏曰：朕闻多难所以兴邦，以正我君臣卧薪尝胆之秋，图复中兴报仇雪耻之日也。赏识岳飞有文武全才，正堪大用。即着来京受职，率兵讨贼，殄灭腥膻，迎二帝于沙漠，救生民于涂炭。以慰朕怀，钦哉！特旨。"

徐仁读罢，岳飞双手接旨："谢主隆恩。"徐仁希望岳飞即刻便能与他前往金陵面圣。岳飞祭拜了先祖牌位，又在周

先生灵位前拜奠了一番，然后拜别了母亲、妻儿，便随徐仁上路了。

不一日，到了金陵，一齐在午门候旨。高宗传旨宣召上殿。高宗见岳飞相貌魁梧，身材雄壮，十分欢喜，便问众卿家："岳飞到来，当授何职？"宗泽奏道："岳飞原有旧职，是承信郎。"高宗道："此乃父王欠明，今暂封为总制，再加升赏。"岳飞谢恩。

高宗又将在宫中亲手画的五幅画像取出来让岳飞一幅一幅看过。高宗道："此乃是金国粘罕弟兄五人的画像，你可细细认着，倘若相逢，不可放过！"岳飞领旨。高宗又道："现今大元帅张所掌握天下兵权，爱卿可到他营前效命。"岳飞谢恩，辞驾出朝。来到帅府，参见了张元帅。

张所见了岳飞，好生欢喜。次日就令岳飞往教场中去挑选兵马，充作先行。岳飞领令，共选八百名兵士，来禀复元帅。张所又命山东节度使刘豫带领其部人马为第二队先行，自己则亲率大军，随后就到。

次日，张所率领岳飞、刘豫入朝来辞驾，恰有巡城指挥来奏："今有强盗领众来抢仪凤门，声声要岳飞出阵，请旨定夺。"高宗听奏，传旨让岳飞擒贼复旨。岳飞领旨来到阵前。

来到阵前后岳飞才发现，来人竟是之前的结义兄弟吉青，原来吉青听说岳飞如今为朝廷效力，特来投奔。岳飞带了吉青进城来，一并上殿来见驾，高宗特允吉青立功赎罪，封为副都统之职，拨在岳飞营前效命。

且说兀术在河间府听闻康王在金陵继位，用张所为天下大元帅，聚兵拒敌，不觉大怒，即令金牙忽、银牙忽二元帅，各领兵五千为先锋。又请大王兄粘罕，同元帅铜先文郎，率领众平章，领兵十万，杀奔金陵而来。

岳飞同吉青，带领了八百儿郎一路而来。来至一山，名为八盘山。岳飞四下一看，想出一条妙计。他吩咐众儿郎俱用强弓硬弩，在两旁埋伏，然后命吉青前去引战，只许败，不许胜。吉青将番兵引到山中，岳飞命令两边伏兵一齐发箭，把番兵截住大半，首尾不能相顾。岳飞取了两个番将首级，收拾旗鼓马匹兵器等物，命吉青解送刘豫军前，转送大营去报功。刘豫没想到岳飞如此厉害，心中有些嫉妒，便暗中贪了他的这个功劳。

岳飞领兵前行，又至一山，名为青龙山。观察完地形之后，岳飞命吉青去见刘豫，向他借口袋四百个、火药一百担、挠钩二百杆、火箭火炮等物。吉青领命来到刘豫营中，借全了东西返了回来。岳飞分拨二百名人马在山前，将枯草铺在地上，撒上火药，暗暗传下号令："炮响为号，一齐发箭。"又拨一百兵在右边山涧水口，将口袋装满沙土，作坝阻水。待番兵到来，即将口袋扯起，放水淹他。若逃过山涧，自有石壁阻住去路，决往夹山道而走。遂拨兵一百名，于上边堆积乱石，打将下来，叫他无处逃生。又令吉青领二百人马，埋伏在山后，擒拿逃走番兵。

安排妥当之后，岳飞对吉青道："贤弟，你若遇见一个面如黄土、骑黄骠马、用流星锤的，就是金国大太子粘罕，务要擒住！如若放走了他，必将你送至元帅处军法处置，不可有违！"吉青领令而去。岳飞自带二百兵，在山顶摇旗呐喊，专等金兵到来。

且说粘罕带领十万人马，往金陵进发，这一日来到青龙山前，在山前安营。岳飞决定引番兵进阵，遂拍马下山，摇着手中枪，往番营杀去。番兵慌忙报入牛皮帐中，粘罕大怒，上马提锤，率领元帅、平章、众将校一齐拥上来，将岳飞围住。岳飞见粘罕出阵，两腿把马一夹，冲出番营而去。

粘罕大怒道："哪儿有这等事！一个南蛮拿他不住，如何进得中原？必要踏平此山，方泄我恨！"就率兵呐喊追来。见粘罕中计，岳飞心中暗喜。番兵进山后，两边埋伏的军士，火炮火箭打将下来，延着枯草，火药发作。霎时，烈焰腾空，烟雾乱滚，烧得那些番兵番将两目难开，人撞马，马撞人，各自逃生。

铜先文郎保着粘罕，拼命逃出谷口，却是一条大路。粘罕正在庆幸，突然传来一声炮响，霎时火把灯球照耀如同白日。火光中，吉青高举狼牙棒杀来。粘罕对铜先文郎道："岳南蛮果然厉害，我今日死于此地矣！"不觉眼中流下泪来。铜先文郎道："狼主可将衣甲马匹兵器与臣调换，一齐冲出去。那吉南蛮必然认臣是狼主，与臣交战，若南蛮本事有限，臣保狼主逃生；倘若他本事高强，被他捉去，狼主也可脱离此难。"粘罕道："只是难为你了！"说完便匆忙将衣甲马匹调换了，一齐冲出。

那吉青看见铜先文郎这般打扮，认作是粘罕，便举起狼牙棒打来。战不上几合，便将其活捉了。吉青回营缴令道："果然拿着粘罕了。"众军士将铜先文郎推将上来，岳飞一看，拍案大怒，命左右将吉青绑去砍了。

第二十四回

释番将刘豫降金●
献玉玺邦昌拜相

吉青急忙大喊无罪，不过听岳飞一说才知道自己中了金蝉脱壳之计，心中懊悔不已，决定接受惩处。岳飞念他初犯，饶过了他这一回。随后，岳飞便派吉青去刘豫处上报军情。

刘豫听说吉青要去向张元帅报功，又听说岳飞仅用八百人便杀了十万番兵，心中不禁暗想：岳飞如此骁勇，这次领了功必定会居我之上，我岂能让他如意？他心思一转，对吉青道："吉将军，你去到大营报功，来回必会耽搁时日。不如我差人代你送往元帅处，以备金兵复来。"吉青不知是计，便谢了刘豫后返回了营中。

刘豫将铜先文郎因在后营，叫旗牌上来吩咐他到元帅处报功，就说番兵都是自己所杀，还捉住了一名番将因在营中。旗牌得令出营，望大营而来。刘豫心中暗喜，只等听信前去领赏了。可他不知道的是，这件事早已被张元帅派来的胡中军偷听到了。

胡中军回营之后将刘豫已经派人来冒领军功的事一一告诉了张所。次日，刘豫所派旗牌官来到营中。张所将计就计，让旗牌官回去告诉刘豫，让他押送捉到的番将一起来营，然后送往京师去领功。旗牌叩谢出营而去。

且说张邦昌帐下有一两淮节度使曹荣，与刘豫是儿女亲家。他知道张所要诱骗刘豫来此伏法，于是便差心腹家将飞马往刘营报知。刘豫听报后大惊失色，思虑之后想出一条活路。他来到后营，放了铜先文郎，对他说自己可以放了他，并投奔金国。铜先文郎十分高兴，答应刘豫，到时定会为他多多美言。

就这样，刘豫带着一些心腹兵将，与铜先文郎一同偷偷出了营。出城不久，忽见后面一骑马飞奔赶来，正是胡中军。刘豫见他只身前来，便告诉他自己已经投奔金国，而且他日定会来找张所报仇。

胡中军回营将刘豫叛国这事向张所做了禀报，张所随即奏明圣上。次日又接圣旨，命张所防守黄河，加封岳飞为都统制。

且说粘罕在青龙山被岳飞杀败，领了残兵，取路回到河间府来见兀术。兀术劝慰他，并说日后定会为他报仇。正在这时，铜先文郎带着刘豫前来。兀术见刘豫来降，很是高兴，便让人带他上朝见了老狼主。老狼主封刘豫为鲁王之职，镇守山东一带。刘豫谢恩。

岳飞同着吉青和张元帅，向北扎下营寨领大兵攻取汴京。张邦昌闻知张元帅领兵来取城，心生一计。他来到宫楼前面见太后，启奏道："兀术兵进中原，将要来抢汴京。今康王九殿下在金陵即位，臣欲保娘娘前往。望娘娘将玉玺交付与臣，献与康王去。"太后闻奏，两泪交流道："今天子并无音信，要这玉玺何用，就交与卿便是了。"张邦昌骗了玉玺，到家中收拾金珠，保了家小出城，竟往金陵去了。

张元帅兵至汴京，进城之后太后便将张邦昌骗去玉玺、带了家眷不知去向之事告诉了张所。张所急忙辞驾出朝去追捕张邦昌，并留兵驻守汴京。

张邦昌到了金陵，上朝面见高宗，献上玉玺。高宗见玉玺后十分高兴，免了张邦昌之前的罪过，封他为右丞相。

虽得高宗重赏，但张邦昌心中还是向着金国，他左思又想，又想出一条毒计。他府中娥女荷香长得十分貌美，于是他便决定将此女献给高宗，如能得宠，便可诱高宗沉迷酒色，不理朝政，到时自己就可以去向金国邀功了。

次日，张邦昌命人把荷香好好打扮了一番然后送到了宫中。高宗见荷香如此貌美，心中欢喜，遂传旨命太监送进后宫。张邦昌见献美深得高宗欢心，便趁机奏请高宗召岳飞回朝，拜帅扫北。高宗立刻传旨，命他发诏去召岳飞。

其实，这又是张邦昌的一条毒计。他拿了圣旨之后便放在家中，并不派人前去召岳飞。等算定黄河往返的日子后他便前去复旨："岳飞因金兵犯界，守住要地因此不肯应诏。"高宗道："他不来也罢了。"自此对岳飞心中有了芥蒂。

太师李纲在府中与夫人说起张邦昌献女之事，夫人劝太师一定要格外留意这个大奸臣。这时候，李纲突然想起此前收的随行张保。之前一直为国事操心，不曾抬举他。这次，他决定把张保派到岳飞手下，让他效力。张保领命拜别了太师，出了府门，转身来到家中别了妻子，然后便背上包袱行李，提着浑铁棍上路了。数日后，张保来到黄河口岳飞营前。岳飞接过太师书信，便将张保留在了营中。

第二十五回

王横断桥霸渡口
邦昌假诏害忠良 ●

张邦昌上一次骗得高宗下了圣旨召岳飞回京，让高宗对岳飞产生了嫌恶。这一次，他又心生一计，假传了一道召岳飞回京的圣旨。岳飞接旨后交代吉青好好守营，自己便带张保回京了。

回京途中路过一座断桥，岳飞便唤桥边一名艄公载他们二人和马匹过河。谁料这艄公没安好心，想载至河中心时将他们二人弄下河，然后把他们的马据为己有。不过，张保及时发现了他的诡计，制伏了他。此人一听二人中的另一位就是大名鼎鼎的岳飞，跪倒便拜。他对岳飞说，自己自小生在这长江边，名叫王横。之前一直在江边上做些私商勾当，只因好赌好吃，一直未攒下钱财。久闻岳飞大名便想去投靠，可是没有盘缠，所以才想在此断桥处诈些银两。岳飞见他也是一条汉子，便同意带他一同为国效力。王横回家告别了妻儿，便跟随岳飞上路了。

　　不到一日，三人便到了京师。刚到得城门口，恰遇着张邦昌的轿子进城，张邦昌说带他们一同去见驾。

　　岳飞三人随着他进了城，来到分宫楼下。张邦昌让他们在这里等候，说自己先去奏明圣上。此时，荷香正在宫中与圣上夜宴，太监传告此消息。荷香本已与张邦昌一条心，见高宗已有几分酒意，便说自己想去细看宫阙。高宗便吩咐摆驾，先看分宫楼。銮驾将至分宫楼，太监见那边有几个黑影，便急声喊道："有刺客！"禁军立刻前来护驾，并捉住了岳飞，张保和王横趁乱逃了出去。

　　高宗忙问刺客为何人，太监答说："岳飞"。荷香趁机道："若是岳飞，应该立斩。前日宣召进京，他违旨不来。今日无故暗进京城，直入深宫，图谋行刺。圣上应速将他处斩，以正国法。"高宗此时还在醉乡，听了荷香之话，就传旨出来，将岳飞斩首。岳飞被绑出午门外。

　　张保见状，急往李纲府上去请他来救岳飞。李纲听了张保之言，急忙来见驾。走至东华门，却被张邦昌暗中摆放的钉板所阻。李纲浑身是血来见驾，高宗忙问出了何事。李纲替岳飞喊冤，高宗便命人带岳飞上殿。

　　岳飞上殿之后，李纲道："圣上爱你之才，特命徐仁召你到京，着你保守黄河。你怎么敢暗进京师，意欲行刺圣上？理应罪诛九族，你有何言奏答？"岳飞道："有圣上龙旨召进

京城，现在供在营中。小将到京时，城外见了张太师，张太师同小将同至午门，叫小将在分宫楼下候旨。张太师进去，不见出来。适值圣驾降临，罪将自然跪迎。岳飞一死何惜，只因臣母在我背上刺下'精忠报国'四字，难忘母命！求太师爷做主！"

张邦昌忙奏道："想是岳飞要报武场之仇，如此攀扯，求圣上做主！"李纲奏道："既如此，圣上可查一查，那日值殿的是何官？问他就明白了。"高宗降旨，命内侍去查明那日值殿者何官。不多时，内侍查明回奏："乃是吴明、方茂值殿。"

高宗就问那一晚之事。吴明、方茂奏道："那晚有一小童手执灯笼，上写'右丞相张。'"高宗闻奏大怒，对张邦昌大骂道："险些害了岳将军之命！"随即吩咐将张邦昌绑了斩首。李纲奏道："姑念他献玉玺有功，免死为民。"高宗准奏，降旨限他四个时辰出京。张邦昌谢恩而出，回家收拾出京。

且说王贵、汤显、张怀、牛皋四人与岳飞分别后，占山为王，并与施全、周青等四人一直往来。

此前李纲为救岳飞，曾命人写了一张冤单，叫人出去刻印了千张，让张保、王横分头去贴，以造声势。所以这个消息也传到了牛皋等人所在的太行山。这一日，正值牛皋生辰，施全、周青等人前来为他祝寿。八兄弟便商议要去金陵救大哥。商议之后，八兄弟召齐兵马，一共八万，下山一路往金陵而来。

　　大队人马离凤台门五里之时，安营下寨。守城官兵慌忙报上金阶，奏与高宗知道。高宗随传旨下来："何人去退贼兵？"下边有后军都督张俊，领旨出午门来。汤怀等人对张俊说道："我们不是反寇！你进去只把岳大哥送出来，便饶你了。如若不然，就打破金陵，鸡犬不留，杀个干干净净。"

　　张俊回朝禀告高宗，高宗以为岳飞与反贼勾结，欲定岳飞之罪。但李纲、宗泽一同奏道："臣等情愿保举岳飞，倘有差池，将臣满门斩首。"高宗道："二卿所奏，定然不差。"即忙降旨，宣召岳飞上殿。岳飞进朝，朝见已毕，高宗就命岳飞去退贼寇。

刘豫恃宠张珠盖
曹荣降贼献黄河●

高宗黜了张邦昌，命岳飞领兵一千，出城退贼。岳飞辞驾出朝，披挂上马，带着张保、王横，又到教场挑选一千人马，出城过了吊桥。岳飞与汤怀、牛皋等人见面后，说自己是奉旨来拿他们去问罪的。牛皋等人见岳飞安然无恙，就说一切服从他的安排。岳飞带众人上殿面圣。

阶下武士将八人推进午门，俯伏金阶。汤怀奏道："小人并非反叛。只因同岳飞枪挑梁王，武场不顺，回来又逢斗米珍珠，难以度日。何况国一年无主，文武皆无处投奔，何况小人？今闻张太师陷害忠良，故此兴兵前来相救。今见岳飞无事，俯首就擒。愿圣上赐还岳飞官职，小人等情愿斩首，以全大义。"高宗闻奏，道："真乃义士也！"遂传旨放绑，俱封为副总制之职，封岳飞为副元帅之职，降兵尽数收用！众皆谢恩而退。

接下来，岳飞整顿人马，调兵十万，拨付粮草，辞驾出朝。

　　且说刘豫自从降金以后，官封鲁王之职，好生威风！兀术驻军黄河南岸，苦于渡河之法。刘豫想再立新功，便自荐会想出办法。这一日，他带着一些军士坐上一条小船，向黄河对岸悄悄行进，想暗中观察一下对岸的军情。突然远远望见河对岸竟是两淮节度使曹荣的旗号，刘豫心中暗喜，便叫人把船直摇到岸边。上岸后他深谢曹荣救命之恩。曹荣问他在金如何，他说自己被封为鲁王，甚是荣耀。接下来他便劝曹荣降金，而且担保他一定可以被重用。曹荣也是个贪慕虚荣之辈，听刘豫如此一说，又见他如今果然荣耀加身，便同意了。刘豫又问过河之法，曹荣道："明晚，趁岳飞入都未回，特献黄河，作为进见之礼。"

　　刘豫别了曹荣，下船来至北岸见兀术。兀术听说刘豫劝降了曹荣并得了过河之法，十分高兴，夸赞了刘豫一番，然后又与军师哈迷蚩商议发令，准备明日行事。

　　次日，将至午后，兀术慢慢发船而行，曹荣在对岸等候，兀术上岸，见礼后，兀术封曹荣为赵王之职，曹荣谢恩。

　　且说吉青正在城中吃酒，吃得大醉时，军士来报："兀术已经过河，将到营前了，将军快逃吧！"吉青道："胡说！大哥叫我守住河口，往哪里走？快取我的披挂过来，待我前去迎战！"

吉青装束上马，醉眼蒙眬，提着狼牙棒，一路迎来，正遇着兀术。吉青大声道："番狗！快拿了头来，就放你去！"说罢举起狼牙棒打来。兀术大怒，转马头，就是一斧。吉青举棒来架，震得两臂酸麻，叫声："不好！"急忙回马就走，八百军士随他一起撤走。兀术正欲回马，只听得吉青又在前面林子中转出来，大骂："兀术！你此时走向哪里去？快拿头来！"兀术大怒道："难道孤家怕了你不成？"然后便拍马追来。那吉青不敢迎战，拍马又走。引得兀术心头火起，匹马单人，一直追下来二十余里，前面尽是些小路，吉青却不知逃哪里去了。就在这时，军师带人赶到，护送兀术回营。

且说副元帅岳飞领兵十万前来。将近皇陵，岳飞吩咐三军悄悄扎下营盘，不要惊了先皇。岳飞细看那四围山势，心下暗想：好个所在！便问军士这是什么山，军士禀说是爱华山。岳飞心中暗想：此山正好埋伏人马！如若能引得番兵到此，定会杀他个片甲不留！

吉青当夜带领了八百儿郎一路败退，天色将明时正好到了皇陵。吉青进营参见了岳飞，禀明两淮节度使曹荣献了黄河。岳飞命他去引兀术到此，将功折罪。吉青领令，也不带兵卒，独自一人出营上马，来寻兀术。

第二十七回

岳飞大战爱华山◉
阮良水底擒兀术

吉青走后，岳飞令张显、汤怀带领二万人马，弓弩手二百名，在东山埋伏。炮响为号，捉拿兀术。又令王贵、牛皋带领二万人马，弓弩手二百名，在北山埋伏。炮响为号，截断兀术归路。接着又令周青、赵云领兵二万，弓弩手二百名，在西山埋伏，炮响为号，杀将出来，阻住兀术去路，二人领令而去。又命施全、梁兴领兵二万，弓弩手二百名，在正南上埋伏。号炮一响，一齐杀出，阻住兀术去路。众将各自领命而去。又分拨军兵五千，守住粮草。岳元帅自领一万五千人马，同着张保、王横，占住中央。分拨停当，专等兀术到来。

吉青沿此前败走的路返回，走到一半，正好遇到兀术一行人。吉青又开始叫骂诱战，兀术此前被他戏耍一番心中本就恼怒，见他又来挑衅更加气愤，催马上前，抢斧就砍，吉青使棒相迎。二马相交，战不上几个回合，吉青败走。兀术追赶二十余里，勒住马不再追。吉青见他不再追，又转回马来叫骂，兀术大怒，继续拍马而追。

吉青在前，兀术在后，一直追至爱华山，吉青一马转进谷口。兀术带领众军，追进谷口，却不见吉青踪影。这时候，兀术细看这山，才发现四面都被小山抱住，没有出路，心中暗惊。正欲转马，只听得一声炮响，四面尽皆呐喊，竖起旗帜，犹如一片刀山剑岭。那十万八百儿郎团团围住爱华山，大叫："休要走了兀术！"只吓得兀术魂不附体！

但见帅旗飘荡，一将当先：头戴银盔，身披银甲，内衬白罗袍，坐下白龙马，手执沥泉枪，膀阔腰圆，十分威武。来人正是岳飞，双方互报名号之后，仇人相见，分外眼红，话没多说便战在一处。几十个回合下来，不分胜负。哈迷蚩见兀术被围，趁乱飞马回报大营，粘罕立刻催动人马望爱华山而来。

这时候山上牛皋看见了山下的战况，想要去参战，便对王贵道："只有一个番将在这里边，还把这车挡在此做什么？你看下边有许多番兵来了，我等闲在这里，不如把车儿推开了，下去杀他一个快活？"王贵道："说得有理。"就这样，二人把岳飞的嘱托抛在了脑后，下山参战去了。

这一厢，岳飞与兀术交战到七八十个回合，兀术招架不住，被岳飞一枪扎中肩膀。兀术大叫一声，往谷口败去，见路就走。奔至北边谷口，正值那王贵、牛皋下山去交战了，无人挡阻，竟被兀术一马逃下山去了。岳飞查问守车军士，方知牛皋、王贵下山情由，只得传令众弟兄，各自领兵下山接战。一声炮响，这几位凶神恶煞，引着那十万八百常胜军，蜂拥一般，杀入番阵内。

这一场大战，杀得金兵大败亏输，望西北而逃。岳飞在后边催动人马，急急追赶，直杀得尸横遍野，血流成河。

番兵前奔，岳兵后赶，赶下二三十里地面，却有两座恶山，紧紧相对出现在眼前。左边的叫作麒麟山，山上的大王叫作张国祥，原是水浒寨中菜园子张青之子，手下有三四千人马。右边叫作狮子山，山上的大王叫董芳，是水浒寨中双枪将董平之子，手下也有三四千人马。这一日，双方约定了下山摆围场吃酒。正逢番兵兵败到此，便集合手下人马把那些败下来的番兵番将又斩杀了一回。

正杀得热闹，后边王贵、牛皋、梁兴、吉青四员统制，追到这里。张国祥与董芳两个哪里认得，见他们生得相貌凶恶，也当是番将，抢上来接着厮杀。王贵、牛皋也是蠢的，不管三七二十一，就与他交战。正在这时，岳飞大兵已到，看见两员将与牛皋等厮杀，便大叫："住手！"两边听见，各收住了兵器。张国祥、董芳见了岳飞旗号，才晓得错认了，慌忙跳下马来，跪在马前道："我们弟兄两个是绿林好汉，

见番兵败来，在此截杀。看见这四位将军生得丑陋，以为也
是番将，故此交战。不知是元帅到来，故尔冲撞！我弟兄两个
情愿投在麾下，望元帅收录！"岳飞急忙下马，扶起二人。得
知他们是梁山好汉之后心中更喜，痛快地将他们二人收了编。

　　且说番兵行至黄河岸边，并无船只可渡，后边岳军又呐
喊追来。兀术道："这回真个没命了！"突然，芦苇里一只小
船摇将出来，兀术便道："快划船来，救我过去，多送金银
谢你！"那渔将小船摇到岸边，兀术一人一马上了船。谁料
船刚行离岸边，岳飞便带兵追到。岳飞高喊："船家，捉拿
番将上来，自有千金赏赐，万户侯封。"兀术对渔翁道："你
不要听他。我乃大金国四太子兀术便是。你若救了我，回到
本国，就封你个王位，决不失信。"谁料渔翁却道："我是中
原人，祖宗姻亲俱在中原，怎能受你富贵。我父亲叔伯，名
震天下，乃是梁山泊上有名的阮氏三雄。我就是短命二郎阮
小二爷爷的儿子，名唤阮良的便是。我在此处拿下你，正好
送给我大宋朝的新君作个见面礼物。"说完一个翻筋斗，扑
通下水去了。然后在船底下双手推着，把船望南岸上送。哈
迷蚩看见，忙叫番兵快去救兀术。

　　阮良听得有船来救，趁势将船打翻。兀术翻入河中，被
阮良连人带斧两手抱住，两足一蹬，戏水如游平地，望南岸
而来。

第二十八回

岳元帅调兵剿寇 ●
牛统制巡湖被擒

　　阮良擒住了兀术，赴水将近南岸，兀术怒气冲天，看着阮良，大吼一声，便朝阮良脸上打来。阮良叫声："不好！"抛了兀术，往水下一钻。这边番兵驾着小船，刚刚赶到，救起兀术，同上大船。岳飞见兀术被番兵救了去，向众将叹了一口气道："这也算是天意了！"

　　这时阮良在水面上透出头来探望，岳飞急唤他上岸。得知他亦是梁山好汉的后代，也愿意归顺，便也收下了他。

　　这一日，岳飞正坐营中与诸弟兄商议，差人各处找寻船匠，打成战船渡河，杀到黄龙府去，迎请二圣还朝。忽报有圣旨下，元帅出营接进，钦差开读：

　　今因太湖水寇猖狂，加升岳飞为五省大元帅之职，速即领兵下太湖剿寇。

　　岳飞领旨谢恩。接着便急忙差人知会张元帅，拨人把守黄河。又命牛皋、王贵、汤怀、张显四将领兵一万先行，自己整顿粮草后随即便到。四将领令，发炮起行。

四人领兵到了平江府。离城十里，安下营寨。平江府知府陆章听闻剿匪大军前来，便亲自带着许多酒肉来到营中拜见。汤怀道："难为贵府了！且问贼巢在于何处？如今贼在哪里？"陆章道："太湖东边为东洞庭山，西边为西洞庭山。东山乃贼寇扎营安住，西山乃贼人屯粮聚草之处。兵有五六千，船有四五百号。贼首叫杨虎，元帅叫作花普方。他们倚仗着水面上的本事，口出大言，要夺我朝天下，不时到此焚劫。今得岳元帅同将军们到此，真乃万分之幸也！"汤怀道："贵府只管放心！就是兀术五六十万人马，也被我们杀得抱头鼠窜，何况这样小寇？但是水面上须用船只，不论大大小小，烦贵府办齐全，另多派水手备用。小将们明日就好移营到太湖边防守，等元帅到时，开兵捣他的巢穴便是了。"陆知府领命辞别回城，自去备办船只水手、船泊在水口听用。

正值中秋前后，这一晚，牛皋吃了些酒，坐在船头上，见月色明朗，便命水手载自己到湖中去赏月，水手只得听令。牛皋坐在船头，见皓月当空，天光接着水光，真是一绝，便又命往湖心摇去，水手不敢违抗。

忽见上流一只三道篷的大战船摇将下来，只见这战船趁风顺水，片刻就来到牛皋所乘的小船旁边。大船径直朝小船

碰来，牛皋在船头站不稳，扑通一声跌落湖心。那战船上的元帅花普方在船头上看得明白，也跳下水去，捞起牛皋来，用绳索捆了，回转船头，往山寨而去。

小船上的水手，急忙往回摇船，去向汤怀报信了。汤怀听说牛皋被捉，急忙召集了众兄弟商议营救之法。张显、王贵也没有主意，便道："这茫茫荡荡的太湖，又没处探个信息，只好等岳大哥来了再做商议。"

花普方擒了牛皋，回船来到洞庭山，等待天明，启奏杨虎道："臣于昨夜拿得一将，乃是岳飞的先行官，名唤牛皋，候主公发落。"杨虎即令："带进来！"杨虎道："牛皋，你既被擒，见了孤家，怎么不跪？"牛皋两眼圆睁，大骂一声："无名草贼！我牛老爷昨晚吃醉了酒，才跌下水去，误被你擒来。你不下礼与我，反要我跪，岂不是个瞎眼的毛贼？"

杨虎道："也罢，孤家不杀你。你若降顺了我，也封你做个先锋，去取宋朝天下何如？"牛皋道："放屁！我堂堂朝廷封的统制官，怎会降你这偷鸡偷狗的贼子！我看你还是投降了我岳大哥才是正理，不然等他前来一定会拿住你，碎尸万段！"杨虎听了大怒，叫："拿去砍了！"两旁刀斧手一声答应，将牛皋推下来。

第二十九回

岳元帅单身探贼
耿明达兄弟投诚 ■

元帅花普方却禀说，牛皋不可杀，因他是岳飞的结义兄弟，岳飞最重义气，所以不如将他监禁，然后诱岳飞归降。杨虎依言，命人把牛皋押了下去。

花普方有心拉拢牛皋，次日备了酒食，带了从人来到监门。牛皋也是响马出身，所以与花普方交谈甚欢，花普方趁机拜牛皋为兄。

两人对坐，饮到三杯，牛皋道："花兄弟，你今既与我做了兄弟，我须要把正经话对你说。目下康王在金陵登位，是个好皇帝。我家岳飞大哥是天下无双的好汉，况有一班弟兄都是英雄。我劝你还是弃暗投明，归降宋朝，到时候跟岳大哥一起建功立业，自有大官可做，也不枉了你这一世英名！"花普方心中暗想，自己本来是来劝他归顺的，却不想反被他劝降，倒被弄得一时做不得声。二人又吃了一会儿，花普方决定探探他们兵势如何。牛皋便细说了，岳飞麾下像他这样的大将还有七八名，个个本领高强，统兵十万零八百，名曰"常胜军"。

花普方听了这一席话，半信半疑。后告辞而去。

且说岳飞率领大兵，来到太湖，方知牛皋被捉去，心中好生恼怒。思忖之后决定用汤怀之名前往太湖匪寨一探虚实。

到了次日，岳飞把战书写就，带了张保、王横，乘船来到水寨，自称岳飞帅帐前统制汤怀来向杨元帅下战书。喽啰进营禀告，一会儿出来请岳飞进营。岳飞命王横看船，自己同张保上岸。细看山势，果然雄险，上面又将大石堆砌三关，内有旗幡招展。岳飞来到殿前，张保自在殿门外等候。岳飞进殿跪下道："小将汤怀，奉主帅之命有书呈上大王。"杨虎道："既是一员副将，请起，赐坐。"杨虎将战书看过，即在原书后批着："准于五日后交兵。"

交还战书之时，杨虎突然觉得岳飞有些面善，思忖一会，觉得他长得很像当年武场内枪挑梁王的岳飞，却又拿不定主意。便偷偷命人将牛皋带来。不多几时，牛皋已到了殿门首，张保大惊，慌忙过来悄声说自己是跟元帅来下战书的，元帅用的是汤怀的名。

牛皋点头进殿。杨虎道："唤你出来，非为别事。你营中有人在此，你可寄个信去，叫他们早早投降，免得诛戮。"牛皋看了岳飞一眼，道："原来是汤怀哥！你回营去告诉岳大哥，说我牛皋误被这草寇所擒，死了也会名垂竹帛、扬名后世的。他若是拿住了这逆贼，与我报仇罢了！"杨虎命人将牛皋带了下去，又让汤怀回营去劝服岳飞，说如果岳飞肯归顺他，待他日大成，定会封侯富贵。岳飞告辞而去，出湖一路回营。

花普方往西洞庭送粮回来听杨虎说岳飞差手下汤怀来下战书，又听杨虎说觉得这个汤怀长得很像岳飞。花普方也觉出了其中的蹊跷，决定前去追赶，一看究竟。

花普方放一只三道桅的大船，扯满风篷追上来，不一会儿便看见了岳飞所乘的小船。花普方立在船头上，大叫："岳飞你走哪里去！俺花普方来也！"岳飞回头见来船将近，唤王横，取过火箭来，叫一声："花普方，再看本帅的神箭！"嗖嗖嗖连射了三支火箭，那船篷上霎时火起，烧了起来。花普方吓得魂飞胆丧，急忙叫军士砍倒桅杆，救火尚不及，哪里还敢追来。

岳飞回营后将水寨之事跟众兄弟说了一遍。众人道："求元帅早早开兵，救牛兄弟才好。"岳飞道："我看贼势猖獗，且在湖水中央，若坚守不出，一时怎能破得？"

正在论说间，有传宣来禀："有两个渔户求见元帅。"二人进营后，报上姓名。原来他们是两兄弟，兄长叫耿明初，兄弟叫耿明达。二人一直在湖边以打鱼为生，日子过得还算不错。可是，几年前，杨虎聚集人众霸占了洞庭山，就不再容别人在湖内打鱼。如今听闻朝廷派岳飞来征剿太湖，便自告奋勇前来相助。

岳飞十分高兴，便向他们细细打听这群匪患的底细。耿明初道："这杨虎水里本事甚好，岸上陆战却是有限。手下众将，只有元帅花普方、先行许宾两个厉害些，其余也俱平常。但是他有四队兵船十分厉害，所以官兵不能胜他。"岳飞忙问什么兵船如此厉害，耿明初道："他第一队有五十号，名为'炮火船'，船上四面架着炮火；第二队名为'弩楼船'，也有五十号，船面上竖立弩楼；第三队五十号，叫作'水鬼船'，船内水鬼，俱是在漳、泉州近海地方聘请来的，他在水底下可以伏得七日七夜。这三队兵船厉害。若能破得，这第四队杨虎自领的战船，便不足为虑了。"

获知如此详细的敌情，岳飞十分感激耿氏兄弟。回帐安寝后，岳飞又想出一计。次日清早，他悄悄来到后营见耿氏弟兄，道："我有一机密事，不知二位贤弟肯一行否？"耿氏弟兄道："蒙元帅厚恩，若有差遣，我兄弟两个虽赴汤蹈火，亦不敢辞，求元帅令下便是。"

第三十回

破兵船岳飞定计
袭洞庭杨虎归降

岳飞悄悄对耿氏弟兄道："你二位照旧时打扮，假意去投降，等待开兵之时，贤弟即谋一差，替他看守山寨。等杨虎出兵，你们就先放了牛皋，再拿了杨虎家眷，但不可杀害。然后将他的金银财帛收拾好，四面放起火来，烧了他的山寨。这便是二位贤弟的大功劳！"二人领命，仍旧换了打鱼的服色，别了岳飞，下了小船，往洞庭东山水寨而来。

杨虎此前一直想招安耿氏兄弟，如今见他们前来投奔，自然十分高兴，立即吩咐备筵席庆贺。

这一厢，岳飞命平江知府去整备粗细竹子麻绳听用。又扎造木排，置办生牛皮做成棚子、遮箭牌等。半个月之后，岳飞对众兵将道："开战后，大家可穿着软底鞋子，腰缠扎紧，只看本帅红旗为号，一齐钻入小船篷下藏躲。待他火炮打过，然后出来交战。"又命王贵带领几十号小船，去打捞水草，堆贮船中，躲在两旁。待他那第二队"弩楼船"来时，把草船驶出来，将水草推下水去，塞住他的车轮。等那楼船行走不动，就上去杀他的兵，钉死他的炮眼。然后再下小船，分左右来助阵。又命周青、赵云、梁兴、吉青四将带领五千人马，前往无锡大桥埋伏，道："那杨虎若败了，必由此路投九江去，你们到那里截住，不过只要生擒，不许伤他性命，违令者斩！"

岳飞带兵出战，杨虎即命许宾率领"炮火船"，花普方率领"弩楼船"，水军头领何进率领"水鬼船"，自己率领大战船，亲自督阵，与岳飞交战。耿氏兄弟自荐留下保护山寨，杨虎应允。

岳飞站立于船头之上，高声叫道："杨将军！你今大势已去，不如早早归降，上与祖宗争气，下得封妻荫子，休要自误了！"杨虎道："岳飞，你休夸大口！我兵强将勇，占着这太湖，水势滔天，进则可攻，退则可守，你怎奈何得了我？"岳飞大笑道："杨虎！你那巢穴已被我抢了，还敢在那里说梦话！你回转头去望望看。"杨虎听说，回头一看，只见满山红焰，火势滔天。这时小喽啰飞船来报："大王不好了！耿家弟兄抢出牛皋，劫了山寨，四面放火，回不去了！"杨虎大叫一声："好岳飞！俺怎肯轻饶了你！"说完便催动战船，驶将上来，刀枪兵器，如雨点一般杀来。岳飞忙命挠钩手搭着大船，众将拥身上了杨虎之船。汤怀、张显跳上"弩楼船"，双战花普方。花普方跳下湖，赴水逃到岸上，往湖广投杨幺去了。"水鬼船"上何进提刀下水，来到木排边，朝岳飞杀来，却被王横一铜棍，打得脑浆迸出，死在湖内。杨虎见不好，只能跳下水逃命。阮良见了，也跳下水来，擒捉杨虎。

岳飞见四队兵船俱破，下令："降者免诛！"那些大小贼船听得，俱齐声愿降。岳飞便令汤怀、张显，发船往山寨招贼兵，如降者不许杀害。一面救灭了火，将杨虎家眷送到本帅营中候令，二将领令去了。又命王贵、施全收拾降军船只，奏凯回营。

杨虎在水中斗不过阮良，逃往西边上岸。恰遇着数百败走的喽啰，杨虎就拣匹马来骑，一同去投混江王罗辉、静山王万汝威，思量借兵报仇。杀了一日，走了一夜，杨虎肚中饥饿，人困马乏。岳飞带着四将随后追来，岳飞劝他投降，他却不肯。这时候，杨虎的母亲从船舱里钻出来，喝道："逆子！我一家性命皆蒙元帅不杀之恩，还不快下马拜降，更待何时？"杨虎见了，慌忙跳下马来，撇了刀，跪在岸边，说道："元帅虎威大德，杨虎情愿归降。但是屡抗天兵，恐朝廷不肯放过我。"岳飞双手扶起道："将军若能改邪归正，就是朝廷的臣子，本帅可保举将军共扶宋室，立功显亲，也不枉了人生一世。"杨虎连声称谢，然后上船来问候母亲。

两日后，岳飞带军回到金陵，上殿面圣。朝见已毕，岳飞将收服太湖杨虎归降之事，一一奏明。高宗大悦，降旨，封杨虎、张国祥、董芳、阮良、耿明初、耿明达六人为统制之职；岳飞加衔纪录；一班随征将士，俱各记功升赏。随后着岳飞统领大军，去征剿鄱阳湖水寇。

岳飞领旨出朝，择日出兵。点牛皋带领人马五千，为前队先锋；王贵、汤怀带领五千人马，为第二队；自己同众将在后进发。

牛皋挂了先锋正印，很是高兴，领着人马，一路到了湖口。有总兵官谢昆下营在此等候。牛皋询问鄱阳湖水寇之事，谢昆道："鄱阳湖内有座康郎山，山上有两个大王，大头领罗辉，二头领万汝威。他二人占住此山，手下雄兵猛将甚多。内中有个元帅，名叫余化龙，十分厉害，因此官兵近他不得。"牛皋又细细问明了康郎山在何处，便领着军士朝康郎山进发了。

牛皋领兵来至康郎山，吩咐众儿郎即刻攻山。山上余化龙得令，带领喽啰一马冲下山来，大喝一声："哪里来的毛贼，敢来寻死！"牛皋抬头一看，只见来将竟与岳飞很相像。牛皋也不搭话，举锏便打！余化龙架开锏，一连几枪，杀得牛皋气喘汗流，招架不住，回马便走，逃回了营中。次日，王贵兵到，同汤怀安营在湖口。停了两日，岳飞大队已到，同往康郎山旱路去取山。

　　行至二十里，牛皋出营来接，将余化龙的厉害说了一遍。岳飞来到山前叫阵，两个大王仍命余化龙下山讨战。岳飞命众将士一齐放箭，坚守营寨，不与交战。余化龙只得收兵回山。

　　次日天明，余化龙又下山来讨战。岳飞坚守不出，余化龙只得收兵回山。到了黄昏时候，岳飞换了随身便服，带了张保一人悄悄出营而去。

第
三
十
一
回

穿
梭
镖
明
收
虎
将
⦿
苦
肉
计
暗
取
康
郎

岳飞带张保悄悄出了营门，往康郎山行近，把山势形状，细细观看了一番。复身回营，思考对敌之策，最后决定先收服余化龙才好行事。

次日，岳飞到山前叫阵，余化龙闻报，即引众喽啰下山来迎敌。岳飞报出名号，劝余化龙投降，余化龙自是不肯，双方战到一处，一时未能分出胜负。不过二人都对对方的本领感到钦佩，决定明日再战。

结果又战一日，还是没能分成胜负。到第三日午后，余化龙服软了，然后便回马往山左败去。岳飞心知他必是诈败之计，但不入虎穴，焉得虎子，于是便追了上去。果然，余化龙趁机打来飞镖，没想到岳飞早有防备，一把接过飞镖打了回去，一下子将余化龙坐马项下的挂铃打断。马儿一惊，便把余化龙掀翻在地。岳飞跳下马来双手扶起他，说道："余将军，这马未曾临过大阵，请换了再来决战。"余化龙满面羞惭，跪下道："元帅真是天神！小将情愿归降，望元帅收录！"岳飞道："本帅爱才如命，将军不必自谦。"

二人撮土为香，对天立誓。岳飞年长为兄，余化龙为弟。岳飞道："贤弟，我假作中了你的镖败转去，以释你主之疑。待你回营之后，再见机行事。"余化龙道："遵命。"就这样，岳飞假意被余化龙的飞镖打伤，败下阵来。

岳飞收兵回营，暂时未将收服余化龙之事告诉众兄弟。这时有军士来报："元帅，兀术来打藕塘关，驸马张从龙领兵五万，攻打汜水关。十分危急，请令定夺！"湖寇未平，金兵又到，岳飞一筹莫展。这时候杨虎上前禀说，自己与万汝威有一拜之交，自请上山劝他归降，为国效力。岳飞应允。

杨虎上山后拜见了万汝威并说了劝降之言，万汝威大怒，只念曾与他称兄道弟才未将他斩杀，不过却是将他赶出了山寨。杨虎回营后回禀岳飞说万汝威不降，没想到岳飞见他毫发未损，却说他私通贼寇，并下令杖责一百，监押起来。杨虎连声喊冤，岳飞却不听他辩解。后来牛皋求情，岳飞才放了杨虎，但削了他的职。当天夜里，杨虎悄悄出营，骑马直奔康郎山来见万汝威。

杨虎来到大寨，跪下哭道："不听大王之言，几乎丧了性命！那岳飞说我私通大王，要斩了我。幸亏牛皋保救，打了数十板子，逃到此间。望大王念昔日之深情，代杨虎报了此仇，虽死无憾。"万汝威双手扶住他道："你若早听孤言，也不致受苦了。"然后吩咐余化龙将杨虎扶下去将养棒疮，置酒款待。

余化龙得令，同杨虎回到本营，将药敷好，然后坐席饮酒。杨虎来之前，岳飞告诉过他，余化龙已收为己用，让他到后诸事与余化龙商议。杨虎说明来意，余化龙连称元帅妙计。

次日，万汝威、罗辉正与手下商议退兵之策，忽报："岳飞差人来下战书！"罗、万二人拆开观看，上边写道：大宋扫北大元帅岳飞，书谕万汝威、罗辉知悉：若能战，则亲自下山，决一雌雄；若不能战，速将杨虎献出，率众归降。罗辉、万汝威看了大怒，即在原书后面批定"来日决战"，便将来人赶下山去。

次日，岳飞率领众将带领大兵，直至康郎山下，三声炮响，列成阵势。岳飞立马阵前。万汝威拍马上前一步，叫声："岳飞，你空有一身本事，全然不识天时！宋朝气运已终，何苦枉自费力，保着昏君？若不降顺孤家，今日誓必拿你。"岳元帅道："你二人若是知时机，应尽早归降，以保一门性命。如若执迷，性命只在顷刻也！"罗辉大怒，叫声："谁给我拿下岳飞？"余化龙道："我来拿他！"手起一枪，一下子将万汝威刺于马下。杨虎随即挥刀将罗辉砍为两段。

此时众将方知杨虎献的苦肉计，皆拊掌称好。

第二天早上，岳飞令牛皋带领本部五千人马，为第一队先行，星夜前去救氾水关；余化龙、杨虎二人领兵五千，为第二队救应。

牛皋兵至氾水关，才得知氾水关已被金兵抢去。他立刻带兵到关前讨战，金国老狼主的驸马张从龙出来应战。牛皋不是张从龙敌手，败下阵来，在路旁扎住营寨。

次日，余化龙、杨虎二将到了，商议一番决定去攻氾水关。

第三十二回

牛皋酒醉破番兵
金节梦虎谐婚匹

余化龙、杨虎二人带领三军，齐至汜水关前，放炮呐喊。张从龙率领番兵开关迎敌。余化龙出马，挺枪便刺，张从龙举锤就打。枪来锤去，战到二十回合，也没能分出胜负。余化龙暗取金镖在手，扭回身子，霍地一镖，正中张从龙前心，张从龙翻身落马。杨虎赶上一刀，割了首级。三军一齐抢进关来，众番兵四散逃走。

牛皋、余化龙、杨虎回营复命，牛皋道："攻下汜水关的功劳是他们二人的，与我无关。"岳飞道："既然如此，你仍领本部兵马去救藕塘关，本帅随后即至。"

牛皋领兵而去。不多日来到藕塘关，守关总兵金节前来迎接。牛皋随金节入了衙门大堂，只见处处挂红，张灯结彩，酒席已经备好，牛皋与金节开怀畅饮。

休整一夜之后，牛皋带兵出城。迎战的金邦元帅不是牛皋敌手，几个回合便被牛皋取了首级。军士杀入番营，杀得尸横遍野，血流成河。追赶二十里，方才回兵，并抢了许多马匹粮草。金节出关迎接，说道："将军真神人也！"遂送牛皋到驿中安歇。

金节回转衙中，夫人戚氏接进后堂用晚膳。席间戚氏有意将胞妹嫁给牛皋，让金节前去探听他可曾娶妻。次日天明，金节在探听之下得知牛皋尚未娶妻，心中十分高兴，便命家人速将花烛准备好，并差人去驿馆请牛皋前来。

牛皋跟随家丁来到大堂，见这光景，心中想道：原来他家有人做亲，所以请我吃喜酒。牛皋便问金节道："府上何人完婚？俺贺礼也不曾备来，只好后补了。"金节道："今天黄道吉日，下官有一妻妹送与将军成亲，特请将军到来同结花烛。"牛皋听见这话，一张脸涨得猪肝一般，急得没法，往外就跑，出了大门，上马奔回驿中去了。

这时，门外忽报岳元帅大兵已来。金总兵赶紧上马出关去迎接，并对岳飞讲明了想将夫人胞妹嫁给牛皋一事，希望岳飞能成全。这是好事，岳飞便命汤怀去驿馆将牛皋喊来。随后同牛皋、汤怀一齐来到总兵衙门。金总兵出来将众人接到大堂之上，牛皋先拜了岳飞，然后便与戚氏胞妹成了婚。

且说山东鲁王刘豫守在山东诈害良民，次子刘猊更是倚仗父亲的势头在外强占民田，奸淫妇女，无所不为。这一日，刘猊带了二三百家将，往乡村打围作乐，一路来到一个地方，名为孟家庄。家丁放鹰逐犬，不料鹰却被一个庄丁用锄头打死。刘猊见自己的鹰被打死，十分生气，命家将将那个庄丁活活打死，并要去庄中找孟家庄庄主赔他的鹰。

孟太公听庄丁报了此事，怒道："刘豫这奸臣投了外邦，他儿子竟敢在此胡作非为。待我去见他，看他怎么样要我赔鹰！"

孟太公出了庄门，刘猊坐在马上，道："老头儿，你家庄丁把我的鹰打死了，快些赔来。那庄丁出言无状，已被我打死了！"孟太公怒道："反了！反了！你们把他打死了不偿命，反要我赔鹰，真正是天翻地覆了！"刘猊大怒道："皇帝老儿也奈我不得，你敢出言无状？"说完马一拍，冲上前来，捉拿太公。

刘貎催马上前来捉太公，太公往后一退，一下子跌倒在地，头破血流，晕了过去。众庄丁连忙将他扶起，抬进房中。孟太公醒来，便命庄丁将儿子唤来。孟太公中年没了妻室，只留下这一个儿子，名为孟邦杰，自小习武，使得柄好双斧，本领高强。孟邦杰此时正在后边菜园地上习练武艺，听闻父亲受伤急忙赶来。庄丁把刘貎打死庄丁，来要太公赔鹰之事说了一遍。这时孟太公微微睁开眼来，叫声："我儿！可恨刘貎这小畜生无理，我死之后，你要替我把仇给报了呀！"话还未毕，气绝身亡。

孟邦杰悲痛不已，放声大哭。这时家丁又来报说刘貎还在庄外撒野，孟邦杰怒从中来，提着两柄板斧，抢出庄门，奔着刘貎就砍了过去，刘貎吓得回马便逃。打跑了刘貎，孟邦杰回庄，将父亲的尸首下了棺材，抬到后边空地安葬了。当天夜里，孟邦杰便离开家中，

刘鲁王纵子行凶　孟邦杰逃灾遇友

去藕塘关投奔岳飞了。

刘猊逃回府中，便向父亲哭诉，将孟家庄之事一一说了，而且还说了些假话。刘豫见自己的宝贝儿子被人打了，大发雷霆，便命刘猊发兵去将孟家庄抄没了。

且说孟邦杰走了一夜，经过一座山前，又累又饿，正想到山中的寺庙去讨些吃食，不料刚走到一片松林，便被一群小喽啰逮住了，他们将孟邦杰横缚在马上，押往山寨而来。

守寨头目命喽啰们将孟邦杰绑在木桩上，拷问他是不是官府的奸细。孟邦杰被痛打了一顿，心中叫苦，大声叫道："我孟邦杰大仇未报，难道要死在这里吗？"这一声大喊恰恰被山上的大王听到了，他急忙走上前来，仔细一看，原来绑着的竟是自己的贤弟。

原来，这山上的大王名叫锦袍将军岳真，与后山的四位大王呼天保、王天庆、徐庆、金彪为结义兄弟。岳真与孟邦杰是旧识。岳真问他为何到此，孟邦杰便跟他讲了自家的遭遇，又说自己想去投奔岳元帅。呼天保在一旁道："大哥，孟兄要报父仇，我等六人聚集两个山寨中人马，约有万余，足可以报得孟兄之仇，何必远去？"孟邦杰道："小弟闻得岳元帅忠孝两全，大重义气，这绿林中买卖，终无了局。不如聚了两山人马，去投在岳元帅麾下。他若果是个忠臣，我们便在他帐下听用，挣些功劳，光耀祖宗。若不是个忠臣，我们一齐原归山寨，重整军威，未为晚也。"岳真觉得孟邦杰说得有理，便吩咐喽啰，收拾山寨人马粮草金银。到了第二日，众大王带领一万喽兵，一齐下山，望藕塘关而来。

且说藕塘关岳飞那边，这一日正逢七月十五日，众将俱在营中做羹饭。牛皋和吉青饮过酒之后到山上赏月，没想到正遇到一个人鬼鬼祟祟在探查什么。二人将其捉了回来。没想到岳飞见了此人却说自己认得他，说他名叫张保，是这边打入番营的探子。那人见岳飞如此说，急忙点头。岳飞又写好一封书信让他带回去交给派他来的人，并说让那人见信行事。

假张保走后，众兄弟都不解岳飞之意。岳飞笑道："你们哪里晓得？我自然知道他是奸细，可是把他杀了也无济于事。我欲领兵去取山东，又恐金兵来犯藕塘关，故此将计就计，放他去替我做个奸细，且看如何。"众将一齐称赞："元帅真个神机妙算！我等如何得知。"岳飞又命探子前往山东，探听刘豫消息。

这个人果然是兀术帐下的一个参谋，叫作忽耳迷，兀术差他到藕塘关来探听岳飞的消息。回至河间府后，忽耳迷说了被捉又被错认一事，然后交上了岳飞给他的书信。兀术打开书信细看，竟是刘豫暗约岳飞领兵取山东的回书。兀术大怒，立刻命元帅金眼蹈魔、善字魔里之领兵三千前往山东去斩杀刘豫。

且说岳飞一日正坐帐中，有探子来报，关外大路上有一支兵马屯扎营寨。岳飞命汤怀和施全前去打探。待到队前，汤怀喝问他们是何人，六员战将，齐齐走来，到马前道："我等乃山东卧牛山中好汉岳真等，闻岳元帅礼贤重士，特来投顺。不知二位将军尊姓大名？"汤怀、施全听了，连忙跳下马来报了姓名，然后便带着岳真等人回营面见岳飞。岳飞一下子又得了六员猛将，十分高兴，与众兄弟开席畅饮，上下同乐。

这一日，岳飞正在营中与众将聚谈兵法，忽有探子来报："大金国差元帅金眼蹈魔、善字魔里之领兵三千，将刘豫一门尽抄。只有刘猊在外打围，知情逃脱，不知去向。"

且说金眼蹈魔、善字魔里之取了刘豫家财，回至河间府缴令。兀术将财帛金银计数充用，然后下令粘罕带十万人马去抢关。粘罕领令，点齐人马离开河间府，浩浩荡荡，杀奔藕塘关而来。岳飞得报后做了一番部署：周青领一队，在正南上下营，保护藕塘关；赵云领一队，在西首保关；梁兴领一队，在东首安营；吉青领一队，在正北救应。四将领令，各去安营保守。岳飞守住中央大营，以备金兵抢关。

粘罕大军已离关十里，天色已晚，便下令安营。随后又暗暗传下号令，命众小番在帐前掘下陷坑，两边俱埋伏下挠

钩手，以防岳飞来偷劫营寨。粘罕又挑选面貌相近自己之人
装成自己模样，明晃晃点着两支蜡烛，坐在帐中看书。自己
则退入后营。

第三十四回

掘陷坑吉青被获 认兄弟张用献关

且说河间府节度张叔夜的大公子张立因与兄弟张用失散，盘缠用尽，流落在江湖上，只得求乞度日。闻得岳飞兵驻藕塘关，特地赶来投奔。不道来迟了一日，遍地俱是番营阻住路头。正好遇到河口总兵带队奉命催粮至此，因此便偷偷混进了队伍。

粘罕大军来到藕塘关的当天夜里，吉青悄悄骑马出城。原来，他一直没忘上次中了"金蝉脱壳"之计的仇，所以这一次想去偷袭番营，活捉粘罕，挽回颜面。谁料，他不知粘罕早有防备，结果掉进陷坑被捉。

粘罕本想捉岳飞，没想到却捉到了吉青，便下令将吉青砍了。元帅铁先文郎禀说，四狼主一直想报爱华山之仇，特命要活捉吉青，粘罕便下令两个大将金眼郎郎和银眼郎郎领两千人马将吉青押送到兀术那边。

吉青家将，见吉青一夜不回，忙去报知岳飞。岳飞急传众将，分头乱蹿番营，去救吉青。粘罕带领众元帅分兵左右迎敌，两家混战，士卒如云。

　　且说张立入了谢昆粮寨，当夜下土山，行了半夜，到得官塘上，但见一支人马，围着一辆囚车，望北而行。张立悄悄跟在后面，听到番将说押的人是宋将吉青。张立暗想：我若救了吉青，同他去见元帅，必定是头功一件。想到这儿，他便提棍上前，几个回合便将金眼郎郎打死，银眼郎郎见状，急忙逃走。张立上前打烂囚车，吉青获救。他着急去追番兵，又见张立一身乞丐打扮，所以便没跟他说话，直接上马而去了。张立心中很是郁闷。

　　且说此处不远有座山，叫作猿鹤山。山中有个大寨，寨中聚着四位好汉：为首的叫诸葛英，第二个公孙郎，第三个刘国绅，第四个陈君佑。聚有四千余人，占住此山落草。这一日喽啰来报说有一队番兵来到山前。四个大王正愁山上粮草不足，便决定带队下山夺粮草。正好吉青也赶到山前，诸葛英见他蓬头垢面，以为他是番将，带着兄弟几个上前便打。吉青举狼牙棒招架，可他哪里战得过这四人？

　　恰好张立一路走来，也来到此处。见吉青与四人交战，心中不满他之前所为，但还是决定上前助阵。二人对四人，一时难分胜负。

　　这时候，岳飞带领众将追捕兵败的粘罕，也来到了猿鹤山下，番兵俱不见了，只见吉青同一破衣服的大汉与四将交

战。牛皋、王贵等人急忙上前助战。这时候，诸葛英见状不对，急忙命众兄弟住手。一打听，才知是岳飞旗号，诸葛英四人慌忙跪拜，希望岳飞能收下他们。岳飞道："既是情愿归降，请上山收拾人马，同本帅回关。"四人大喜，一齐回山收拾。

这时候，岳飞见张立站在路旁，问他是何人。张立便将自己的身世以及此前救吉青，刚才又助战之事一一道来。岳飞听了他一番言语，便道："原来是位公子，且有此功劳，待本帅写本进京，请旨授职便了。"张立道："多谢大老爷提拔！"岳飞又唤来吉青，让他向张立拜谢，吉青连忙谢过了张立。

一日，有圣旨来，命岳飞去征汝南曹成、曹亮。岳飞命牛皋带领本部人马，前往茶陵关，候他到来，然后开兵。又命汤怀、孟邦杰两人，送粮草到军前应用。牛皋兵至茶陵关，扎下营寨，见天色尚早，便没按岳飞嘱咐，而是决定先抢关。结果守关的一名黑脸大将将牛皋打败了。过了两日，岳飞大军赶到。次日，岳飞问众将谁愿去打关，这时候张立上前道："昨日听牛将军说那人面相身形，在下觉得与我兄弟十分相似，因此末将请求出战，一探虚实。"岳飞允准。

张立来到关前叫阵，待那黑脸大将出来后，张立细看，果然是自家兄弟张用。张立假意喝道："我奉岳元帅的军令，来拿你这班草寇。你赶快自己缚了，同我去见元帅。"这时候，张用也认出了来人正是兄长张立。于是他假意提棍打来，三四个回合，张立虚打一棍，落荒而走。张用随后赶来。到得僻静之处，兄弟相认。原来张用与兄长失散后，无处栖身，无奈投了曹成，被封为茶陵关总兵。张用劝兄弟不要再为叛国之人效力，应主动献关。张用自是一切听兄长安排。岳飞赏了二人首功，又修本差官进京，保举二人为统制之职。随后又差人催运粮草，准备去抢栖梧山。

　　岳飞从张用处得知，曹亮、曹成二人水中用兵十分厉害，帐下副将贺武、解云也不可轻视，其他众将却不足为惧。岳飞心中有了章程。

第三十五回

九宫山解粮遇盗
樊家庄争鹿招亲 ◉

　　且说总兵谢昆护送粮草，望茶陵关进发，行了两日，来到了一座高山，此山名为九宫山。山上有位大王名叫董先，手下四个弟兄分别是陶进、贾俊、王信和王义，麾下五千多人马。这一日，听喽啰报说有宋军粮草路过，董先便带着四个兄弟一起下山打劫。

　　谢昆吓得魂飞天外，只得欠身鞠躬，连喊饶命，还说自己官小年迈，如果粮草被劫，一家老小都会被处死，希望大王们能放他过山。董先也并非穷凶极恶之人，见谢昆果然年迈，便没杀他性命，不过却让他回去传话，让岳飞亲自前来会战。岳飞得报后，十分生气，问谁愿前去救粮草。施全请命前往。

　　董先得知来者并非岳飞，也很生气，几个回合便将施全打败。施全被打败后，一口气跑下二十来里路。忽见前面一位少年，头戴虎头三叉金冠，身穿大红团花战袄，软金带勒腰，坐下一匹浑红马，后面随着十四五个家将。施全见他要往九宫山方向去，便好意劝他绕路而行，因前面有强盗打劫。那后生听后却并未害怕，反问施全是谁，施全报了姓名。后生听后点了点头，然后命家将取来了铠甲。

施全在旁，看他穿上一副贴体的黄金甲，便问他是哪一位，后生道："我去会会这班强盗，若胜了，再告诉你我的名姓；若不能取胜，也不必问我姓名。就请将军前行引道。"将近九宫山，施全指道："前面半山里的人马，就是强盗营头。"小将军催马来到山下，高叫一声："快叫那董先强盗下来，认认我小将军的手段！"

董先见一个后生竟敢来叫阵，心道真是不知死活。结果一交战董先才知道，这后生真是厉害。董先被打得落花流水，转马败上山去，大叫："兄弟们，快来！"

陶进等四人让过董先，一齐走马冲下山来，见了那位小将军，齐声道："哎呀，原来是公子！"然后便慌忙跳下马跪在地上。

原来这位后生名叫张宪，是金陵张元帅的公子，这次正是来投奔岳飞的。陶进四人本是张元帅手下偏将，见公子前来，自然愿听公子差遣。张宪命他们四人上山去劝降董先。董先也是个好汉，佩服张宪英雄，所以也情愿投顺。次日，董先带领数千陵兵下山来。施全把兵分为两队，往茶陵关而来。

这一厢，汤怀同孟邦杰奉令催解粮草，到了三岔路口，认为小路是近路，便走了小路，不料这小路却路狭窄难行，反要爬山过岭，本意图快，不觉越慢了。不过，这一次他们二人却得了奇遇。

一日，二人带队行到一块大平阳之地，汤怀吩咐军士在此安营造饭。忽见斜刺松林里转出一班女将，为首两名女子，生得十分漂亮。二人怕是女贼，就暗随其后，想探个究竟。两女子来到一所大庄院，然后进去了。

二人上前探看，这时庄内却走出一位年过半百的老者，背后跟随三四个家将。见到他二人便喝问道："是哪里来的村夫，上门来做什么？我这村庄非比别处，休来讨野火吃！"孟邦杰在马上躬身道："我们二人乃是岳元帅麾下护粮统制。今日在此经过，在山前寻些野兽下酒。"

老者又细问了二人姓名，听后道："原来是两位将军。老夫姓樊名瑞，为冀镇总兵，今告病休官在家。此后面高山，名为八卦山，此庄叫作樊家庄。"二人连称："原来是前辈尊官！"二人本想告辞，却被樊瑞请到庄内，酒菜招待之后，又要将两个女儿嫁给汤、孟二人。二人自是欢喜，樊瑞即刻命家人摆喜筵。一时间，厅堂上点得灯烛辉煌。"

席间，樊家小公子樊成也来与汤、孟二人见礼。别看这樊成才十一二岁，却生得一表人才，而且是个出名的虎将。到了第四日，汤、孟遂拜辞了岳父母，与小姐、妻舅作别了出庄回营。

且说施全、谢昆等人押运粮草回到营中，将九宫山董先降顺及张公子之事细细禀明了岳飞。岳飞与张公子见面十分高兴，忙命人大摆筵席。席间，汤、孟二人回营，报说了成婚有误军机之事。岳飞并未多作责怪，众人一起入席饮宴。

次日，岳飞将两队军粮屯扎关中，遂发大兵起身，来取栖梧山。到离山十里处，安下营盘，来至山下讨战。何元庆闻报，披挂下山。

何元庆两番被获 ●
金兀术五路进兵

岳飞劝何元庆快快投降，何元庆却道："岳飞，休要逞能！你若果能擒得我去，我便降你。倘若不能，恐怕这锤不认得人，伤了贵体，那时懊悔迟矣！"岳飞道："你休得夸口！敢与本帅战一百回合么？"说着，举枪便刺，何元庆举锤相迎。枪挑锤，锤架枪，直战到日落时分，也不分胜败。二人决定明日再战。

何元庆回山，暗暗传下号令："今夜下山去劫宋营，各方准备。"其实岳飞早已料到何元庆必会在晚间偷袭，所以便令汤怀领本部军兵在大营门首开掘陷坑，又令张显、孟邦杰各领挠钩手，埋伏于陷坑左右，并吩咐要活捉何元庆，不可杀他性命。又令牛皋、董先各带兵一千，在中途埋伏，截住他归路，须要生擒。

到了二更天，何元庆果然带着一千喽啰，悄悄下山来到营前。突听一声炮响，灯球火把突然点燃，如同白日。何元庆连人带马跌入陷坑，束手就擒。

　　孟邦杰将何元庆押到岳飞帐中。岳飞道："这次你降是
不降？"不料何元庆却道："这一次是我不小心中了你的奸计，
我不服！"岳飞便下令放了他，让他整兵再来。

　　次日一早，岳飞叫来张用问他栖梧山是否有别路可通，
张用说后山有条小路。于是岳飞便命张用、张显、陶进等人
带领步兵三千，每人整备布袋一口，装实沙土，身边暗带火
药。到二更时分，将沙袋填入山溪，暗渡过去。取栖梧山后
杀入寨中，放火为号。六将领令而去。岳飞又暗写一柬帖，
命杨虎、阮良上帐，吩咐照柬行事。

　　这时候，军士来报，说何元庆在营前讨战。岳飞带领兵
将，放炮出营。二人交战了几百回合仍是没分出胜负。杀到
三更将近，何元庆却突然听到喽啰来报，说山上起了大火。
前有岳飞阻挡，后面山寨已失，无奈之下，何元庆只得带兵
返往汝南。

　　行到天明，至白龙江口，见江面上有两只渔船。何元庆
报了自己的名号，叫渔翁来救他。渔翁把船划过来，将何元
庆请到上面，又将他的一对大锤放到他兄弟的船上。船行至
江中，渔翁突然亮明身份，原来他正是都统制将军耿明初，
奉岳飞之命来捉拿何元庆的。

　　耿明初绑了何元庆，将他押到岸边。岳飞忙下马吩咐松
绑，道："本帅再次得罪了！不知如今你可愿归降？"谁知何

元庆仍是不服，岳飞便同意让他整兵再战。何元庆来到江口，又羞又恼，又无船只，暗想：曹成也不是岳飞的对手，真个无路可投，不如自尽了罢！正欲拔剑自刎，却被汤怀救下。这一次，何元庆想通了，真心拜服，归顺了岳飞。

几日后，报有圣旨下来，湖广洞庭湖水寇杨幺猖獗，特调岳飞移兵剿灭。岳飞传令，一齐拔寨往湖南进发。不一日，到了潭州。镇守本州总兵率领众官出关迎接。岳飞引兵将进关，到了帅府，问总兵道："杨幺在何处？"总兵道："杨幺闻知元帅兵到，已于前两日不知哪里去了。"

这一厢，金邦兀术探听岳飞兵驻潭州，征服水寇，就与军师哈迷蚩计议趁机去抢金陵。哈迷蚩献计道："狼主可请大太子领兵十万，去抢湖广。到时候他守东，我攻西；他防南，我向北。牵制住岳飞，让他离不得湖广。然后再命二太子领兵十万，去抢山东；三太子领兵十万，去抢山西；五太子领兵十万，去抢江西。弄得他四面八方无法相顾，然后狼主自引大兵去抢金陵，必在我们掌握之中！"兀术闻言大喜，遂召请四位弟兄各引兵十万，分路而去。兀术自领大兵二十万，往金陵进发。

这时宗泽留守在金陵，屡次上表，请高宗回驻汴京，号令四方，志图恢复，无奈高宗不从。此时兀术五路进兵，岳飞又留湖广，急得旧病发作，口吐鲜血，大叫"过河杀贼"

而死。

兀术兵至长江，众元帅四下拘觅船只，伺候渡江。长江总兵杜充听闻兀术有令，宋臣如有归降者，俱封王位，便吩咐三军竖起降旗。兀术十分高兴，封他为长江王之职。杜充献了长江，引番兵进了都城。高宗听闻后，急忙带着李纲、王渊、赵鼎、沙丙、田思忠、都宽，君臣共是七人，逃出通济门，一路而去。

途中，高宗脱去龙袍，换了常服，一路逃至海盐。因临安路途遥远，而且途中无人护驾，最终高宗与众臣商议后决定留在海盐待勤王兵到。安顿好之后，海盐县主路金禀说，有一英雄在此隐居，名叫呼延灼，可以将他请来护驾。高宗准奏。路金遂带人请来了呼延灼。

番兵已到城下，杜充来叫阵，呼延灼领命出战。虽然是员老将，但呼延灼英勇不减当年，几个回合便取了杜充首级。高宗大喜道："爱卿真乃神勇！寡人若得回京，重加官职。"

兀术听闻杜充被杀，便自带兵来至城下叫阵。呼延灼领命出战，却不是兀术的对手，战死沙场。城上君臣看见，慌忙上马出城，沿着海塘逃走！

兀术进城，带领大兵，沿着海塘一路追去。不上十来里路，远远望见他君臣八人在前逃奔。高宗回头看见兀术追兵将近，吓得魂飞魄散。

五
通
神
显
灵
航
大
海
◉
宋
康
王
被
困
牛
头
山

正在惊慌之际，忽见一只海船驶来，众人急喊救命。海船上人听到呼救声便将船驶了过来，君臣们忙上了船。兀术带了人马，沿着海塘一路追赶上来。

高宗君臣因海船救了危急，几日后上了岸。进了界牌关，行了半日，来到一座村庄中央的一户人家门前。正在这时，张邦昌竟然从门里走了出来。张邦昌见到高宗君臣，忙高声喊道："主公慢行，微臣特来保驾。"张邦昌请高宗等人进了家门，在大厅坐定，高宗问道："卿家可知岳飞今在何处？"张邦昌道："现在驻兵潭州，待臣前去召来。"高宗大喜。张邦昌随后辞了高宗，说去召岳飞，却飞速赶到粘罕营中报知，叫他来捉拿高宗。

张邦昌的原配蒋氏夫人是个修行好善之人。她从丫鬟口中得知张邦昌之计，二更时分悄悄来通知了高宗，众人连夜爬墙逃了出去。

粘罕听了张邦昌的告密，连夜带兵赶到张邦昌家里，结果却人去屋空。粘罕十分生气，道："他们逃去应该不远，你可在前引路去追赶。你既然归顺我国，在此无益，不如随着我回本国去罢！"遂命番兵将张邦昌家抄了，并把房子烧毁。

高宗君臣八人走了一夜，黎明时分爬到了一座山上，山顶平地间有一座灵官庙，就进此庙歇息。

这日，身在潭州的岳飞正坐在公堂议事，探子来报，把杜充献了长江，高宗君臣八人逃出在外、不知去向的消息传了回来。岳飞闻听，急得魂魄俱无，急忙召集众人商议。诸葛英劝慰岳飞不要着急，还建议说要立即派人去打探高宗逃在何处，这样才方便去营救。岳飞即刻便派人去打探。

两日后探官来报与岳飞道："探听到，在牛头山下，一农夫见有外地八人爬至山上，至今未下。"岳飞立即派牛皋带领五千人马速往牛头山打探，他随后带兵即到。

牛皋领兵从荷叶岭上去，一马当先跑上山来，正来到高宗君臣所在的那座庙，牛皋进殿叩拜了高宗，然后便命人去给岳飞送信。岳飞闻听后，即刻飞奔上牛头山。进庙参见高宗，奏道："微臣保驾来迟，罪该万死！"高宗大哭道："奸臣误国，卿有何罪？"又把一路上受苦之事细细说了一遍。

众臣正在商议，张保过来禀说捉到一个奸细。岳飞审问，

那人说自己不是奸细，是山上五虚宫道童，闻得有兵马在此，所以他师父才让他来打听一下。岳飞道："当今天子避难至此，因圣体不和，想让你们收拾好房几间，让圣上用来调养身体。"道童得令，飞奔上去报信。住持率领三十六宫道士跪地迎接，高宗住进了药王殿内安顿静养。

次日高宗出宫，传旨道："封岳飞为武昌开国公少保统属文武兵部尚书都督大元帅。"岳飞谢恩毕。正要加封牛皋等一班众将，不料高宗一时头晕，传旨："待朕病痊，再行封赏。"

次日，岳飞升帐，众将站立两旁听令。岳飞道："三军未发，粮草先行；今交兵之际，粮草要紧。但山下有金兵阻路，如何出得他的营盘？哪一位大胆，敢领本帅之令前往相州催粮？"话声未绝，牛皋上前道："末将敢去！"岳飞道："你的本事，怎能出得番营去？"牛皋道："元帅为何长他人志气！若出不得番营，愿拿下这颗首级。"元帅道："既如此，有令箭一支，文书一封，限你四日四夜到相州，小心前去！"牛皋得令，将文书揣在怀中，把令箭插在飞鱼袋内，上马提铜，独自一人跑下山来。

第
三
十
八
回

解
军
粮
英
雄
归
宋
室
◉
下
战
书
福
将
进
金
营

　　牛皋踹破番营，昼夜兼行，到了相州，传令准备粮草，又点兵三千护送。刘都院一夜准备，军粮已经备齐，另外还交给牛皋一封书信让他上呈给岳飞。牛皋收了表章书信，谢别，上马便行。

　　这日路上正行着，忽然下起大雨来，正好旁边有座王殿，牛皋便命众军士把粮车推进殿内躲雨。殊不知这殿乃是汝南王郑恩之后郑怀的赐第。郑怀听闻有外人随意闯进，大怒之下提了大棍走到殿前，大喝道："何处野贼，敢来这里讨野火吃？"牛皋见来得凶，以为是抢粮的，不问情由，举铜就打，郑怀用棍招架，只两个回合就把牛皋擒住随后绑了起来。细问之下才知道牛皋竟是岳飞帐下前来押粮的，郑怀急忙给牛皋松了绑，并连声道歉。然后郑怀自报了名号，并说愿与牛皋一同上牛头山保驾立功。牛皋也是个重情义之人，见如此自然很乐意。郑怀吩咐家人整备酒饭，吃完酒饭，就同了牛皋起身。

一日行至一座山边，忽听得一棒锣声，拥出五六百喽啰。为首的是一员少年，身骑白马，手提银枪，白袍银甲，头戴银盔，口中大叫："留下粮车，放你过去！"牛皋大怒道："俺乃岳元帅帐下牛皋，你竟敢来劫朝廷的粮车，好大的胆子！"少年听牛皋报了名号，急忙弃枪下马，原来他是东正王之后，名叫张奎，因朝廷奸臣乱国，故不愿为官，在此落草。牛皋道："既如此，军粮紧急，快收拾同行。"张奎就请牛、郑二人上山，结为兄弟。一面整备酒席，一面收拾粮草合兵同行。又一日，来到一个地方，在这里牛皋又结交了一个弟兄，乃开平王之后，名叫高宠。

就这样，牛皋押着粮草，同三个新结识的兄弟一路往牛头山赶来。

且说，兀术在营中与军师商议如何攻取牛头山，活捉高宗君臣。最后商定，用六七十万大军四面包围住牛头山，断了山上的粮草，饿死他们。

不日，牛皋等也已到牛头山，见番营连绵十余里，众人商议只有硬闯一条路了。高宠一马当先，大叫："高将军来踹营了！"拍马挺枪，冲入番营，如同砍瓜切菜一般，杀出一条血路。左有张奎，右有郑怀，两条枪棍犹如双龙搅海；牛皋在后边舞动双锏，犹如猛虎搜山。那些番兵番将哪里抵挡得住，大喊一声，四下里各自逃生！兀术无奈，只得传令收拾尸首，整顿营寨。

这时岳飞正坐帐中，忽探子来报道："牛将军解粮已到荷叶岭下了。"岳元帅举手向天道："真乃朝廷之福也！"牛皋进营见过了元帅，将刘都爷本章并文书送上。又向岳飞介绍了三个新收的兄弟，并说这次全是他们的功劳。问过三人家世后，岳飞道："既是藩王后裔，待本帅奏过圣上封职便是了。"遂命将粮草收贮。自引三人来至五虚宫内，朝见了高宗，高宗依奏封职，三人一齐谢恩而退。

次日，岳飞升帐，派牛皋去给金营下战书。牛皋领命独自一人下山马跑至番营前，报明来意。兀术请他入营，牛皋交上战书，兀术接过看了，遂在后批着"三日后决战"。牛皋取过战书，告辞回营。

第三十九回

祭帅旗奸臣代畜 ■
挑华车勇士遭殃

次日，岳飞升帐，唤过王贵和牛皋，去番营各取一口猪和一口羊来用于祭旗。王贵和牛皋便捉了两个番兵来当作猪羊祭旗。

又过一日，岳飞请圣驾至营祭旗。众大臣一齐保驾，随后将捉来的番兵杀了，当作猪羊。祭旗已毕，岳飞奏道："请圣驾明日上台，观看臣与兀术交战。请王元帅报功，李太师上功劳簿。"天子准奏。

兀术在营中对军师道："岳飞叫人下山，拿我营中兵去当作福礼祭旗，可恨可恼！我如今也要杀两个南蛮来祭旗，方泄我恨。"转而又想：张邦昌、王铎两人要他何用？不如将他当作福礼罢！遂传令将二人拿下。一面准备猪羊祭礼，邀请各位王兄王弟等一同祭旗。张、王当初在武场对天立誓道："如若欺君，日后在番邦变作猪羊。"不料今日果真有此报应。

兀术祭过了旗，正同众将在牛皮帐中吃酒，小番来报："元帅哈铁龙送'铁华车'至营。"兀术遂传令，叫他带领本部军兵，在西南方上埋伏，哈铁龙得令而去。

次日，兀术自引大队人马，来至山前备战。岳飞调拨各将紧守要路，多设檑木炮石。张奎专管战阵儿郎，郑怀单管鸣金士卒，高宠掌着三军司令的大旗。自己坐马提枪，只带马前张保、马后王横两个下山，来与兀术交兵。

兀术出阵，走马上前，举枪便刺，岳飞举枪便挡。战了几个回合不分胜负，岳飞记挂高宗在山上，恐惊了驾，便虚晃一枪，转马回山去了。张奎见元帅回山，也鸣金收军。

高宠想道：元帅与兀术交战，没有几个回合，为何就回山？必是这兀术武艺高强，待我去试试，看是如何？于是上马抢枪，往旁边下山来。兀术正冲上山来，劈头撞见。高宠劈面一枪，兀术抬斧招架。谁知枪重，招架不住，把头一低发断冠坠，吓得兀术魂不附体，回马就走。

高宠杀得兴起，如入无人之境，直杀得番兵叫苦连天。转眼杀到午后，正要回山，突然望见西南角上有座番营，高宠想道：此处必是屯粮之所。我何不去烧了他的粮草，绝了他的命根。想到这儿便拍马抢枪，来到番营，挺着枪冲进去！哈铁龙吩咐快把"铁华车"推出去。高宠见了"铁华车"说道："这是什么东西？"就把枪一挑，将一辆"铁华车"挑过头去。就这样连挑了十一辆"铁华车"。在挑第十二辆时，谁知坐下那匹马筋疲力尽，口吐鲜血，蹲将下来，把高宠掀翻在地，一下子被"铁华车"碾扁了。

哈铁龙拿了高宠尸首来见兀术，道："这个南蛮连挑十一辆'铁华车'，真是楚霸王重生，好生厉害！"兀术吩咐哈铁龙再去整备"铁华车"。并叫小番在营门口立一高竿，将高宠尸首吊起。此时岳飞正同众将在山前打听高宠下落，忽见番营门首吊起一个尸首来。牛皋远远望见，叫声："不好了！"就拍马冲下山去。岳飞此时忙令张立、张用、张保、王横四人飞步下山，再命何元庆、余化龙、董先、张宪速去救应。众将得令，一齐下山。

牛皋一马跑至营前，拔出剑来，将杆绳割断。尸首坠下地来，牛皋抱住一看，大叫一声，翻身跌落马下。张立、张用前后护持，王横扶牛皋上了马，张保将高宠尸首驮在背上，转身就走。众将将牛皋救上山，牛皋大哭不止，连晕几次。人人泪落，个个心伤。高宗传下圣旨："高将军为国亡身，将朕衣冠包裹尸首，权埋在此，等太平时送回安葬。"

第四十回

杀番兵岳云保家属
赠赤兔关铃结义兄 ◉

这一日，兀术在帐中呆坐思忖如何才能降住岳飞，这时候军师给他献上了一计："臣打听到岳飞侍母最孝，现今岳母住在汤阴。我们何不悄悄派兵过去将他老母拿来，这样一来，他还不是任咱们差遣。"兀术听了大喜，即刻便差元帅薛礼花豹同牙将张兆奴领兵五千，扮作勤王样子，连夜前往汤阴。

且说岳飞的大公子岳云已经长到十三岁了，出落得一表人才，而且文武双全。这一日，岳云正在教场练武，忽听家将来报说番兵来捉拿他们，已经离此不远了。大家都开始心慌，只有岳云很镇定，他急步回到屋中，安慰祖母和母亲不要担心，自己会带人杀退番兵。然后便披了衣甲，提了双锤，带了一百多名家将，坐上战马，出了帅府门，一路迎来。

不到二三里路，正遇番兵到来。岳云大喝一声："你们可是到岳家庄去的么？我小将军在此，快叫你那为头的出来受死！"薛礼花豹听了，提了大刀，走马上前，大喝道："小南蛮是何人？敢挡我的路？"岳云道："番奴听着，我乃是岳元帅的大公子岳云是也！"薛礼花豹道："我奉狼主之命，正要来拿你。"岳云再不搭话，上去就是一锤。薛礼花豹见岳云是个小孩子，本没把他放在眼里，不承想他出手恁地快，没得提防，一下子被打落下马。牙将张兆奴见元帅被打下马，吃了一惊，提起斧来砍岳云。岳云一锤斧，将张兆奴天灵打得粉碎，死于马下。那些番兵见主帅死了，急忙转身逃走。岳云抡动双锤赶上来，打死无数。适值刘节度闻得金兵来捉岳元帅的家属，连忙点起兵卒，前来救应。恰好遇着番兵败下来，大杀一阵，将番兵全部杀绝，一个未留。

两日后，岳云给祖母和母亲留了一封书信，然后便趁夜色独自骑马离开家，一溜烟往牛头山奔去了。原来，他从刘节度使那里打听到了父亲如今被困上牛头山上。

岳云骑马奔了四日四夜，马已经累得走不动了。这一日走到一个树林旁下马休息，见林边拴着一匹马，浑身火炭一般，鞍辔俱全。岳云心道："好一匹良马！"这时候，忽见一个十二三岁年纪的小厮正在打虎，一会儿工夫，那虎便被他打死了。岳云相中了他的马，便想诓一诓他。于是便称那虎是自家养的，让那小厮把马作为赔偿交给他。小厮自然不

愿意，二人打了起来，可一时却不分胜负。到了傍晚，那小厮道："我把我的这口刀留在你这里，明日再来与你定个胜败。"说完将刀递与岳云，拍马而去。岳云见天色已晚，只得就在林中过夜。

刚睡了一会儿，岳云便被一群人吵醒了。原来是一位员外带着庄丁夜行正路过此地。员外认出了岳云旁边的那把刀，便问岳云是哪里人，为何半夜睡在林中。岳飞——道来。员外一听他是岳飞之后，急忙将他请回自家庄院。

原来，这位员外名叫陈葵，白日与岳云交战的小厮名叫关铃，其父是梁山好汉大刀关胜，自己正是关铃的舅舅。说罢陈葵便命人喊出关铃与岳云相见。关铃一听说白日里诓马之人原来是岳元帅的大公子，忙道："原来是岳公子，何不早说！我就把这匹马送你了，何苦战这一日！"岳云道："若不是小弟赖兄这个死虎，怎能领教得小哥这等刀法！"两个不觉大笑起来！见过了礼，重新入席饮酒。

席间，岳云欲与关铃结为异姓兄弟，陈葵和关铃自是十分愿意。结拜之后，二人继续饮酒，当夜尽欢而散。到了次日，陈葵细细写了牛头山的路程图，又取出金银赠予岳云作盘缠，然后道："待等舍甥再长两年，就到令尊帐下效力，望乞提携。"岳云称谢不尽，关铃又将赤兔马牵出来赠予岳云。岳云拜辞了员外，关铃不舍，又相送了一程，方才分手回庄。

　　岳云拍马加鞭，上路而行。到了午后，来到一处，俱是山冈，树木丛杂。正在难走之间，那马踏着陷坑，轰隆一声，连人带马跌在坑内。两边铜铃一响，树林内伸出几把挠钩，一起来捉他。

第四十一回

巩家庄岳云聘妇
牛头山张宪救主

情急之下，岳云大吼一声，马猛然一纵，跳出陷坑，往前奔去。

在此打劫的不是别人，正是刘豫之子刘猊。当初刘家被兀术下令抄没，刘猊因在外侥幸逃过一劫，后落草为寇。

岳云离脱了山冈，顺着大路走了一程，来到了一座大庄院前，对庄丁说道："我是过路的，欲借宿一宿，望大哥方便！"庄丁道："这里是叫作巩家庄，主人巩致十分好客，公子请进便是。"

刘猊领着喽啰一路追来，也来到了巩家庄。刘猊想道：我久有此心，要抢他的女儿做个压寨夫人，如今正是个机会。于是便吩咐喽啰打进庄去。巩庄主慌忙聚集庄丁，出庄与刘猊抵敌，这时惊动了房中的岳云，他手抡双锤，走了出来，二话不说，举锤就打。刘猊不曾提防，被岳云一锤打死。众喽啰见头目已死，只得四散逃走。

巩庄主连声向岳云称谢，得知岳云是岳元帅公子后更是热情款待。席间，巩庄主道："若不是公子相救，一门性命难保，只是无可报恩。我夫妻只生一女，年方一十四岁，要送与公子成亲，万勿推却！"岳云道："婚姻大事，必须禀告父母，方敢应允。"巩庄主称是。次日，岳云别了员外，往牛头山而去。

这一日，正值中秋佳节。高宗欲往山下看看月色，散散心，太师李纲在旁陪伴。君臣二人骑马来到山下，统制陶进带人护驾。陶进送高宗、太师出了山口，往荷叶岭而去。君臣二人走马下山，李纲道："陛下正好在这里观看番营。"高宗勒马观看营头。

且说番营中兀术见月明如昼，也同军师一同出营来赏月，趁机到山下偷看此山何处可以上得去。正在指指点点，抬头观看，只听得上边有人说话。兀术忙躲在黑影之中细听，发现竟然是高宗。于是便对军师道："上面乃是康王，待我悄悄上去捉他。你速回营去，发大兵来抢山。"哈迷蚩领命而去。高宗正在山上大骂兀术，兀术已悄悄走马上山，大叫道："休要破口伤人，我来也！"高宗、李纲见了，吓得魂魄俱消，急忙转马便跑，兀术随后追赶。诸葛英等瞧见，连忙上前挡住了兀术。

　　高宗和太师慌忙往山上逃，正遇岳飞下山巡营。张宪骑马追赶兀术，紧紧不放。兀术进了营盘，张宪踹进去，远者枪挑，近者鞭打，直到二更时分，才回牛头山来报功。

　　牛皋正睡倒在高宠坟上，忽听见耳边叫一声："牛大哥，快起身去立功！"惊醒后立刻上马提锏，冲下山来。结果却被番兵困在营中，一时不得脱身。

　　正巧岳云来至牛头山，望见番营连扎十数里，便决定踹营进去杀他个干净。结果正好撞见牛皋被番兵围困，他急忙上前解围。牛皋不认得他，以为是番兵，举锏乱打。岳云高声叫道："牛叔父，不要动手！侄儿岳云在此！"牛皋这才知道是岳云。二人合力杀出番营，回到了牛头山。

　　岳飞正在帐中聚集众将商议军情，军士来报说牛将军回山了，岳飞忙传。牛皋和岳云一同进帐。岳飞命岳云与众位叔父见过了礼，又问他为何到此，岳云便将番将来捉家属、自己将其杀退之事禀知。又将打死刘猊、聘巩氏之言，也一一禀上。随后岳飞吩咐岳云在后营安歇。

　　次日，岳飞升帐，众将参见已毕，站立两旁。岳飞叫岳云听令："为父令你往金门镇傅总兵那边下文书，叫他即刻发兵调将来破番兵，保圣驾回金陵。此乃要紧之事，限你日期，须得小心前去！"

　　岳云领令，接了文书，辞父出营，下荷叶岭而去。他心中想道：我有要紧之事，须从粘罕营中杀出，方是正路。主意已定，便催马到粘罕营前，手摆双锤，大喝道："小将军来踹营了！"举锤便打，杀进番营。

第四十二回

打碎免战牌岳公子犯禁
挑死大王子韩彦直冲营

粘罕闻报，随即提着生铜棍上马迎敌，岳云右手一锤，正中粘罕左臂。粘罕负着痛，回马便走。岳云也不去追赶，杀出番营，直奔金门镇而来！

不日，到了傅总兵衙门。正遇上傅总兵新收了一名先锋，此人乃平西王狄青之后，名叫狄雷。见到傅总兵后，岳云说明来意，傅总兵答应近日起兵。告辞了傅总兵，岳云便往牛头山奔来。

那粘罕几乎被岳云伤了性命，败回帐中刚一坐定，忽有小番道："二殿下完颜金弹子到，在营外候令。"粘罕大喜，将他唤进来一同去见兀术。金弹子道："老王爷时常记念，为何不拿了那岳南蛮，捉了康王，早定中原？今日尚早，待臣儿去拿了岳南蛮回来，再吃酒饭罢！"兀术便令殿下带兵去山前讨战。

这金弹子果然是一员猛将，一连战败宋营三员大将，牛皋、余化龙、董先都不是他的敌手。金弹子连败三员宋将，番兵报与兀术。兀术大喜传令收兵，待明日再战。

且说岳云从金门镇回山，将近番营，推开战马，摆着双锤，杀入粘罕营中，所向披靡。杀透番营来至山上，进帐跪下道："孩儿奉令到金门镇，傅总兵即日起兵来也。孩儿上山时，见挂着七面'免战牌'，不知是何人瞒着爹爹，坏我岳家体面，孩儿已经打碎。望爹爹查出挂牌之人，以正军法。"岳飞大喝道："好逆子！这牌是我下令所挂，你敢打碎，违我军令！"随即便命左右将岳云绑去砍了。左右急忙为岳云求情，建议让他去战金弹子，如能战胜，再定罪不迟。岳飞便命岳云前去迎战金弹子，若得胜回来，将功折罪；若杀败了，就地正法。

岳云领命下山，一马冲下山来迎战金弹子。二人战有四十多个回合，不分胜败。岳云暗想：怪不得爹爹挂了"免战牌"，这小番将果然厉害！又战到八十余合，金弹子渐渐露出败象，随后岳云一锤打中了他肩膀，金弹子翻身落马。岳云拔剑上前取了首级，回山来见岳飞缴令。岳云因此被赦。

金弹子战败被杀，兀术十分恼怒，却也无可奈何，思忖再三，再无胜敌之法，最后决定整兵与岳飞决一死战。

且说，当初被罢官的韩世忠在汝南征服了曹成、曹亮、贺武、解云等，收了降兵十万，偕夫人梁氏，公子韩尚德、韩彦直，由水路开船下来。到了汉阳，韩元帅与夫人商议，欲往牛头山保驾。梁夫人道："相公何不先差人上山，报知岳元帅。若要我们保驾，便发兵前去；若叫我们屯扎他处，便下营屯扎。"韩世忠觉得夫人说得有理，便命二公子韩彦直前往牛头山。

韩彦直骑马往牛头山而来。行有二十余里，只见一员将官败奔下来，粘罕正在后面追赶。韩彦直把枪一摇，一下子朝粘罕当心刺去。粘罕举棍一架，招架不住，正要逃走，韩彦直大喝一声，一枪将其挑下马来，取了首级。

那位将官下马来，上前致谢，问清韩彦直姓名后，道："我乃藕塘关总兵，姓金名节。奉岳元帅将令，来此保驾。本镇被金兵杀败，无颜去朝见天子。有请安本章一道，并有家信一封与舍亲牛皋的，拜烦公子带去，本镇且扎营在此候旨，未知允否？"韩彦直应允。金节遂将本章、家信交与公子。二人一同行至三岔路口，金节道："前面将近牛头山了，俱有番营驻扎，请公子小心过去！"二人分别。

送客将军双结义●
赠囊和尚泄天机

韩彦直一马冲进金营，大喝一声："两狼关韩元帅的二公子来踹营了！"一阵砍杀，出了番营往牛头山去了。兀术听了番兵所报，又惊又苦。一面差人打探，一面去收拾粘罕尸首。

韩彦直来到岳飞帐中，行礼毕，便道："小将奉家父之命，来见元帅，在路上遇见粘罕追藕塘关总兵金节，被小将挑死，将首级呈验。金总兵离此二十里扎营候旨，带有问安本章和牛将军家信呈上。"岳飞大喜道："令尊平贼有功，公子又得此大功。请同本帅去见天子候旨。"遂引韩彦直来见高宗。高宗大喜，下令为韩世忠官复原职，韩尚德、韩彦直皆封为平虏将军，并命韩彦直引本部人马去复取金陵，候圣驾还朝，再另加封赏。

岳云护送韩彦直下山，二人一起冲透番兵营盘。随后，二人结为兄弟，韩彦直年长为兄，岳云为弟。

送走韩彦直，岳云独自又杀回番营，回到山上。

各路人马已经齐备，岳飞请高宗离了玉虚宫，到灵宫殿前，与众位大臣都坐在马上。然后传令放炮，开始与番兵决一死战。另一边，兀术也做好了迎敌的准备。岳飞传下令来，命何元庆、余化龙、张显、岳云、董先、张宪、汤怀、牛皋等为首，带领众将，一齐放炮，呐喊踹入番营。各路总兵、节度，听得炮声，四面八方杀将拢来。双方从辰时直杀到半夜，杀得番兵抛旗弃甲，四散败走。

岳飞追着兀术，连日连夜，直赶到金门镇。兀术望北逃去，来到江口，正巧江上有条船，而且挂着金兵旗号。兀术与军师一起乘船准备渡江。

岳飞兵马到了汉阳江口，安下营寨。差人找寻船只，欲渡江去追拿兀术。这时候，有探子进营来报道："探得韩元帅扎营在狼福山下，阻住兀术去路，特来报知。"岳飞想道：这一功让了韩元帅罢！遂唤过岳云来，吩咐道："你可引兵三千，往天长关守住。倘兀术来时，用心擒住，不可有违！"岳云得令，带领人马，往天长关而去。岳飞带大队人马自回潭州。

兀术败在长江之中，连声哀叹。随后望见江北一带，战船摆列有十里远近，旗幡飘动，遂决定晚上去探个虚实，以便过江。

到了晚间，兀术同军师哈迷蚩、小元帅黄柄奴三人一齐上岸，骑马悄悄到金山脚边。忽然韩彦直飞马大叫："兀术往哪里走？快快下马受缚！"

韩彦直在山上与兀术战了七八个回合，便一举将他拿下。韩世忠大喜，命将兀术推来。左右一声得令，将兀术推了进来。

梁夫人击鼓战金山 ◉
金兀术败走黄天荡

　　兀术被押至帐中，韩世忠一见，此人根本不是兀术。一审之下才知此人乃是金国小元帅黄柄奴，军师哈迷蚩为防兀术被捉，才想出了这一招"金蝉脱壳"之计。韩世忠命人将黄柄奴押了下去，决定待日后提到了兀术，一并问斩。

　　且说那日兀术在金山上险些遭擒，走回营中，喘息不定。军师提议，应出其不意，连夜过江。谁料韩世忠带着两个公子率领游兵照着号旗截杀，两军相拒。天色已明，韩尚德从东杀来，韩彦直从西杀来。三面夹攻，可怜那些番兵溺死的、杀伤的，不计其数。这一阵杀得兀术上天无路，入地无门，只得败回黄天荡去了。

　　韩元帅见兀术败进黄天荡，不胜之喜，这一仗虽未生擒兀术，但也生擒了兀术女婿龙虎大王，并斩了番将何黑闼，而且还夺得许多船只军器，另擒得番兵番卒者，不计其数。韩元帅命军政司一一记录功劳。随后又命后营带出黄柄奴，与龙虎大王一同斩首，并取黑闼首级，一起号令在桅杆上。

兀术大败之后，只剩下不到两万兵马，四百来号战船。败入黄天荡后不知路径，恰巧两条渔船到来，兀术好言对渔户道："我乃金邦四太子，因兵败至此，不知出路，烦你指引，重重谢你！"那渔翁道："我们也居住在这里，这里叫作黄天荡。河面虽大，却是一条死港。只有一条进路，并无第二条出路。"兀术闻言，方知错走了死路，心中惊慌。哈迷蚩又献计道："如今事在危急，狼主且写书一封，送他礼物与他讲和，看那韩南蛮肯与不肯，再作商议。"兀术依言，急忙写书一封，差小番送往韩元帅寨中。韩世忠自然不会放他过去，即刻写了回书，又命将小番割去耳鼻放回。小番负痛回船，报知兀术。兀术与军师商议，无计可施，只得下令拼死杀出，以图侥幸。次日，众番兵呐喊摇旗，驾船杀奔江口而来。

兀术在船头上脱帽跪下，使人传话，告道："中国与金国本是一家，皇上金主犹如兄弟。今日对天盟誓，从今和好，永无侵犯，望放回国！"韩元帅也使传事官回道："你家久已背盟，掳我二帝，占我疆土。除非送还我二帝，退回我汴京，方可讲和。否则，请决一战！"说罢，传令转船。

　　兀术见韩元帅不肯讲和，又不能冲出江口，只得退回黄天荡，心中忧闷。军师道："事已急矣，不如张挂榜文，若有能解得此围者，赏以千金。或有能人，亦未可定。"兀术依言，命写榜文招募。

　　不一日，有小番来报："有一秀才求见，说有计出得此围。"兀术忙请进来相见。那秀才进帐来，兀术出座迎接，让他上坐。秀才道："行兵打仗，小生不能。若要出此黄天荡，有何难处！"兀术大喜道："我若能脱身归国，不独千金之赠，富贵当与先生共之！"

第四十五回

掘通老鹤河兀术逃生
迁都临安郡岳飞归里 ◉

秀才道："此间往北十余里就是老鹤河，旧有河道可通，今日久淤塞。何不令军士掘开泥沙，引秦淮水通河？可直达大路也！"兀术闻言大喜，命左右将金帛送与秀才。当下兀术传下号令，掘上引水。两万番兵一齐动手，只一夜工夫，掘开三十里，通到老鹤河中。

韩世忠手下水兵在江口守了十来日，见金兵不动不变，烟火俱无，往前探听，才晓得已经漏网脱逃，慌忙报知元帅。韩世忠气得暴跳如雷，却也只能道："罢了！罢了！"

兀术一路逃至天长关，哈哈大笑道："岳南蛮、韩南蛮，用兵也只如此！若于此地伏下一支人马，我就插翅也难过去了！"话还未毕，只听得一声炮响，三千人马一字儿排开。岳云带兵早已守在此处。兀术急忙举起金雀斧，劈面砍来，岳云把锤往上一架，当的一声，兀术招架不住，一下被岳云拦腰擒过马来。那些番兵亡命冲出关去。

这一日，岳飞正在帐中。有军士来报："公子擒了兀术回兵。"岳飞大喜。不一会儿，岳云进营禀道："孩儿奉令把守天长关，果然兀术败兵至此，被孩儿生擒来见爹爹缴令。"岳飞往下一看，却不是兀术，于是大喝一声："你是何人？假充兀术来替死么？"假兀术道："俺乃四太子帐下小元帅高大保是也。受狼主厚恩，无以报答，故尔今日舍身代狼主之难。要砍便砍，不必多言。"岳飞传令："绑去砍了！"

过了两日，临安节度使苗傅、总兵刘正彦奏说，临安的宫殿已经完工，请驾迁都。高宗早已不堪忍受在外流离之苦，所以决定立刻迁都临安。太师李纲听闻后慌忙进宫奏道："自古中兴之主，俱起于西北，故关中为上。今都建康虽是中策，尚可以号召四方，以图恢复。若迁往临安，不过是惧敌退避之意，真是下下之策！愿陛下勿降此旨，动摇民心。"谁料高宗却不听劝告，执意要迁都。李纲见高宗主意已决，料难挽回，便奏说年事已高，想告老还乡。高宗准奏。

不日，高宗要迁都临安一事也传到了岳飞耳中。岳飞慌忙同众将入朝奏道："兀术新败，陛下宜安守旧都，选将挑兵，控扼要害之地；积草屯粮，召集四方勤王兵马，直捣黄龙府，迎还二圣以报中原之恨。岂可迁都区苟安，以失民心？

况临安僻近海滨，四面受敌之地。苗傅、刘正彦乃奸佞之徒，不可被其蛊惑！望陛下三思！"高宗心意已决，不听劝告。岳飞一气之下，以老母抱病垂危为由，希望高宗能赐他还乡，高宗准奏，赐金帛还乡，岳飞和众将一齐谢恩退出。

随后，高宗又传旨封韩世忠为威安郡王，留守润州，不必来京。又传旨择了吉日，起驾南迁。不一日，到了临安，苗傅、刘正彦二人迎接圣驾入城，送进新造的宫殿。高宗观看造得精巧，十分欢喜。传旨改为绍兴元年，封苗、刘二人为左右都督。

且说兀术逃回本国，在府内日日念着中原。这一日，哈迷蚩又来献计道："狼主前日之功，都亏得宋朝奸臣之力。狼主将张邦昌等杀了，如何抢得中原？"兀术一听觉得有理，忙问该如何再去寻这样的奸臣。哈迷蚩道："奸臣还有一个在这里，名叫秦桧，老狼主将他驱逐出来，流落在此，但不知如今在何处。狼主可差人去寻他来，养在府中，加些恩惠，一年半载，必然感激。然后多赠些金银送他回国，叫他做个奸细。这宋室江山，岂不轻易可送与狼主受用。"兀术听了道："真个好计策！"随即差小番四处去寻觅秦桧下落。

且说秦桧夫妻二人，自从被掳到金邦，那些同来的大臣几乎都死了。秦桧再三哀求，才免了死罪，被老狼主赶他到贺兰山边草营内，服侍看马的小番。兀术派人寻来，秦桧便随来人去见兀术。

秦桧夫妇二人见了兀术，跪拜请安。兀术道："快快请起，卿家大才，我倾慕已久。一向因出兵在外，不得与卿家相叙。今日偶然遇见，我这里缺少一个参谋，正好住在府中，朝夕请教。"秦桧拜谢了。

自此秦桧夫妻二人便在兀术府中安顿下来，兀术对二人十分礼待。一段时日后，有一次兀术问秦桧可想回国，秦桧称确想回国祭祖。兀术道："我可保你回国，但是你须先往五国城，讨了二圣的诏书，才可进得中原关口。"秦桧大喜，别了兀术，径往五国城而去。秦桧来至五国城，寻着了二帝，讨了召书。次日，兀术带领一众文武送他夫妻回国，不日已来到临安城外。

兀术在帐中摆酒为二人送别，席间兀术便将想让秦桧去当奸细，图谋宋朝江山一事跟他细说了。秦桧一口应承下来，并立了誓。随后，秦桧夫妻拜别上马，进城之后，至午门候旨。

高宗传旨宣二人进殿，秦桧跪拜之后奉上二圣诏书。高宗降旨道：“爱卿保二圣在外有年，患难不改，今封为礼部尚书之职，妻王氏封二品夫人。”秦桧谢恩退朝，随后进礼部衙门上任。

且说此时由大元帅王渊执掌重兵。王渊虽年过九旬，却是忠心尽力，保扶社稷。那日升帐，王渊查点诸将皆齐，只有左都督苗傅、右都督刘正彦不到，差官回报二人奉旨在西山打围。王渊也只得作罢。谁知回府时，行至众安桥，却遇到苗、刘二人，吃得醉醺醺，带着几名家将骑马而来。王渊大怒，当街将二人大骂了一番。

事后，二人怀恨在心，竟起了杀掉王渊、捉了高宗以覆天下之心。二人商议后，当晚便动了手。可怜王渊不曾防备，一门九十多口尽皆被杀，家财尽被抢劫。二人领兵转身，竟往午门而来，直杀至大殿。那些大臣太监慌忙报进宫中，高宗吓得满身发抖，惊慌无措，躲入深宫。二人又杀入宫中，恰遇着刘妃带领宫娥出来迎接。刘妃乃是刘正彦的堂侄女，新近送与康王。苗、刘二人问她高宗何在，刘妃却道：“康王昏昧不明，亦难主宰天下，此举正合我意。可岳飞现在汤阴，他手下兵将十分了得，倘若闻风而来，如之奈何？依我主见，不如将高宗留在宫中，逼他传位与太子。换了新君，岳飞必来朝贺，那时再将他斩了，以绝后患。"苗、刘二贼听了深以为是，连连点头。

　　随后二人便假写诏书一道，说高宗传位太子，召岳飞还朝扶助社稷。此事被尚书仆射朱胜非知晓，他急忙命心腹家将朱义去给岳飞报信。

　　且说岳飞自从归乡以后，即差人到巩家庄，迎娶了巩氏小姐到来与岳云完婚，一门共享家庭之福。不想岳母老病日增，服药无效，忽然归天。岳飞尽心葬祭，在家守孝，足不出户。光阴易过，孝服已满。这一日，岳飞正同众弟兄一起打围，忽见家将引了朱义到围场上来见，朱义将书札呈上。岳爷拆开看了，大吃一惊，连忙散围回府。细细写了回书，交与朱义道："你回去多多拜上你家老爷，说照此书中行事。须要小心，不可泄漏！"朱义自回临安报信。

　　随后，岳飞修书一封，命牛皋、吉青送到润州去见韩元帅，然后再到临安去。二人上马飞奔往润州而来，不日便到了帅府门前。此时的韩世忠已封成安郡王，十分威武。凡有各路文书，要先到中军衙门递了脚色手本，方得禀见。牛皋、吉青二人不知其中关窍，结果旗牌便有意刁难二人，不予通禀。

擒叛臣虎将勤王
召良帅贤后赐旗

牛皋大怒，便要闯府。一时间，辕门外喧嚷起来，惊动了韩世忠。他令家将出外查问，这才知道是岳飞帐下来人送书信，急忙命人将二人请了进来。牛皋奉上岳飞的书信，韩世忠拆开看毕，十分吃惊，说道："既有此变，你二位先行，照计行事，本帅即起兵，随后便来。"

接下来，牛、吉二人又飞奔至临安，假意说二人是奉岳飞之命前来协助苗、刘二人平天下的，由此获得二贼信任，后又与韩世忠里应外合绞杀了二贼，解除了高宗之危。

高宗降旨，韩世忠勤王有功，加封为蕲王，钦赐金帛仍回镇江。牛皋、吉青力擒逆贼，即封为左右二都督，随朝保驾。可牛皋却并未接旨，说若不是奉了岳飞之命也不会来救这个皇帝老儿，然后便出朝上马回去缴令了。

转眼到了绍兴七年春日，有兵部告急本章入朝启奏道："山东九龙山杨再兴作乱。"又报："湖州太湖水贼戚方、罗纲、郝先，聚众谋反，十分猖獗。"接连几道告急本章，弄得高宗仓皇无措，太师赵鼎奏说，这些匪患必须岳飞去剿，他人恐难当此重任。高宗却担心岳飞不来，因为此前他也曾下旨召岳飞来京受职，可是旨意却被牛皋撕碎了。诸臣计议，并无良策。后来魏氏娘娘给高宗出了个主意，即由她绣成一对龙凤旌旗，中间再绣上"精忠报国"四字，然后差人赐予岳飞，他定然会来京受命。

果然，岳飞接到绣有"精忠报国"四字的旌旗之后，便吩咐各兄弟回家安置好家眷，然后一同奉旨进京。

岳飞等人到了临安，进朝见驾。天子大喜，命岳飞官复旧职，待平寇之后，再行升赏。君臣商议，先平九龙山杨再兴，再平太湖。回营之后，岳飞令牛皋带兵三千为先锋，又命岳云去催粮草。二人领命出发。

牛皋领兵一路来到山东九龙山。军前叫阵，杨再兴领兵来迎敌。双方开战，牛皋不是杨再兴的对手，败下阵来。杨再兴也不追赶，回山去了。牛皋传令三军，离山数里下营，候元帅大兵到来。

不日，岳飞大兵已到。岳飞问牛皋，此杨再兴是不是就是当年汴京小校场中的杨再兴，牛皋这才想起来，果然是他。岳飞笑道:"既然是他,你自然不是他的对手。待明日我出马劝他归降。"

次日,天尚未明,岳飞出大营,来到九龙山下讨战。杨再兴领兵下山来会岳飞。岳飞抬头观看,只见那杨再兴:腰圆膀阔,头大声洪。真个是:英雄盖世无双将,百万军中第一人!

岳飞拍马上前报出名号,并说出当年汴京小校场之事,然后希望杨再兴可以归顺朝廷,共建功业。可杨再兴却未听劝,他只道如今皇帝胸无大志,既然国无名主,何来报效?岳飞再劝,杨再兴却始终不肯答应。无奈之下,岳飞只好决定以武胜之。

岳飞枪舞梨花,当心便刺,杨再兴矛分八叉,照顶来挑,二人战作一团。大战三百余合,不分胜负。看看天色已晚,各自收兵回营,约定明日再战。次日天明,岳飞带领众将又至阵前。杨再兴早已在此等候。岳飞吩咐众将,退下三箭之地观看,如有上来者斩。两个拨开战马,抢枪交战,仍是不分胜败。

且说岳云解了兵粮来到营门交割,军士告诉他元帅正在前阵迎敌不在营中。岳云一马跑到阵前来观看,见父亲与那员贼将厮杀,众位叔父一齐远远观看。岳云立刻把马一催,出到阵前叫道:"爹爹稍歇,待孩儿来拿这逆贼。"杨再兴喝道:"岳飞,你军令不严,还做什么元帅?我不与你战了。"

便转马回山。岳飞红着脸，只得收兵回营。

回营之后，岳飞大怒，以犯了军令、私自上阵为由要将岳云砍了。众将急忙求情，最终岳云死罪免了，却还是挨了四十军棍。

这时，天色已晚，岳飞退至后营，岳云、张宪两边站立。岳飞回转头来，见岳云泪流满面，便问何故。岳云道："想起祖母若在时，闻得孩儿受刑，必定要与孩儿讨饶。一时动念，流下泪来。"岳飞听了此言，不觉伤心起来，便道："你去安歇了罢！"

杨景梦传撒手锏
王佐计设金兰宴 ◉

　　岳飞打了岳云，又战不胜杨再兴，心中闷闷不乐，就在帐中靠在桌上睡了过去。恍惚做了一个梦，梦到一个人自称是杨景，说杨再兴是他玄孙，并在梦中教了岳飞一套枪法，可助他收服杨再兴。岳飞醒后暗暗称奇，私下把枪法练熟。

　　两日后，岳飞再次出兵来讨战。二人再战，岳飞使出梦中所学枪法，几个回合便将杨再兴打败。杨再兴认出了这套枪法，于是下马跪地，甘心服输，情愿归降。岳飞欣赏他一身武艺，与他结为了兄弟。

　　次日，岳飞传下号令，起兵入朝奏凯。快到临安时，探军来报："水寇领兵来犯临安甚急，特来报知。"岳飞即命杨再兴带领三千人马，速去救应。杨再兴十分神勇，一举战败水寇首领戚方、罗纲、郝先三人。三人被押至岳飞帐中，三人因感谢岳飞不杀之恩，愿意归降。岳飞再得三员猛将，十分高兴。

　　高宗闻奏大喜，即封杨再兴为御前都统制，戚方等且暂居统制之职，日后有功，再行升赏。高宗又命岳飞前去剿讨洞庭湖杨幺。岳飞领旨，辞驾出朝。

　　岳飞整顿人马，择日祭旗开兵。三军浩浩荡荡，离了临安，望潭州而来。数日后，到了潭州。潭州节度使徐仁出城迎接。

　　次日，岳飞向总兵张明询问洞庭水寇的状况，张明禀道："目下比前大不相同了，杨幺在这洞庭湖中君山上起造宫殿，自称为王。手下有众多猛将，如亲弟小霸王杨凡，军师屈原公，元帅雷亨，太尉花普方，水军元帅高老虎与兄弟高老龙，东耳木寨东圣侯王佐，西耳木寨西圣侯严奇，潭州王钟孝、奇王钟义，德州王崔庆、兄弟崔安，军师余尚文，副军师余尚敬，元帅伍尚志，长沙王罗延庆，以及五子，人称'雷家五虎'，个个骁勇善战。有喽啰数十万，战将千员。粮草甚多，大小船只不计其数。十分猖獗。"岳飞叹道："数载工夫，竟养成如此大患！"

　　次日，岳飞升帐，命张保前去东耳木寨给王佐下请帖。王佐接到请帖，未敢轻举妄动，而是去面见了杨幺。杨幺让他去见岳飞，并说回来时，军师自有妙计。

　　次日，王佐准时前来赴宴。席间，王佐有意劝降岳飞，岳飞却以吃酒不谈公事为由搪塞了过去。饮至午后，王佐起身告辞，岳飞送出城外。

杨幺闻知王佐回来，即刻宣召进见。杨幺问屈原公，接下来该如何使计，屈原公奏道："明日大王可命王佐差人前去请岳飞来赴席，他若来，就在席上令好武艺者与他舞家伙作乐，可斩岳飞之首。如此计不成，再埋伏四百名标枪手一齐杀出。"杨幺闻计大喜，遂命王佐依计而行。

岳飞收到请帖，次日便带着牛皋前去赴宴了。王佐出寨迎接。接至大营，行礼坐下，吩咐摆酒，二人坐席饮酒。

饮了一阵，岳飞突然开言道："愚兄的酒量甚小，要告辞了。"王佐道："酒尚未饮得痛快，正还要奉敬。小弟这边有一人使得好狼牙棒，叫他上来使一回，与兄下酒如何？"岳飞点头称好。王佐便将温奇唤上来，让他舞狼牙棒佐酒。

温奇把狼牙棒使将起来。使到岳飞的跟前，见牛皋拿着两条铁锏，紧紧站在一旁，所以未敢造次。这时候牛皋大喝一声道："你一个人舞终究不好看，待俺来和你对舞。"不等说完，扯出锏走了下来，一锏把温奇打杀。王佐见状，立即将酒杯往地下一掷，然后往后便跑。那些标枪手听得警号，一齐杀出。

第四十九回

杨钦暗献地理图

世忠计破藏金窟 ▣

岳飞遭遇鸿门宴，幸好杨再兴和岳云及时赶到，才免去一场灾祸，杀了"雷家五虎"，牛皋和张保受了伤。回营之后，岳飞命记录官记了杨将军、牛皋、张保三人的功劳。又命牛皋、张保到后营调治。

王佐来见杨幺，将岳飞逃回之事奏明。杨幺好生懊恼，用计不成，反折了雷家五将。

次日，岳飞升帐，有军士来报说，韩世忠带领水军十万已在水口扎成水寨，岳飞立刻带着张保前往水寨拜候。二人共同商议了一番对敌之策，天色稍晚时，岳飞告辞。

岳飞上了马，沿湖一路探看，忽见水面上一只小船，使着双桨，朝边岸荡来。张保大喝一声："哪里来的奸细，到此窥探？"那人道："我不是奸细，是来向岳元帅献计的。"岳飞命那人上岸，那人上岸后，跪下道："小人乃是杨幺的族弟，名唤杨钦。因逆兄不知天命，妄行叛逆，小人要保全祖宗血食，无门可见元帅。方才有事过湖，见元帅独骑而行，欲投托求见。天幸，得遇元帅。元帅若不见疑，可于明日晚间，约准到此一会儿。小人献一计，可灭逆兄。万勿失信！"岳飞道："既如此说，准于明日到此领教便了。"杨钦叩头辞别而去。

到了第二日约定之时，岳飞派张保去见杨钦。杨钦从身上取出一个小册子，递与张保，再三叮咛，让他交给岳飞。张保回营后将册子呈上，岳飞拆开细看，心中暗喜，随命张保出营施放号炮，令埋伏四将回营。

次日，岳飞带了册子出城，到水寨来见韩世忠。岳飞将册子递过道："有一功劳，特送与元帅。"韩世忠接来一看，原来是一幅地理图，分注得明明白白，于是大喜道："承让此功，何以为谢？"岳飞道："都是为朝廷出力，何出此言？"韩世忠道："还恳请元帅麾下拨几位统制帮助帮助。"岳飞道："少停便送来。"辞别起身，回转帅府，即命汤怀、王贵、牛皋、赵云、周青、梁兴、张显、吉青八员统制，去助韩元帅。

韩世忠见了汤怀等人，十分欢喜，遂命大公子韩尚德，同曹成、曹亮等看守水寨。自己同二公子韩彦直，率领八员统制，带领精兵五千，往蛇盘山奔去。离山十余里，安下营盘。

岳家将

这蛇盘山是何处呢？原来这乃是杨幺的巢穴，山中有一洞，名为藏金窟。此山现由杨幺的父亲杨枭镇守，手下还有两个儿子杨宾、杨会，以及元帅燕必显、燕必达，以及将军管师彦等人。此山地势险要，而且一般人难寻其踪迹，官兵多次来剿都无功而返。而杨钦此前献上的正是这蛇盘山的详细地图。

杨枭闻喽啰来报说，宋兵驻扎在山下，十分吃惊。随后便派元帅燕必显同杨宾、杨会一同领兵下山察看。

小校报进营中，韩世忠便命韩彦直出战。韩彦直一举将燕必显、杨宾二人擒获。韩世忠命人将二人监禁后营，说待日后破了杨枭的老巢，再将他们一同问斩。

且说这燕必显和杨宾二人被锁禁在营中。次日，韩世忠派了一个名叫王横的将官带着四个军士一同押解杨宾到岳飞处。途中路遇一庙，一行人在此歇脚。庙中一个老道给王横献上酒菜，不一会儿王横喝多了酒睡了过去。这时候，庙外的四个军士一边啃着干粮，一边抱怨，一个道："王横这狗头，本是岳元帅跟马之人，不如我们的出身。今日韩元帅抬举他做个百总，就这等大模大样，把我们不当人，他一个人在那喝酒吃肉，只给咱们一些破干粮。若他将来得了功，还不知怎样哩！"另一个道："我们本是韩元帅手下兵丁，也不甘心去服侍这狗头。不如逃往金国去投降了四太子，或者倒挣能得个出身。"

四个军士你一句我一句，都愤愤不平。杨宾在囚车内听得明明白白，眼珠一转，计上心来。接下来他便以荣华富贵为诱饵，让他们放了自己，承诺一定会让他们升官发财。四个军士自然愿意，于是便提刀将王横砍死，然后放了杨宾。杨宾大喜，随后便带着四人一同回到了蛇盘山。

喽啰见是三大王回来，连忙开关。杨枭很高兴，忙问杨宾是如何逃脱的，杨宾便将这两日的遭遇细说了一遍。杨枭便叫那四人上殿，问道："你四人姓甚名谁？"那四人跪下禀道："小人一名江彩，一名山凤，一名水和，一名石鸣。"杨枭封四人为统制之职，分拨在杨宾名下。随后，杨枭又命燕必达去洞庭湖见杨幺，让他带兵到此，共擒韩世忠。

这一厢，韩世忠劝燕必显归降，但燕必显却誓死不降，韩世忠见他忠义，便下令放他回山。燕必显大喜，立刻上马回到山上。可是杨枭却不信韩世忠会放他回来，认为他必定已经叛变，此次是来做奸细的，于是便要杀他。五公子杨会急忙求情，杨枭便下令将燕必显收监。然后又对杨宾道："今燕必达前往洞庭去请救兵，恐他变生异心。你可带领四统制一路迎去，接应山上救兵，直捣他的后寨，便可放火为号，我即下山夹攻。不可有误！"杨宾领令，随即同四员新来统制，从后山抄出小路，往湖口一路迎来。

　　韩世忠差探子打听明白，暗暗差人送书知会岳飞，发兵截杀湖口救兵。又一面传令牛皋、王贵、汤怀、张显四将，各带人马，在蛇盘山半路四下埋伏。岳飞接书，即命杨再兴、徐庆、金彪三人，带领人马，埋伏青云山下。

　　且说燕必达奉杨枭之命来见杨幺，并奉上老大王的书信。杨幺看毕，递与军师屈原公观看。屈原公道："主公朝内必有奸细！若不然，韩世忠何以得知藏金窟地方屯扎之处？且发兵去解了蛇盘山之围再说。"杨幺即命奇王钟义同燕必达领兵五千，速去蛇盘山救应。

　　钟义得令，点起人马，同燕必达渡过洞庭湖。刚至湖口，恰遇杨宾同着四个统制迎着。两边相见，遂齐往大路火速前来。行至青云山下，忽听得一声炮响，两边伏兵齐出，马上一员大将大叫："我杨再兴奉岳元帅将令，特来拿你，快快下马受缚！"

　　双方交战到一处。杨再兴几个回合便将钟义生擒。杨宾见势不好，刚要逃走，结果却被四名统制制服。原来他们正是岳飞帐下赵云、周青、吉青、梁兴。他们四人奉韩元帅军令，假装解军，杀了假王横，放了杨宾，投了藏金窟，今日得此大功。杨再兴将杨宾交与金彪，自己则与赵云等四人飞马往潭州而去。

　　杨再兴同着赵云等四人飞马来至蛇盘山叫关。守山军士见是四人，放上山来，见了杨幺道："燕元帅果然已投往潭州城去了。今三大王同奇王领兵来揭韩营，约明日放火为号，大王即可领兵下山，前后夹攻，擒拿韩世忠。"其实这正是诱敌之计，当杨幺带着五公子同左卫将军管师彦、右卫将军沈铁肩，带领三千喽啰下山之时，伏兵四起，此时杨幺方知中计。

韩世忠、杨再兴、牛皋等人领兵一举剿灭了蛇盘山众匪，生擒了杨幺等人，一把火烧了山寨，然后拔寨回兵。将粮草贼犯解至潭州，到岳飞营中交纳。

探子报上洞庭山，说燕必显献了蛇盘山，杨家一门尽被宋将拿去潭州，斩道号令，解往临安去了。杨幺听了，放声大哭，文武众臣，亦各悲伤。这时屈原公道："我军初败，心尚未定。且调齐各处人马，然后直捣潭州，与他决战不迟。"杨幺准奏，遂传旨各处去调齐人马。

剿灭了杨幺，高宗得报大喜，命户部颁发粮草彩缎，工部发出御酒三百坛，礼部加封，差出内臣田思忠，往潭州岳飞军前，犒赏三军。

打酒坛福将遇神仙
探君山元戎遭厄难 ◉

田思忠奉着圣旨，将三百坛御酒发到秦桧衙门，叫他加封，送往岳飞军前去。恰值秦桧在兵部衙门议事未回，王氏暗暗命心腹家将在酒中投了毒药。她想要毒死岳飞那一班将士，好让四太子来取宋朝天下。

次日，秦桧命人将三百坛御酒坛坛加上封皮，交与田思忠。田思忠领了御酒和粮草等物，带领夫人，一路来至潭州。

岳飞得报，一边急差人到水口请韩世忠进城一同接旨，一边命人将御酒等物送往教场中去。牛皋得知朝中赐来了御酒，就想来看看。来到教场，闻到酒香，便忍不住打开一坛喝了一口，结果喝了一口之后头霎时疼痛起来。牛皋道："咦！这酒有些奇怪。"回转头来，看那车夫立在后边，便让他也来尝尝，那车夫是个贪杯的，接了瓢，便去坛里兜了一大瓢三下两下喝了下去。谁知酒刚下肚，便一下跌倒，满地乱滚，不多时，便七窍流血而死。

牛皋大惊，急忙来报岳飞。岳飞因牛皋私自拆开御赐之酒，要将其军法处置。幸得钦差田思忠求情才免了他死罪，但还是赶他出了营。牛皋再三哀求，岳飞执意让他离开，牛皋只好上马去了。

岳飞问田思忠此酒是何处所造，田思忠说是工部所造，到礼部加封。因秦桧有事在礼部堂上放了一夜，次日秦桧加封后，自己便一路送来，并无差池。岳飞道：“钦差大人先请回京复旨。待本帅平了洞庭贼，即时回京面圣，查究奸臣，以正国法，再去扫北便是。”田思忠随即辞别起身。

牛皋被岳飞赶出营，一路行了数十里，来到一座树林中，见一个道童立在林下。牛皋叫声：“小哥，这山上可有寺院么？”道童道：“此山名唤碧云山，并无寺院。只有我师父在此山中修炼，我家老祖姓鲍名方。早上对我说，午间会有一个名叫牛皋的来此，让我引他上山。”牛皋一听忙报出姓名，道童道：“既如此，跟我来。”自此牛皋在碧云山做了道人。

杨幺这一日与屈原公商议军情，军师奏道：“臣有一计，再命王佐去请岳飞来看君山，只说有路好上宫殿。他若来时，四面放火，将那岳飞、王佐一总烧死，内外大患尽除。倘王佐推托，即将他家小监了，他自然肯去。”杨幺大喜，传旨宣王佐上殿。王佐果然不想去，杨幺便以他家人相胁，王佐只好同意。

见了岳飞，为获得他的信任，王佐拿出洞庭湖图画给他观看，并道："今夜大哥同小弟同去君山观看，湖内有条暗路可上宫殿。若大哥看明此路，杨幺指日可破。"岳爷应允，王佐辞去。随后，岳飞便写书送与韩世忠，约他前来接应。自己则带着张保、张宪、岳云、杨虎同去东耳木寨。

张保五人骑马出了潭州，来至东耳木寨。王佐出来迎着，同往君山而来。行至七里桥，岳飞对杨虎道："你在此把守此桥，以防贼人偷桥。"杨虎领令后躲在石碑之后，果然片刻之后杨幺手下副元帅高老虎驾了一只小船往桥边而来。上了岸，高老虎靠那石碑坐着，吩咐军士们一齐动手，将桥拆毁。杨虎轻轻掩至背后，手起一鞭，将高老虎打死！众喽兵见主将被打死，连忙下船逃命去了。

岳飞同王佐众人上了君山，突然四面火箭齐发。君山左右前后，预先堆满干柴枯草，火箭落下，登时烈焰飞腾，冲天火起。岳飞和众人都被困在烟火之中。

第五十一回

伍尚志火牛冲敌阵 鲍方祖赠宝破妖人

岳云和众将顾不得性命，冒烟火冲下山来将岳飞与王佐等人救了出去。岳飞并没有问罪王佐，而是放他走了。王佐心中十分惭愧，回来复命，杨幺也未再为难他，让他领了家眷回去了。

杨幺因此计不成，心中不乐，元帅伍尚志献上一计：水牛阵。结果果然大败岳飞，杨幺十分高兴。

过了一夜，伍尚志又到城下讨战，岳飞吩咐挂上"免战牌"。伍尚志回寨，杨幺大喜道："元帅辛苦，且暂停兵。孤家有一公主，愿招卿为驸马，可于今晚成亲。"伍尚志叩头谢恩。当晚，殿上挂灯结彩。杨幺命宫女扶公主出来，与伍尚志交拜，送进宫中洞房。谁知这公主对伍尚志说，自己并不是杨幺亲生女儿，如果要她服从，必须要她表兄做主。伍尚志大惊，忙问其中缘由。那公主便流泪跟他讲了自己的遭遇。原来她本姓姚，三岁那年父母兄弟都被杨幺杀了，家产也被抢了。她还有一个姑母，表兄名叫岳飞，她最大的愿望就是见到表兄，然后报家仇。伍尚志听了公主这番话心中若有所动，他对公主说自己不会冒犯她，也不会在杨幺面前表现出来。

一日杨幺升殿，聚集众官，商议去打潭州。余尚文奏说，自己可摆下"五雷法"，召遣天将来降岳飞，杨幺准奏。

同一日，老祖交代牛皋，让他下山去助岳飞对敌，临行前，给了他几件兵器：一支"穿云箭"，一双"破浪履"，还有两颗药丸。老祖还告诉牛皋，杨幺本是三上水兽下凡，有了这三件宝贝才能降服他。

老祖教了牛皋一套口诀，他闭眼念咒，一睁眼正好来到余尚文摆"五雷法"之处。牛皋上前一铜打死了余尚文，然后上马往潭州而去。见了岳飞，牛皋讲了路遇余尚文作法并将其打死之事，岳飞听了之后十分高兴。随后岳飞修书一封，让他前去帮助韩世忠。韩世忠听了牛皋的奇遇心中大喜，忙暗暗修书回复岳飞，定下了破敌之计。

当夜，牛皋驾着一号小船，出湖巡哨，恰遇杨幺手下的水军元帅高老龙。牛皋穿上"破浪履"踏在水面如履平地，走到贼船边，一铜将高老龙打死。这时岳飞传令水寨，让牛皋回潭州。

牛皋回了潭州，来到帅府，正值黄昏，突然看到天空中有一异物，他立刻拿出那支"穿云箭"望空抛去。只见半空里掉下个人来，牛皋一把将其拿住押到岳飞跟前，一审之下知是余尚敬。岳飞吩咐即时斩首，号令在城上。杨幺听报说余尚文和余尚敬都被斩杀，心中惊慌。屈原公奏道："再去调长沙王罗延庆。臣已练一阵图，等齐了，就与岳飞决一雌雄。"杨幺准奏，即去调兵发马。

且说王佐自从领了家人回寨之后，心中始终感念岳飞的义气，思忖再三决定邀严奇一同归顺岳飞。严奇久闻岳飞忠义，也动了归顺之心，但其子严成方却不服气，说要与岳飞之子岳云较量一番，如果岳云能战胜他，再考虑是否归降。因此王佐决定先行独自去投奔岳飞。

严成方较锤结义
戚统制暗箭报仇 ●

　　王佐悄悄地来至潭州城下，让守城军士前去通报，牛皋听说王佐来了，怒从心中起，提了双锏便要杀了他。岳飞急忙上前劝阻，王佐连声道歉，并说之前跟错了人才差点酿成大祸，这次一定为破杨幺多多出力。牛皋这才罢休。

　　王佐又与岳飞讲了严成方欲与岳云较量之事，随后告辞回了东耳木寨。岳飞即命岳云领兵出城，与严成方比武，到时见机行事，不可有误。

　　两个人列于阵前，你看我威风凛凛，我看你雄气赳赳，各自暗暗欢喜。严成方出马道："小弟久闻公子英雄无敌，特来请教。"岳云道："领教便是。"两个各摆双锤，交手来战。战了八十余回合，不分胜负。岳云卖个破绽，跳出圈子，诈败落荒而走。严成方拍马追来。赶下十余里路，岳云回马一锤，将严成方锤打落于地。严成方跳落下马，跪下说道："公子英雄，名不虚传！小弟情愿归降，望公子收录！"岳云也跳下马来，双手将其扶起，二人互相欣赏，就此结为兄弟。

次日，杨幺麾下长沙王罗延庆在城外讨战，杨再兴与他是旧识，主动请缨要将其劝降。罗延庆也是个义气之人，经杨再兴一劝，果然愿意归降，岳飞帐下又多一员猛将。

这一厢，屈原公积极调齐各路人马，演习五方阵势，要与岳飞决战。岳飞听说屈原公在演习五方阵，决定趁夜亲自前去查探。没想到却在查探之时中了一箭，箭上带毒，性命垂危。岳云与众将都急得大哭，牛皋突想起临下山时老祖曾给他两颗药丸，他急忙给岳飞服下一粒。服下药后，岳飞果然慢慢醒转。

这时大家也才发现射中岳飞的那支箭并不是来自敌营，而是来自本营。众将十分生气，都说要将其找出杀掉。岳飞却劝大家莫要动气，先各自回营。众将走后岳云问父亲为何不法办此人，岳飞道："我儿，你哪里晓得？他怨我赏罚不明，因而怀恨故有此举。我愿以仁德化解此事，对方必然会后悔的。"

一日杨幺升殿，屈原公奏说阵势已经演熟，可以命王佐前去诱敌来战了。杨幺准奏。这时杨钦上前奏道："军师妙计虽好，但是岳飞手下将士，俱是智勇兼全之辈，不可轻视。臣愿拼身入虎穴，到潭州城去，与岳飞讲和。若肯两边

息战，不仅安然无事，又省了无数粮草。"杨幺大喜准奏，这时伍尚志请旨与杨钦一同前往，杨幺准奏。

岳飞听了二人来意，怒道："杨幺早晚就擒，洞庭灭在旦夕，何需多言！"说完便命左右将二人拿下，拘禁起来。

当天夜里，岳飞命张保悄悄地去请了杨钦来到后营，重新见礼。岳飞道："方才冒犯！在诸将面前不得不如此，还望恕罪！不知将军此来，有何指教？"杨钦道："今屈原公调集各路兵马，摆下'五方阵'，前后左右俱有埋伏，特来报知元帅，以便准备破敌之计。但恐元帅大兵到时，玉石不分，要求元帅保我全家性命，感激不尽！"岳飞道："这是自然。倘若大兵到时，将此旗插于门上，诸军自不敢进门。"杨钦接了旗收好，谢了岳飞。

岳飞又命人请来了伍尚志，伍尚志见了岳飞便讲了自己被招驸马得遇公主之事，并愿意归降岳飞，共图大业。岳飞闻言，急忙站起来道："这等说来是我的妹丈了！"随后传命，请岳云来见礼。然后岳飞又命人请出杨钦，伍尚志这时才知杨钦也是来归降的。岳飞命人摆上酒席，三人痛饮了一番。

次日，杨钦与伍尚志返回水寨。伍尚志进宫见了公主，与她说了与岳飞见面之事，公主感激涕零。

几日后，岳飞调齐人马，出了潭州城，安下大营，准备与杨幺决战。

第五十三回

岳元帅大破五方阵
杨再兴误走小商河 ◉

杨幺闻报，说岳飞来破"五方阵"，韩世忠又从水路杀来，急忙命杨钦把守洞庭宫殿，伍尚志保住家眷，自己则与太尉花普方等驾着大小战船，向前去迎敌韩世忠。

岳营众将按此前命令依次冲入"五方阵"内。王佐来见岳飞，立即献出了东耳木寨。岳飞命王佐收拾寨中之物，速进潭州，不可迟延。王佐领命而去。

不多时，伍尚志差心腹家将驾船来到岸边，请岳飞上山。岳飞令三军上了战船，带领张保下船，直至杨幺水寨，逢人便杀，遇将便砍，四面放起火来。伍尚志领了公主下山，放起一把火，将大小宫殿营寨烧了个干净。

杨幺得报，听闻伍尚志与杨钦献了水寨，放火烧了宫殿，而且眷属都被岳飞杀尽，气得哇哇大叫，命众将奋力杀上去。众将得令，开动战船。这时候，牛皋穿着"破浪履"从水面上走来，见了花普方，叫声："贤弟，此时不降，更待何时！"花普方叫声："哥哥，小弟来也！"杨幺见花普方也归降了岳飞，心中又慌又恼，只得勉强上前，与韩世忠战船对阵。

牛皋带领花普方来投降，岳飞大喜，用好言抚慰。这时忽然有探子来报："启禀元帅，今有金邦四太子兀术，调领六国三川各岛人马，共有二百余万，来犯中原，将近朱仙镇了！请令定夺。"岳飞听了此报，吃了一惊，心道："杨幺未擒，金人又到，这可如何是好！"

且说"五方阵"内，余化龙、赵云、岳云、王贵、张显等众将分从各方拥入杀敌，连降杨幺麾下多员大将。阵内人马见主将已降，都四散逃生去了。

屈原公一连听了几报，弄得手足无措，仰天大叫道："铁桶般的山河，一旦丧于诸贼之手，岂不可恨！"遂拔剑自刎而死。

岳飞正在调拨人马，早有探子来报："韩元帅大胜了杨幺，杨幺弃船下水。随后杨虎、阮良等就一齐下水捉拿去了。"岳飞吩咐再去打听。这时杨再兴进营缴令。岳飞道："贤弟，来得正好。方才得报，说金兵二百万，又犯中原，将近朱仙镇。贤弟可领兵五千，为第一队先行，速速去救朱仙镇。小心前去！"杨再兴领令出营，带兵五千，连夜飞速赶去了。

岳云归阵后，岳飞又命他领兵五千速往朱仙镇救应，岳云得令领兵出营而去。接着又令严成方为第三队，何元庆为第四队先行，余化龙为第五队，归降的罗延庆为第六队，各领五千人马奔赴朱仙镇。

不多时，伍尚志进营缴令，岳飞早已命人整备了花烛，当天夜里便让他与表妹完婚。次日，又命他为第七队，同样带领五千人马奔赴朱仙镇。

且说杨虎与耿氏兄弟一齐下水追捉杨幺，捉到之后押到韩世忠处。韩世忠即命绑到岳飞营中去。岳飞本想将其绑赴临安再行处斩，但因要速往朱仙镇去，恐夜长梦多，便即刻命人将杨幺斩首，又命将首级送往临安。

剿了杨幺之后，岳飞又命牛皋往各路催粮。此时岳飞与韩世忠麾下共有三十万大军。二位元帅放炮拔寨，统领全军，往朱仙镇而来。

第一队先行杨再兴，奉令前往朱仙镇来。此时正值十一月天气，大雪飘扬。大军在离朱仙镇不远驻扎下来，杨再兴命众军士在此等候，他独自前去踹营。

且说兀术带领了六国三川大军，分为十二队，每队人马五万，共有六十五万人马，却虚张声势谎称二百万。第一队的先锋雪里花南走马上来，正遇着杨再兴一马当先，一枪将雪里花南挑下马来。接下来，第二队先行雪里花北、第三队先锋雪里花东及第四队先行雪里花西皆被杨再兴挑于马下。

四队番兵共计有二十余万，见主将已亡，惊慌乱跑，自相践踏，死者不计其数。杨再兴在后追赶，见番兵向北而走，便决定抄小路前去，谁知在小路被小商河拦住去路。杨再兴见河面已冻冰，便拍马上前，结果连人带马一同掉入河中。番兵见状，一起向他射箭，可怜杨再兴连人带马，被射得如柴蓬一般。这时，第二队先行岳云赶到，得报后悲痛万分，即刻吩咐扎住营盘，自己则拍马摇锤，一马冲进番营。

　　岳云一马冲入番营，舞动那两把银锤，如飞蝗雨点一般打向番兵。众番兵被打得东躲西逃。这时第三队先行严成方已到，听说岳云独自去踹营，急忙抡动紫金锤，打入番营中，寻见了岳云，二人一起奋战。

　　这时候，第四队先行何元庆及第五队先行余化龙也相继赶到，也一同杀入番营。随后，第六队罗延庆人马又到，众三军将杨再兴一事说了一遍。罗延庆闻言，悲痛道："等我去与杨将军报仇！"一马飞奔而来！只见杨再兴射死在河内，罗延庆下马拜了两拜，失声痛哭。随后揩干眼泪，上马提枪，往番营而来，杀入重围。第七队伍尚志也到，也杀入番营。

　　兀术见状，急命手下众将："务要拿了这几个南蛮，大事就定了！"众将得令，围着六人在里面杀了一昼夜。恰好岳飞、韩世忠的大军已到，以河为界，放炮安营。番阵内六个先行听见炮响，晓得是元帅兵到。

岳云抢先打出番营，后边何元庆、余化龙、罗延庆、伍尚志、严成方，一齐跟着杀出来。来到大营，进帐见岳飞缴令。

罗延庆回营后显得十分悲苦，岳飞道："贤弟休要悲苦！武将当场，马革裹尸是再正常不过的了，只是如此英雄，实在是可惜了！"说完便吩咐众将整备祭礼，亲自到小商河祭奠。

且说兀术在营中暗想："那秦桧为何不给予照应，难道他死了不成？"军师道："狼主今日进中原，秦桧岂有不照应之理？请狼主静候几日，必有佳音。"

次日，岳元帅升帐，忽有圣旨到，原来是朝廷赐岳飞"尚方宝剑"一把，可以先斩后奏。岳飞谢恩，送了钦差出营。不多时又有探子进帐来报："赵太师发病亡故，礼部尚书秦桧升了相位，特来报知。"岳飞便与众将送礼进京贺喜。

过了数日，有新科状元张九成奉旨来做参谋。随后，圣旨到营，让张九成接旨。钦差道："圣旨命张九成往五国城去问候二圣，不可迟误！"说完便转马回去了。

各元帅进帐坐定，议论此事："哪里是出自圣旨！必定是秦桧弄权陷害殿元！"众人愤愤不平，都说朝内如今出了这样的奸臣，忠臣怕是不能保全，令人心寒。但岳飞深知皇命不可违，只能遣张九成前往。张九成临行前修书一封，希望岳飞能派人送到他府上交与双亲，岳飞应允。

　　岳飞命汤怀护送张九成过番营。兀术得报说，宋朝新科状元张九成要前往五国城去问候二圣，心中感念其忠心，便下令放他们通行。

　　张九成走后，汤怀欲返回营中，结果却被众番将包围，原来兀术下令要活捉他。汤怀心中想道：不好！我单人独骑，今日料想杀不出重围。倘被番人拿住，那时求生不能，求死不得，反受番人之辱，倒不如自尽了罢！随即喝道："俺汤老爷是何等之人，岂肯投降于你？"说罢又大叫一声："元帅大哥！小弟今生再不能见你之面了！各位兄弟们，今日俺汤怀与你们长别了！"然后就把手中枪尖调转，向咽喉刺去，随后便翻身落马而死。

　　岳飞闻报失声大哭道："都是为兄害了你呀！我与你自幼同窗学艺，情同手足，谁知今日你却丧于番人之手！"哭罢又吩咐备办祭礼，遥望番营祭奠。

　　且说兀术正在帐中称赞汤怀的忠义，小番来报说陆文龙进营参见。这陆文龙是兀术义子，虽年方十六岁，却武艺高强，北国称为第一人。

　　陆文龙进帐参见后，请命道："今日天色尚早，待臣儿领兵前去，捉拿几个南朝蛮子，与父王解闷！"兀术道："王儿要去，必须小心！"

　　陆文龙前来叫阵，岳飞命呼天庆、呼天保两员将官出阵迎敌。结果呼家兄弟二人皆不是陆文龙的对手，先后被他斩杀于马下。

败军慌忙回营报知岳飞。岳飞听得二将阵亡，止不住伤心落泪，又问："有哪位将军出阵擒拿番将？"岳云、张宪、严成方、何元庆四人一齐上前领令，情愿同去。岳飞道："既是四人同去，我有一计，即'车轮战法'，可擒来将。"

陆殿下单身战五将
王统制断臂假降金 ◉

四将领令，出营上马，领兵来至阵前。四人依照岳飞之计，采用"车轮战"，果然那陆文龙一时无法招架，败回营去。四人回营缴命。次日，陆文龙又来讨战，岳飞仍命岳云等四人出马，余化龙请缨一同前往出阵，岳飞应允。

这一次，五人仍用"车轮战"，陆文龙虽未得胜，却也未败。天色将晚，双方鸣金收兵。五将进营缴令道："番将实在厉害，战不下他。"岳飞闷闷不乐，便吩咐挂出"免战牌"，再寻他法。

且说这一晚王佐在营中用膳，一边吃酒，一边暗想：我自归宋以来，没有立过功劳，如果想一个计策战败陆文龙，那么上可报君恩，下可分担元帅之忧。打定好主意后他开始细细思量，突然想起《春秋》里讲的一段"要离断臂刺庆忌"的故事，自己何不也学要离断了臂，潜进金营去，然后见机行事。打定了主意之后，他又连吃了十几碗酒，然后拔出剑来，吼了一声，随后将右臂砍下，咬着牙关，取药来敷上。

王佐将断臂包好，藏在袖中。随后独自悄悄来见岳飞，将自己的计策说与岳飞。岳飞感叹其如此大义，再三拜谢。辞了岳飞，王佐连夜往金营而来。

王佐到了金营，已是天明。兀术听报说有宋将来投，即刻命人带进来。兀术听了他的名号，有些奇怪："我怎不知宋营有人名叫王佐？"王佐道："小臣乃湖广洞庭湖杨幺之臣，官封东圣侯。兵败后小臣无奈归顺了宋营。如今狼主大兵到此，又有殿下英雄无敌，岳飞无计可施，挂了'免战牌'。昨夜聚集众将商议，小臣进言可与金国议和，谁知那岳飞竟反说臣有卖国之心，将小臣的一臂砍了去，然后让臣来报信，说他改日要来擒捉狼主，杀到黄龙府，踏平金国。"兀术对王佐道："我封你做个'苦人儿'之职。你为了我断了此臂，受此痛苦，我养你一世快活罢！"王佐心中暗喜，连忙谢了恩。

王佐每日随意在营中走动，一日来到陆文龙的营前，陆文龙正巧到大营去了，王佐便对小番说他想进去看看，小番也未阻拦。进到营中，王佐见一个老妇人坐在营前。王佐上前见礼，听老妇人口音不像是番邦人，倒是中原口音。王佐便问其故，那老妇人便同王佐讲了一个大秘密。原来她是

河间府人，是陆文龙的奶娘，陆文龙也是中原人。他原是潞安州陆登老爷的公子，三岁便被兀术抢到此处，如今已经一十三年了。王佐听了此言，心中大喜，告辞离开了。

且说曹荣之子名叫曹宁，奉了老狼主之命，统领三军来助兀术。到营中问清形势之后，请缨前去会一会岳飞，兀术应允。曹宁遂出营上马，领兵来到宋营讨战。

述往事王佐献图
明邪正曹宁弑父

曹宁领兵直至宋营前叫阵，徐庆和金彪请缨上阵。岳飞即令去了"免战牌"，准二人出马应战。这曹宁真是一身好本领，徐庆和金彪二人联手都敌不过他，反而被他斩于马下。曹宁取了二人首级，回营报功去了。

岳飞闻报，双眼流泪。随后小将张宪请令出战，岳飞应允。二人大战，四十多回合不分胜败。看到红日西沉，各自收兵回营。

次日，曹宁带兵又到阵前叫战，岳飞令严成方出去迎敌。结果又没能分出胜负。就这样，一连战了数日也未能有结果，岳飞只得又把"免战牌"挂出，心中忧虑不已。

金营内王佐闻知此事，心中很是着急，他思虑再三，决定冒险去说服陆文龙。这一晚，他进到陆文龙营中拜见，并给他讲了一段故事。陆文龙听来听去，心中疑惑，觉得王佐讲的似乎是自己的身世。这时候，奶娘一脸泪水从外面走了进来，告诉他王佐所讲句句属实，他的父母都是被兀术杀害的。

陆文龙一生最敬重奶娘，对她十分信任。听了此言，一下子跪拜在王佐面前，道："恩公受我一拜，此恩此德，没齿难忘！"随后便拔剑要去杀了兀术。王佐急忙拦住，对他说，不如暂时潜在番营，等立了功再去归宋不迟。

随后，王佐又向陆文龙问起曹宁出身。因为他早已看出曹宁虽身在番营，但却忠直气概，于是他让陆文龙将曹宁请来，他来试探。曹宁原不知自己是中原人，听王佐一说方知内情，遂决定去投奔岳飞。王佐即刻修书一封，让他交给岳飞。

次日清早，曹宁上马出了番营，来到宋营前下马道："曹宁候见元帅。"岳飞听说曹宁来见，即刻命人传了进来。曹宁来到帐前跪下道："罪将特来归降！今有王将军的书送上。"岳飞将书拆开来看，心中已明白，大喜道："我弟断臂降金，今立此奇功，不枉他吃一番痛苦。"随即将书藏好，说道："曹将军不弃家乡，不负祖宗，复归南国，可谓义勇之士。可敬，可敬！"

兀术听闻曹宁归了宋营，心中恼怒，正好这时曹荣解粮赶到，兀术下令将他拿下。曹荣一问方知是因儿子投了宋营，于是便请缨前去要将曹宁捉回。兀术便命曹荣领兵速去。

　　曹荣领命出营，带兵来到宋营，点明让曹宁出营。曹宁出来后，曹荣见他换了宋朝服饰，大骂道："逆子！见了父亲还不下马？如此无礼！"曹宁道："爹爹，我如今是宋将了。我劝爹爹何不改邪归正，复保宋室，祖宗子孙皆有幸矣。爹爹自去三思！"曹荣大叫道："难道你竟不顾惜父母，要背主求荣？快随我去，听候狼主发落。"曹宁道："我一向不知道，你身为节度，背主降虏。为何不学陆登、张叔夜、李若水、岳飞、韩世忠？偏你献了黄河，投顺金邦？眼见二圣坐井观天，于心何忍，与禽兽何异！你若不依，请自回去，不必多言！"曹荣大怒道："畜生！擅敢出言无状！"说完拍马便上前来擒他，曹宁见父亲冥顽不灵，只得抬枪迎敌，几个回合便将曹荣斩落马下。杀了父亲，曹宁也无脸再存活于世，拔出腰间的佩刀自刎而死！岳飞得报，不胜唏嘘。

　　且说番营又来两名帮手，元帅完木陀赤、完木陀泽带领"连环甲马"前来助阵。兀术大喜。

　　次日，完木陀赤、完木陀泽二人领兵来至宋营讨战。董先、陶进、贾竣、王信、王义一同上来领令，来到阵前。

第五十七回

演钩镰大破连环马
射箭书潜避铁浮陀

双方互报了名号，董先等人领先一步杀了上去，与完木陀战在一起。完木陀泽见哥哥战不下董先，飞马来助战。

随后完木陀赤、完木陀泽二人引董先等至营前，一声号炮响，两员番将左右分开，中间番营里拥出三千人马来。董先五人连同那五千军士一齐被围住，不到一个时辰，尽丧于这阵内。

岳飞听报，满眼垂泪道："若早知是'连环甲马'，有徐宁传下的'钩镰枪'可破。可怜五位将军白白送了性命！"随即传令整备祭礼，遥望着番营哭奠了一番。回到帐中，又命孟邦杰、张显各带兵三千，去练"钩镰枪"；又张立、张用各带兵三千，去练"藤牌"。四将领令，各去操练。

兀术坐在帐中，军师哈迷蚩献上一计，趁岳飞不备，差人暗渡夹江，去取临安。岳飞得知消息，必然回兵去救，到时候自能破敌。兀术听后大喜，就命鹘眼郎君领兵五千，悄悄抄路往临安进发。

且说宋朝中有一奸臣，名叫王俊，本是秦桧门下的走狗，因趋奉得秦桧投机，很快做了都统制。高宗下旨差他带领三千人马押送粮草到朱仙镇来，然后留在那里监督军粮。这一日行至中途，恰逢鹘眼郎君带领番兵到来，将他擒住。偏巧他命不该绝，牛皋催粮至此，上前救了他。因还有几地需要前去催粮，牛皋便将所押粮草交给王俊，让他送到朱仙镇，并给自己报功。

没承想王俊到了营中，却冒领了牛皋的功劳，说自己带兵遇到牛皋被擒，是自己领兵救了牛皋。岳飞心知他是冒领功劳，但因他是秦桧手下之人，所以并未发作，将他留在了营中。

几日后，孟邦杰、张显、张立、张用各将所练的枪牌已熟，前来缴令。岳飞便命四将去破番阵，又叮咛了一回，四将领命而去。这一次，番将的"连环马"成功被破。完木陀赤弟兄败回去复命，兀术听说"连环马"被破，只得将希望寄托在不日即将到来的"铁浮陀"之上。"铁浮陀"是一种火器，威力巨大。

且说牛皋回营缴令时听闻王俊冒领了他的功军，心中十分气愤。这时又查出王俊克扣了军粮。牛皋请命杀了王俊，但岳飞顾忌秦桧，所以只是将王俊打了四十军棍，然后发回临安，听凭秦桧处治。

几日后，"铁浮陀"送到番营，兀术大喜，传令："推过一边，待天晚时，推到宋营前打去。任那岳飞足智多谋，也难逃此难！"然后便一面整备火药，一面暗点人马，专等黄昏施放。陆文龙听闻消息后急忙回营与王佐商议，王佐道："须要暗送一信，方好整备。"陆文龙便趁夜色悄悄出营上马，将近宋营，高叫一声："宋军听者，我有机密箭书，速报元帅，休得迟误！"说完嗖地一箭射了出去。

岳飞看过信后，吃了一惊。然后暗暗传下号令，先对岳云、张宪吩咐道："你二人带领人马如此如此。"二人得令，领兵埋伏去了。又暗令兵士通知各位元帅，将各营虚设旗帐，悬羊打鼓。再命各将本部人马，一齐退往凤凰山去躲避。

且说金营中到了二更时分，传下号令，将"铁浮陀"一齐推到宋营前，放出轰天大炮。但见：

烟火腾空，山摇地动。好似雷公排恶阵，分明霹雳震乾坤。

幸亏宋营提前得知消息，否则必将全军覆没。岳云、张宪领了人马，埋伏在半路，听得大炮打过，等金兵回营之后，取出铁钉，把火炮的火门钉死，又令军士一齐动手，将"铁浮陀"尽行推入小商河内。

　　看到"铁浮陀"大炮打得宋营一片漆黑，兀术大喜，遂传令摆起酒席，同众元帅等直饮到天明。小番来报说王佐与陆文龙带着奶娘投宋去了，兀术听了，好不恼恨。这时又有小番来报："启禀狼主，岳营内依然如此，旗幡且分外鲜明，越发雄壮了。"兀术好生疑惑，忙传令速整"铁浮陀"再打宋营。可是小番却发现"铁浮陀"不知哪里去了，慌往四下搜寻。最后在小商河内寻到，却已进水再不能用。兀术得报气得暴跳如雷，众将上前劝解。

　　且说那晚"铁浮陀"打过宋营之后，将至天明，王佐、陆文龙同奶娘三人悄悄来到宋营。岳飞见陆文龙前来十分欢喜，一面热情款待，一面差人将奶娘送回陆文龙家乡居住。

　　番营内哈迷蛊又献上一计："狼主，可差人将一封箭书射进宋营，叫岳南蛮暂停一月。待臣摆好阵势，然后开兵擒捉岳南蛮，早定大事。"岳飞接信后回信同意。哈迷蛊便开始将大军尽数调齐，操演阵势。

第五十八回

再放报仇箭戚方殒命●
大破金龙阵关铃逞能

　　且说云南化外国统领李述甫听说岳飞忠义，便想前来投奔。于是便带着外甥黑蛮龙及一队苗兵赶到朱仙镇。黑蛮龙年纪虽小，但本领高强，他建议先试一下岳飞营中诸将的本领，如果果真本领高强，再归降也不迟，李述甫觉得有理，便同意了。

　　黑蛮龙来到宋营前叫阵，岳飞听报后派岳云出去迎战。岳云来到阵前，二人互报了名号，心下对对方都产生了一种惺惺相惜之感。待交手之后，二人更是互相佩服对方本领。岳云心中暗想：这个苗蛮果然好本事！我且引他到荒僻之处，问他个缘故，劝他归顺，岂不为美？想到此处回马就走，黑蛮龙在后紧追不舍。

　　二人紧赶紧走，慢赶慢行，来到凤凰山一带茂林深处。这时，岳云回转马头，叫一声："小蛮王，且慢动手！我有一句话与你相商。"黑蛮龙道："却不是你

输了，有什么话讲？"岳云道："我与你战了这半日，并不是真的怕了你。况我爹爹帐下雄兵猛将不少，金兵六七十万尚不能抢我中原。令舅乃是云南总领，应该发兵来相助我朝才是，因何反来与我作对？请你想想看，何苦做甚冤家？"黑蛮龙道："你既知我舅父是云南总领，为何这数年不来封王？"岳云道："原来如此。你有所不知，这数年来国事艰难，二圣被陷金邦。幸得今上渡过夹江，又遭兀术屡犯中原，应接不暇，哪有工夫到南地来封王？久仰小苗王乃世间之豪杰，今幸相逢，意欲结拜为友。待等恢复中原，我爹爹定会奏明圣上，来封令舅的王位，决不食言！未知小苗王意下如何？"

黑蛮龙道："俺也闻得小将军的英名，如今看起来，果然不虚。今得相识，三生有幸！蒙许结拜，只恐高攀不起。"岳云道："大丈夫意气相投，遂成莫逆，何出此言？"二人遂各下马，撮土为香，对天立誓，结拜为友，岳云年长为兄。

黑蛮龙回去后将前情细细禀告给了李述甫，李述甫遂与黑蛮龙一同来到宋营前。岳飞大喜，一面吩咐军中治酒相待，一面传令犒赏云南军卒。席间，岳飞答应李述甫，待平了金邦、迎了二圣还朝之后，一定奏明圣上，然后亲自到云南封他王位。李述甫大喜称谢。次日早上，李述甫来辞别元帅。岳爷吩咐整备粮草等物相送，各将官俱来送李述甫起行。

　　过了十余日，岳元帅暗想："今已半月有余，金营不见动静，不知排的什么阵？"到了晚上，岳飞便悄悄带了张保出营，来到凤凰山边茂林深处，盘上一株大树顶上偷看金营。只见营中摆着两条"长蛇阵"，头并头，尾搭尾，名叫"金龙绞尾阵"。正在这时，只听得弓弦响，岳飞肩上中了一箭。张保护送岳飞回营，岳飞急忙拿出牛皋给的另一粒药丸服下，箭伤这才慢慢平复。

　　岳飞心知，两次用箭射他之人皆是戚方，只因兵下洞庭时节，戚方违了军令，岳飞曾责罚了他，因此他一直怀恨在心。但岳飞是爱才之人，不想降罪于他，便决定放他走。结果没想到，戚方被放出营后遇到了牛皋，牛皋问他往何处去，戚方说岳飞让他出营投奔后方都督张老爷。牛皋心中生疑，如果真是奉岳飞之命投奔后方，为何不正大光明地走，而要在半夜偷偷摸摸地走。加之刚才看见岳飞伏在马上，由张保扶着，便料定这戚方一定是做了什么坏事，所以才半夜出逃。于是他二话不说，上前一锏就将戚方打落下马，取了首级。岳飞得知这一情况后，只是长叹一声，然后命人取来戚方的尸身与首级一同下土埋葬了。

　　且说番营哈迷蚩阵已摆完，来禀兀术。兀术大喜，即差人来下战书，双方约定来日决战。

　　应战之后，岳飞与众将军开始商讨破敌之策。最后议定，由岳飞同张元帅带领人马，打左边的"长蛇阵"。韩元帅同刘元帅领兵去打右边的"长蛇阵"。岳云、严成方、何元庆、余化龙、罗延庆、伍尚志、陆文龙、郑怀、张奎、张宪、张立、张用，从中间攻打。一切准备停当。

次日，三个轰天火炮，中间这六柄锤，六条枪，一枚银剪戟，三条钢铁棍，冲进阵来。这四位元帅、大小将官，俱在阵中狠杀。真个是杀得天昏地黑，日月无光。

就在四位元帅同众将正在阵中厮杀之时，阵外忽然来了三个少年英雄。一位是岳云的结义兄弟，金门镇的先行官狄雷；一位是岳飞麾下统制官孟邦杰的妻舅樊成；一位也是岳云的结义兄弟关铃。这三名小将见双方正在厮杀，二话没说便冲入杀阵。只见：锤打枪挑刀砍去，人头滚滚向为泥。

这时候，兀术正坐在将台上看军师指挥布阵，听报说又有三名小南蛮杀入阵中，而且十分骁勇，众平章俱不能敌，于是便把号旗交与哈迷蚩，自己提斧下台，跨马迎上来，正遇见关铃等三人。兀术有意招降三人，但话刚说出口，便被关铃骂了回去，然后举起青龙偃月刀向兀术砍去。几个回合下来，兀术便招架不住，只得转马败走。又恐他们冲动阵势，反自绕阵而走。因兀术在前，众兵不好阻挡，那三人在后追赶，反把那"金龙阵"冲得七零八落。

狄雷、樊成、关铃三人正杀得热闹，关铃忽看见岳云，便与二人上前与岳云相见，兄弟几个杀劲更起，直杀得那些番兵尸如山积，血若川流，好生厉害。

这一阵，杀得兀术大败亏输，往下败走。众营头立脚不住，一齐弃寨而逃，败走二十余里。不想半路又遇到伏兵，原来是刘琦元帅抄着小路截路到此。一声梆子响，箭如飞蝗般射来。兀术急忙传令往左边路上逃走，又走了一二十里，结果金牛岭挡在了面前。兀术下马走上前一看，此山十分危险，根本无法过去。欲待再寻别路，又听得后边喊声震耳，追兵渐近，弄得进退两难，心中一想：某家统领大兵六十余万，想夺中原。今日兵败将亡，有何面目见众将！死于此地罢休！遂大叫一声："罢！罢！罢！此乃天亡某家也！"遂撩衣望着石壁上一头撞去。但听得一声巨响，兀术倒于地下。

第五十九回

召回兵矫诏发金牌
详噩梦禅师赠偈语 ◉

　　且说兀术往石壁上一头撞去，原自舍身自尽，不道天意不该绝于此地，忽听得一声巨响，那石壁突然倒将下去。一时间，山峰尽平，他心中大喜，跨上马，招呼众将上岭。

　　这一变故让兀术又生出些希望，与军师商议后，决定让军师悄悄去临安见秦桧，让他想个办法害了岳飞，这样就不愁天下了。商议好之后，兀术修书一封，哈迷蚩将书信藏好，悄悄往临安去了。

　　且说岳飞在金牛岭下扎住营盘，赏劳兵将，一面写本进朝报捷；一面催趱粮草，收拾衣甲，整顿发兵扫北。

　　再说那哈迷蚩打扮成汴京人模样，悄悄地到了临安。这一日，他打听到秦桧与夫人正在西湖上游玩，便寻到湖上，见秦桧正与夫人对饮，便高声叫喊："卖蜡丸，卖蜡丸！"秦桧正好从外面回府，见此人竟是哈迷蚩，心知他来此必定有事相商。便将他招进府内后堂。哈迷蚩拿出兀术的书信，秦桧看过之后点头答应照办，哈迷蚩告辞而去。

秦桧与王氏商议该如何陷害岳飞，王氏出主意道："为今之计，不如慢发粮草，只说今日欲与金国议和，且召他收兵，暂回朱仙镇养马。然后再寻一计，将他父子害了。"秦桧大喜道："夫人言之有理。"

哈迷蚩回来之后见了兀术，说了与秦桧相见之事。兀术遂命拔寨，带领了败残人马，往关外去了。

且说岳飞与各元帅在营中商议调兵养马，打点直捣黄龙府，迎还二圣。但粮草却一直未至，不知何故。正欲差官催趲军粮，克日扫北，忽报有圣旨下。圣旨称，让岳飞班师，暂回朱仙镇歇息养马，待秋收粮足，再议发兵。

众将不服，认为朝廷是在刻意泯灭破金之功，但岳飞却称圣旨不可不遵，遂传令拔寨起营，返回朱仙镇。安顿好之后，岳飞召来岳云，让他带张宪先回家中，一来去看望母亲，二来传教兄弟武艺，日后若再起兵，再召他前来。岳云领命，又与关铃作别，然后便同张宪归乡去了。

这一日，岳飞同众元帅座谈议论，发出了一道委派令，派张保云濠梁做了总兵。正在闲谈，忽报圣旨又下。圣旨称，命岳飞在朱仙镇屯田养马；众元帅节度且暂回本汛，候粮足听调。众元帅谢恩。回营养马三日，韩元帅、张元帅、刘元帅，与各镇总兵、节度使齐到大营，与岳飞作别，然后便各拔寨起身，各回本汛去了。

且说岳飞在朱仙镇上终日操兵练将，又令军士耕种米麦，专等旨意扫北。不道秦桧专主和议，使命在金国往返几回终无成议，看看腊尽春残，又是夏秋时候。这一日，岳飞正闲坐帐中观看兵书，忽报圣旨下。原来是召他回京，加封官职。众将皆说如今奸臣在朝，此去吉凶未卜，所以劝岳飞不要前往。但岳飞却不愿违抗圣旨。

正说之间，又报金牌来催。不一会儿，一连接到十二道金牌。内使道："圣上命元帅速即起身，若再迟延，即是违逆圣旨了！"岳飞默默无言，走进帐中，唤过施全、牛皋二人，将帅印交给他们，让他们代管军营。

告别众将士后，岳飞带着王横一同往临安而去。几日后，来到瓜州地界，前往官厅休息。当夜岳飞做了一个怪梦，梦见两只黑犬对面蹲着讲话，又见两个人赤着膊子，立在旁边。岳飞正疑惑，忽然扬子江中狂风大作，白浪滔天，江中钻出一个怪物似龙非龙，向他扑来。岳飞猛然吃了一惊，一下惊醒，心中惊觉。这时候突然想起韩世忠曾说过，此地金寺内有个道悦和尚，能知过去未来，于是便决定天明后前去拜访。

次日清早，岳飞便来到金山拜见道悦禅师。禅师听岳飞所讲之梦，沉思片刻道："两犬对言，岂不是个'狱'字？旁立两人，必有同受其祸者。江中风浪，拥出怪物来扑者，明明有风波之险，遭奸臣来害也！元帅此行，恐防有牢狱之灾、奸人陷害之事，切宜谨慎！"接着又道："岂不闻'飞鸟尽，良弓藏'？从来患难可同，安乐难共。不如潜身林野，隐迹江湖，乃是哲人保身之良策也。"

岳飞道："蒙上人指引，实为善路。但我岳飞以身许国，志必恢复中原，虽死无恨！上人不必再劝，就此告辞。"

第六十回

勘冤狱周三畏挂冠
探图圈张总兵死义 ●

岳飞辞别了禅师，出了寺门。下山来，四个家将接应下船。一行人来到江边，坐船驶离江边。突然，江中刮起大风，猛然风浪大作，黑雾漫天。江中涌出一个怪物，似龙无角，似鱼无腮，张着血盆般的大口，把毒雾往船上喷来。岳飞急忙提起沥泉枪来，望着那怪一枪戳去。

那怪不慌不忙，弄一阵狂风，将沥泉枪摄去，钻入水底，霎时风平浪息。岳飞仰天长叹道："原来是这等风波，使我失去神枪！可惜，可惜！"不一时，渡过长江，到了京口，上岸骑了马，往丹阳大路进发。

且说岳飞在路行了两三日，已到平江，忽见对面来了锦衣卫指挥冯忠、冯孝，带领着校尉二十名。来到岳飞跟前，二人称手中有圣旨，圣旨宣称岳飞官封显职，不思报国；反按兵不动，克减军粮，纵兵抢夺，有负君恩。着锦衣卫扭解来京，候旨定夺。岳飞一听心中大惊，王横在一旁更是环眼圆睁，双眉倒竖，抡起熟铜棍便朝冯忠等人砸来。殊不料，几个回合下来，王横竟被冯氏兄弟砍杀而死。众校尉一起上前绑了岳飞。岳飞见王横身死，止不住两泪交流，恳请冯氏兄弟将王横收敛。冯忠点头称是。收敛王横后，冯氏兄弟便押着岳飞来到临安，并暗暗将其送住大理寺狱中监禁。

次日，秦桧传一道假旨，命大理寺正卿周三畏主审岳飞。周三畏心知这是秦桧奸计，但他有圣旨在手，自己不得不从。岳飞被押至堂下，周三畏喝道："岳飞，你官居显爵，不思发兵扫北，以报国恩，反按兵不动，坐观成败，又且克减军粮，你有何辩？"岳飞道："法台大人差矣！若说按兵不动，犯官现败金兵百余万，扫北成功，已在目前，忽奉圣旨召回朱仙镇养马。现有元帅韩世忠、张信、刘琦等可证。"

周三畏道："这按兵不动，被你说过了，那克减军粮之事有你手下军官王俊告帖在此，你有何辩？"岳爷道："朱仙镇上共有十三座大营，有三十余万人马，何独克减了王俊名下之粮？望法台大人详查！"

周三畏再问不出其他，只得先行退堂。回到府内，周三畏思忖再三，一不想再助纣为虐，二也不想因此受到牵连，于是决定弃了官职，偷偷返乡。

次日天明，吏役等方才知道周三畏走了，慌忙到相府去报知。秦桧大怒，随后又想起两个人，杭州府通判万俟卨和同知罗汝楫。此二人是秦桧门下走狗，一切听命秦桧。秦桧召来二人，授命一定要拿到岳飞认罪口供，实在不行，可用刑致死。

万俟卨和罗汝楫一心想在秦桧面前表现，便领了命，开始审问岳飞。二人可谓小人中的小人，奸佞中的奸佞，他们对岳飞施以各种酷刑，打得岳飞皮开肉绽，折磨得岳飞死去活来，却一直未能拿到岳飞认罪的供词。

二人只好去回禀秦桧，秦桧怒道："竟然他不肯招供，何不一顿就打杀了他？"万俟卨道："太师爷细想，那岳飞手下有一众猛将，儿子岳云更是骁勇，如果被他们知道岳飞被咱们害死，一定会领兵前来报仇。到时候，不要说我们与丞相，就连朝廷也难保。所以，我们二人认为，不如仿岳飞笔迹，诓岳云前来，一并杀之，以绝后患。"秦桧点头称好，随即便唤过惯写字的门客来，将岳飞的笔迹，照样套写，说是：

奉旨召回临安，面奏大功，朝廷甚喜。你可同了张宪，速到京来，听候加封官职，不可迟误。

写完封好，即差能事家丁徐宁，星夜往汤阴县去哄骗岳云、张宪到来。

且说临安有两个财主，本是读书君子，一位名叫王能，一位名叫李直。他二人晓得岳飞受屈，就替岳飞上下使钱。那狱卒得了钱财，多方照看，替岳飞洗净棒疮，用药敷上。那狱官倪完原是个好人，见岳飞是个功臣，被奸臣所害，故亦用心服侍。故此岳飞在监安然无事。

且说汴梁总兵张保，自从和妻子洪氏领了儿子张英到任上来，过得年余，忽然一日有军校来报："打听得岳元帅在朱仙镇上屯兵耕地，忽然有圣旨召回，不知何事。"张保听了，好生疑惑，一连几日，觉得心神恍惚，坐卧不宁，最后决定前往岳飞老家汤阴探听一下消息。

不日来到汤阴永和乡岳家帅府门首。见过岳夫人后，张保这才知道几日前，岳飞曾命人捎来书信，将岳云和张宪一同叫去临安了。张保随后便往临安赶去。

途中要过一条河，船行江中，艄公竟然起了歹心，要绑了张保，抢他钱财。可一听张保乃岳飞麾下将军，便停了手，跪拜认错。原来此人名叫欧阳从善，只因朝廷如今尽是一班奸臣掌朝，残害忠良，故此不想富贵，只图安乐，在此大江边做些私商，倒也快活。张保细问朝中之事，这才得知，王横已死，岳飞被冤。张保心急如焚，过了河，急往临安而去。

来到临安，打听到大理寺狱所在，便悄悄去查探。他使银子买通了狱卒，终于得见岳飞父子。那张保走进监房，只见岳飞青衣小帽，同倪狱官坐在中间讲话，岳云、张宪却手铐脚镣坐在下面。张保上前双膝跪下，泪流满面。岳飞问他为何到此，张保道："一则探老爷消息，二来送饭，三来请老爷出去。"岳飞道："张保！你随我多年，岂不知我心迹！若要我出去，须得朝廷圣旨。你也不必多言，快些出去吧，不要害了这位倪恩公！"

张保又去劝岳云、张宪离开，岳云道："为臣尽忠，为子尽孝，爹爹既不出去，我二人如何出去！"

岳飞又劝张保赶快离开，不要受到牵连。谁料张保却是个忠义之人，见岳飞、岳云都不肯出逃，觉得自己也无脸再活，结果一头磕在围墙的石头上，死了。

那倪狱官见此情形，心中十分悲伤，悄悄与几个狱卒将张保的尸首抬出去安葬了。岳飞几人自是十分悲痛。

东窗下夫妻设计 ◉
风波亭父子归神

　　且说秦桧命万俟卨、罗汝楫两个奸贼，终日用极刑拷打岳飞父子、张宪三人，已及两月，并无实供，因此闷闷不乐。

　　这一日，已是腊月二十九，秦桧同王氏在东窗下向火饮酒，忽有后堂院子传进一封书来。秦桧拆开一看，是心腹家人徐宁递进来的民间传单。原来，有一个不怕死的白衣，名唤刘允升，写出岳飞父子受屈情由，挨门逐户地分派，约齐日子，共上民表，要替岳飞申冤。秦桧夫妇看了，好生愁闷。若再不处死岳飞，事情很可能败露，到时候他们就会性命不保了。于是，秦桧暗中传信给勘官，命他今夜就将岳飞等三人结果在风波亭。

　　且说这时岳云、张宪已被另拘一狱，使他们父子不能见面了。到得除夕夜，狱官倪完备了三席酒，将两席分送在岳云、张宪房里。又将另一席亲送到岳飞房内摆好，说道："今日是除夜，小官特备一杯水酒，替帅爷封岁。"岳爷道："又蒙恩公费心！"二人坐着饮起酒来。

喝了一会儿，外面下起雨来。岳飞忽然想起当日在金山道悦禅师对他所言，心知自己大限已到，不觉唏嘘。想到这里，他向倪完要来纸笔，修书一封，递与倪完道："恩公请收下此书。倘我死后，拜烦恩公前往朱仙镇去。我那大营内，是我的好友施全、牛皋护着帅印；还有一班弟兄们，个个是英雄好汉。倘若闻我凶信，必然做出事来，岂不坏了我的忠名？恩公可将此书投下，一则救了朝廷，二来全了我岳飞的名节，阴功不小！"倪完应允。

酒饭用过，忽见禁子走来，轻轻在倪完耳边说了几句。倪完吃了一惊，不觉耳红面赤。岳飞知道一定是赐死自己的圣旨到了，一问之下，果然如此。岳飞已经认命，便亲自动手绑了岳云和张宪，又叫禁子将自己绑了起来，然后三人便被押到了风波亭。

岳云、张宪道："我们血战功劳，反要杀我们，我们何不打出去？"岳飞喝道："胡说！自古忠臣不怕死。大丈夫视死如归，何足惧哉！且在冥冥之中，看那奸臣受用到几时！"说完大踏步走到风波亭上。两边禁子不由分说，拿起麻绳来，将岳飞父子三人勒死于亭上。

时岳飞三十九岁，公子岳云二十三岁。三人归天之时，

忽然狂风大作，灯火皆灭。黑雾漫天，飞沙走石。后人读史至此，无不伤心惨切，唾骂秦桧夫妻并那些依附权奸为逆者。

倪完痛哭一场，那王能、李直得知此事，暗暗买了三口棺木，将三人尸首装殓，连夜抬出城藏了起来。

万俟卨见岳飞三人已死，便同罗汝楫连夜来到相府，见秦桧复命。秦桧不胜之喜，重赏了二人。

且说岳云前往临安已一月有余，张保随后前往也不少时日了，一直未有消息传回家中。这一日，正是元宵佳节，岳夫人与媳妇以及张保妻子洪氏在一起闲话，说起此事，心中不免有些焦虑。加之最近几晚，几个人都做了一些怪梦，心中更是有些惊慌。几人商议后，岳夫人便叫岳安从外面找来一位解命先生。解梦先生听罢几人的梦象，立刻大惊道："你们的父兄、相公性命已经不保，快烧纸钱吧。"几人听了，全部变了脸色。

几个人正疑惑之时，忽见岳雷、岳霆、岳霖、岳震，同着岳云的儿子岳申、岳甫一齐走来。岳夫人急忙将解梦先生之言告诉了众儿孙，众人皆惊。这时候，岳安来报说，外面有个道人求见夫人。

来人正是周三畏，当初逃离京城后，为活命不得已入山修了道。他给众人带来了岳飞、岳云、张宪俱已被冤杀以及张保自杀的消息，夫人、公子们立时哭声一片。

周三畏此次前来不仅是为了通知岳府这个消息，更是想给他们报信，让他们赶紧逃离此地，否则不日便会有官府之人前来缉捕。岳夫人带众人跪谢周三畏大恩。

公子们将周三畏送出府门，回至里面痛哭。岳安、岳成、岳定、岳保四个老家人，对众家仆、家将道："列位兄弟们，我们四人情愿保夫人、小姐、公子们一

第六十二回

韩家庄岳雷逢义友
七宝镇牛通闹酒坊 ◉

251

同进京尽义。"随后岳安又道："请大夫人先着一位公子逃往他方，投奔老爷生前好友，避难要紧。"夫人便叫岳雷逃命。岳雷不肯，岳夫人以死相逼，他才点头。

岳夫人含泪修书一封，递与岳雷道："我儿，可将此书带到宁夏，去投宗留守宗方，他念旧交，自然留你。你须要与父亲争气，一路上须要小心！"岳雷无奈，拜辞了众亲人，出府离去。众人将岳雷送走后，回府内静候圣旨。

且说藕塘关牛皋的夫人所生一子，年已十五，取名牛通。生得身面俱黑。满脸黄毛，连头发俱黄，故此人取他个绰号，叫作"金毛太岁"。这一日正是正月初十，正值金总兵生日，牛夫人就领了牛通来到后堂。牛夫人先拜过了姐夫、姐姐，然后命牛通来拜姨爹、姨母的寿。金爷就命他母子二人坐了。

席间，金总兵与牛夫人讲了岳飞父子已经冤死狱中之事，牛夫人听罢大吃一惊。随后便命牛通立即赶到汤阴，将岳家公子带来避难，以留岳氏一脉。未等到次日，牛通当夜便往汤阴县奔去。到了汤阴县，见了岳夫人，得知岳雷已经逃往宁夏投奔宗方，便决定前往追赶。

且说那钦差冯忠、冯孝，带了校尉离了临安，望相州一路进发。到了汤阴县岳府，将圣旨开读，整备车马，将岳氏一门家眷全部押至京中。

　　且说二公子岳雷离了汤阴，一路上凄凄凉凉。一日行到一处村坊上，在一家客店打尖。客店老板见他年纪轻轻带着不少银子，又要往宁夏那偏远之地去，担心他路遇匪人，便给他介绍了一位离此不远家住七宝镇的一位姓张的员外，说此人非常好客，让岳雷先去他处落脚，再作打算。

　　岳雷来到七宝镇，找到了张员外家。张员外问道："仁兄贵姓大名？仙乡何处？今欲何往？"岳雷答道："小子姓张名龙，汤阴人氏，要往宁夏探亲。不敢动问员外尊姓贵表？有何见谕？"员外道："在下姓韩名起龙，就在此七宝镇居住。方才见仁兄露了财帛，恐到前途去被人暗算，故此相招。适闻仁兄贵处汤阴，可晓得岳元帅家的消息么？"岳雷忙说不知，却忍不住流下泪来。

　　韩起龙见了，便道："仁兄不必瞒我！当年我父亲曾为宗留守裨将，失机犯事，幸得岳元帅援救。今已亡过三年，再三遗嘱，休忘了元帅恩德！你看，上面供的，不是岳元帅的长生禄位么？"岳雷抬头一看，果然供的是岳公牌位，连忙前去跪拜。岳雷起身后道出实情，韩起龙咬牙大怒道："公子且不要悲伤！如今不必往宁夏去，且在我庄上居住，打听京中消息再说。"二人义结金兰，岳雷在此暂住不表。

　　且说牛通追赶岳雷，两三日不曾住脚。赶到一个镇上，腹中饥饿，便寻了一家小店要了一堆酒菜。吃饱后却没钱结账，说来日再付，店家与他理论，两厢争吵起来。

这时候，正好有一位员外路过。店家便让那位员外为自己做主，那位员外带了许多家将，见有外乡人来吃店却不付钱，而且态度蛮横，便决定为店主出头。员外命一众家将上前捉拿牛通，牛通虽武艺高强，却架不住一众家将轮番来斗，结果被捉住绑了。

兴
风
浪
忠
魂
显
圣
■
投
古
井
烈
女
殉
身

　　且说这员外命众人将牛通捆了，抬回庄上，绑在廊柱上，便命人取出荆条抽打他。这院中的声响惊动了隔壁的一位员外韩起龙。原来，这位捉了牛通的员外正是韩起龙的兄弟韩起凤。

　　岳雷也听到隔壁的响动，便问韩起龙隔壁是谁家。韩起龙便说是自己兄弟家，并说起他们兄弟是水浒寨中百胜将军韩滔的孙子。岳雷一听便要前去拜访，韩起龙便带着他来到隔壁院中。岳雷与牛通自是认得，这一下，可解了牛通的围。韩起凤直道误会，忙命人给牛通松了绑，几个人开始坐下宴饮。

　　牛通寻到了岳雷，便让他随自己回藕塘关。韩起龙却劝二人先在这里住下，等打探到京中岳府人的消息后再做定夺，二人同意。

　　这一日，几人正在庄中闲谈，忽有家丁来报说关帝庙主持来访。请进后，主持便与韩起龙说起半月前的一件事。半月前，地方上一众游手好闲之人，接了一位拳师住在庙中，终日使枪弄棍，吵闹不堪。住持希望韩起龙能前去调停此事。几个一同来到关帝庙，一番交谈，岳雷方知在此教授武艺的人竟是宁夏留守宗方的公子，名叫宗良。宗良面如纸灰，江湖人称"鬼脸太爷"。

岳雷得知此人竟是宗良，立刻拿出家母写给宗方的书信。宗良看信后，兄弟相认。一行人一同回到韩起龙的庄院。

且说临安大理寺狱官倪完，自从岳飞归天后，心中好生惨切。过了新年，悄悄收拾行李，带了家小，逃出了临安，往朱仙镇而来。见到牛皋，便将岳飞被奸臣陷害一事一五一十讲了出来。众人闻听岳飞、岳云已被冤杀，皆心胆俱裂，悲痛不已。

擦干眼泪，牛皋对众兄弟道："大哥被奸臣陷害，我等杀上临安，拿住奸贼，碎尸万段，与大哥报仇！"众人齐声道："有理！有理！"不日后，整备完毕，众将便带领兵卒，浩浩荡荡杀奔临安而来。朱仙镇上众百姓闻知岳元帅被害，顿时哭声震野，如丧考妣一般，莫不携酒载肉，一路犒军，人人切齿，个个咬牙，俱要替岳爷报仇。

大军不日行至大江，取齐船只，众兵将一齐下船渡江。这一日，兵船方至江心，忽然狂风大作，云雾迷漫。空中现出两面绣旗，上有"精忠报国"四个大字。但见岳飞站立云端，左首岳云，右首张宪。众人见了，个个在船头上哭拜道："哥哥阴灵不远，兄弟们今日与哥哥报仇雪恨，望哥哥保佑！"岳飞在云端内把手数摇，这是叫施全回兵，不许报仇之意。牛皋等人自是不肯，结果岳飞立刻怒容满面，将袍袖一拂，顿时白浪滔天，连翻三四只兵船，余船不能前进。余化龙大叫道："大哥不许小弟们报仇，何颜立于人世！"大吼一声，拔出宝剑，自刎而亡。何元庆也叫一声："余兄既去，小弟也来了！"举起银锤，向自己头上噗的一声，将头颅打碎归天去了。牛皋见二人自尽，大哭一场，然后便一下子跳进江中。众兵将见状，只得把船拢了岸，纷纷散去。

只剩了施全、张显、王贵、赵云、梁兴、周青、吉青七个人，还有三千八百个常胜军不动。最后商议先往太行山驻扎，差人打探夫人们的消息后再作打算。

且说牛皋跳下长江后被师父鲍方老祖所救。牛皋痛哭道："弟子虽蒙师父救了性命，只是不报大哥之仇，有何颜面立于人世！"老祖道："岳飞被害，自有一段因果，后来自有封赠，奸臣不久将败。你也不必过伤，可速往太行山去！"说罢，一阵清风，倏然不见。牛皋只得将干衣换了，寻路往太行山去了。

且说冯忠、冯孝解了岳家家属，到了临安，安顿驿中，即来报知秦桧。秦桧假传一道旨意出来，把岳家一门人口一齐拿往西郊处斩。幸好韩世忠同夫人梁红玉进京朝见高宗尚未回镇，得知此事后，梁红玉披挂上马来到相府，与秦桧理论。见了秦桧，梁红玉大怒道："秦丞相！你以'莫须有'之罪屈杀了岳家父子还自不甘，又要把他一家斩首，是何缘故？本帅与你到圣上面前讲讲去。"秦桧连忙赔笑道："夫人请息怒！圣上传旨，要斩岳氏一门。下官入朝，在圣上面前再三保奏，方蒙圣恩免死，流发云南为民了。"梁红玉听了此话，这才善罢甘休，离府而去。

梁红玉走后，王氏却道不能留岳府活口，以免日后他们来报仇。秦桧自知此理，于是急忙给云南的柴王写了一封书信，让他在那边将岳府人全部斩杀。

且说梁红玉出了相府，来至驿中，与岳夫人见礼坐下，叙了一会儿寒温。梁红玉告诉岳夫人，家中人已免死罪，只是要被发往云南。岳夫人拜谢了梁红玉，又提出可否留此一个月，她想寻到岳飞及岳云的尸骨，以便安葬。梁红玉答应她可以帮助她，并贴出告示重赏提供相关线索者。二人说得投机，就结为了姊妹。

告示贴出才一天，岳夫人就收到一封信，信上写着："欲觅忠臣骨，螺蛳壳内寻。"岳夫人即差岳安等四处去查问。有一个老者道："西湖上螺蛳壳堆积如山，须往那里去看。"得到这个消息，岳夫人连同梁红玉带着家人一同前往西湖上，果然有一处堆积着许多螺蛳壳。岳夫人即令家人扒开来看，果然露出三口棺木，俱有记号。遂连忙雇人搭起棚来，摆下祭礼，全家痛哭。

那银瓶小姐想道："我是个女儿，不能为父兄报仇，在世何为？千休万休，不如死休！"回头见路旁有一口大井，遂走至井边，纵身一跳。岳夫人听得声响，回转头来见了，忙叫家人搭救起来，已气绝了。岳夫人痛哭不止，梁红玉亦甚悲伤，全家无不哀痛。就是那些来来往往行路之人，哪一个不赞叹小姐孝烈！梁红玉含泪劝道："令爱既死，不能复活，且料理后事要紧。"岳夫人即吩咐岳安，速去置备衣衾棺椁，当时收殓已毕。

第六十四回

诸葛梦里授兵书
欧阳狱中施巧计

几日后，岳夫人将岳飞三人安葬之后便被解官押往云南去了。秦桧一面行下文书，四处捉拿岳雷；一面又差冯孝前往汤阴，抄没了岳家家产。

且说这一日岳雷正在与韩起龙叙话，之前到临安去打探消息的家人回来了，将秦桧如何谋害、梁夫人如何寻棺、如何安葬以及岳氏一门已经解往云南的事，细细说了一遍。岳雷听了，不觉伤心痛哭，晕倒在地。醒转后，岳雷欲前往临安，到父亲坟上祭奠，韩起龙、牛通等人愿与他一同前往。

且说诸葛英自长江与岳飞分散回家后，朝夕思念岳飞，竟染成一病而死。其子诸葛锦在家守孝，忽一夜睡到三更时分，梦中见父亲走进房来，让他速去保岳雷上坟。醒来后，诸葛锦与母亲说了此事，母亲便让他即刻前往汤阴探听消息。

诸葛锦领命，辞别母亲，离了南阳，往相州而去。

这一日傍晚，诸葛锦路过一座端冷庙，便想在这里暂住一晚再赶路。睡至半夜，忽见一人走进庙来，只见他头戴纶巾，身穿鹤氅，面如满月，五绺长须，手执羽扇。来人自称是诸葛锦先祖诸葛孔明，今日前来是让他快去扶保岳雷，并送给他兵书三卷：上卷占风望气，中卷行兵布阵，下卷卜算祈祷。诸葛锦醒了后，果然在地上发现三卷兵书，他急忙收了兵书，望空三拜，然后继续赶路而去。

几日后，来到江都地面，住在一马王庙内。每日在路旁搭个帐篷，开始为人算命，以筹集盘缠。

那一日，岳雷同牛通、宗良、韩起龙、韩起凤五个人，一路行至江都，打从诸葛锦帐篷前走过。岳雷见有人在此算卦，便想卜一卜吉凶。岳雷前来问卦未报真实姓名，谁知那诸葛锦一眼便认出了他，并说出了自己的身世。兄弟见面，十分高兴。次日，六人同往临安行来。

这一日，六人行到瓜州，见有一座金龙大王庙，几人商议在此歇一歇脚，然后到江边去雇船过江。岳雷让几人先在庙中歇息，自己前去探问。来到江边，正有一只船泊在岸边。岳雷上前问船家过江要多少钱，船家请岳雷上船讲价钱。岳雷刚一上船，却被船舱里突然跳出的两个人绑了起来。原来这二人正是本州的公差，他们按照画像已经认出了岳雷，便藏在船中伺机而动。岳雷就这样被押入了瓜州大牢。

岳家将

262

　　且说牛通等人在大王庙中等了半日也不见岳雷转来，便起身到江边寻找，这才听说岳雷被捉进了大牢。牛通急得要去劫狱，诸葛锦却说不急，先让他卜一卦。看过卦象之后，诸葛锦让兄弟们不要着急，岳雷自有贵人相助，今晚西亥二时他们守候在城边即可。

　　且说岳雷在牢中大骂秦桧，骂声惊动了隔壁牢房的人，此人正是欧阳从善。他是因贩卖私盐而被捉进来的，但因他很有钱，所以狱卒们对他十分恭敬。他悄悄劝岳雷不要惊慌，说自己可以救他出去。说罢他便喊来狱卒，说今天是自己的生辰，又拿出二十两银子，让狱卒去买些酒菜来一起庆贺，就当为自己祝寿了。狱卒知道这位欧阳老爷很大方，便笑呵呵去买酒菜了。

　　等到夜半时分，狱卒们都喝醉睡了过去。这时候，欧阳从善从狱卒身上取过钥匙，开了牢门，与岳雷二人偷偷潜了出去。二人逃出大牢，来至城头。欧阳从善解下腰间的索子，拴在岳雷腰里，从城上放将下去，随后把索子固定，自己也下去了。

　　诸葛锦等人正好在此等候，兄弟几人谢过了欧阳从善，然后众人一起赶到江边乘船过江而去了。

第六十五回

小兄弟偷祭岳王坟
吕巡检贪赃闹乌镇 ◉

且说众弟兄渡过了长江，把船弃了，雇了牲口，不一日，到了北新关外，找一家客店休息了一夜。次日，几人向一位面善的老者打听了岳飞坟墓看守的情况，老者告诉他们，岳飞的墓被秦桧派兵把守着，白日恐难接近，只能晚上悄悄去。

当日，弟兄七个在店中宿了一夜。天明梳洗之后吃了早饭，便决定前往城中打探消息。进城来，一路朝武林门而去。恰巧打从丞相府前经过，诸葛锦悄悄告诉众人这便是秦桧的府邸，不要多言，赶快走过去。众人听了之后都默默无语，快步走过，唯独牛通心中暗想：我正要杀这个奸贼，给岳伯父报仇，今日正好是个机会。他便悄悄脱离了众人，偷偷藏在秦府旁边的一个胡同里。待到天色已晚，牛通便偷偷潜入秦府，看到有一间屋内还有灯光。便轻轻翻上房顶，掀开瓦一看，只见一人正躺在床上睡觉，牛通跳进屋内，不料却惊醒了那人，那人正待要喊，牛通上前几拳便将他打死了。回头看桌上放着好些爆竹，牛皋想："待我拿些去坟上放也好。"便拿了几十个揣在怀里。

这时候，他又发现这间房内堆满了流星花炮等烟火之物。牛通眼珠一转，伸手将煤油灯一弹，登时烈焰冲天，乒乒乓乓，竟自烧将起来。府内立刻有了动静，牛通急忙走出屋门，翻身上房，潜出了府外。

且说后边岳雷等人出城回到店中却不见了牛通，诸葛锦急忙卜了一卦，看了卦象后说无妨，去坟上等他便可。兄弟几人拿着事先准备的祭礼一齐往岳坟而来。不一会儿果然牛通便回，跟兄弟们讲了私入相府、误烧火药房之事。

岳雷在岳飞坟前哭奠一番，然后众兄弟也一个个上前拜奠。这时候牛通从怀里拿出爆竹，几人本是后生心性，便各自取来走到远处放了起来。

岳雷哭累了，便趴在坟上睡着了。冯忠在坟上守了多日，并不见有私祭者前来，便把人马安顿在昭庆寺前。这一晚忽闻爆竹声，立刻带着三百名军兵往这边奔来。牛通几人见了急忙往后山逃去，慌乱之中竟忘了岳雷还睡在坟上。结果岳雷被冯忠逮了个正着。

冯忠押着岳雷往昭庆寺而来。立了这么一个大功，冯忠心中欢喜得不得了。途中经过一棵大树，因树枝繁茂，低遮碍路，冯忠只得低头在树底下钻过去。岳雷顿生一计，把双脚钩在树上，用力一蹬，然后连人带马一起跌进河中。冯忠立刻命人下河去捉岳雷。突然间一阵阴风刮来，将灯球火把尽皆吹灭。众军士毛骨悚然，不敢上前。

岳雷因为被捆着，在河中一时脱不了身，眼看便要沉底。忽见银瓶小姐头戴星冠，身披鹤氅，叫声："二弟休慌，我来救你也！"说完便把岳雷提在空中。顷刻之间，已到了乌镇。银瓶小姐道："二弟小心，我去也！"岳雷睁开眼一看，自己已在平地上，四处并无人迹。

岳雷在黑暗看到一户人家门里有光亮，便蹒跚着走过去推开了门。原来是一对老夫妇正在磨豆腐。岳雷说自己路遇强盗，被抢了银两，还被扔下了水。老夫妇二人心地善良，暂且收留了他。

这老汉姓张，夫妇二人在此地卖豆腐度日。次日天明，张老汉舀了一碗豆浆，递给岳雷。就在这时，本镇巡检司内的两个弓兵推门走了进来，他们一个名叫赵大，一个名叫钱二。二人来买豆浆，见到岳雷觉得他长得跟通缉令上的画像很像，便问张老汉他是何人，张老汉谎称他是自己外甥。二人不信，上前便拿住了岳雷。二人将岳雷押到当地巡检司。巡检是个苏州人，叫吕柏青，是个贪赃刁恶之人，听说捉住了钦犯，连忙坐堂。并吩咐衙役去传谕各镇百姓，自己拿了朝廷钦犯，一定会加官封爵，命百姓须家家送礼物庆贺。

且说众弟兄那晚上坟听得人喊马嘶，连忙往后山逃走，到僻静处才想起了岳雷，不免惊慌。诸葛锦道："列位不必着忙，我早已算定。我等且到乌镇去，定会与他会合。"众弟兄便一齐回转店中取了行李，连夜往乌镇而来。

到得镇上，已是申时，众人进了一家客店吃饭。但见市镇上来来往往，有拿着盒子的，也有捧着酒果的，甚是热闹。诸葛锦便问店小二这是何故，店小二便将当地巡检捉到钦犯并要求各家各户送礼的事说了一遍。众人知道这钦犯必定是岳雷，便匆匆来到巡检衙门。

诸葛锦等六人假冒外地商人，向吕柏青献了银两，又称听说岳雷后脑长眼，想去开开眼界。吕柏青见几人出手十分大方，便同意了。待几人来到关押岳雷的后堂，立刻上前砸碎囚车，斩断手铐，救出了岳雷。然后几人返身回到前堂杀了吕柏青，出了巡检衙门。七人出城走了二十余里，天已昏黑，举眼一望，一片汪洋挡在面前。

第六十六回

牛公子直言触父 柴娘娘恩义待仇

　　正好湖边有个船家，几人上前想要租船过河，但船家说天色已晚不便再过湖，让他们到前面半里路处的湖山庙去歇息一晚，等明日天明再过湖。

　　岳雷几人谢过了船家，来到船家所指的湖山庙，果见古庙旁有几间草屋，兄弟几个便歇在了此处。诸葛锦走到庙前，把门敲了三下。里边走出一个老道来，见到岳雷开口便说："这位官人，可是岳二公子？"岳雷忙否认，那道人却道："二公子不要惊慌，我非别人，乃是元帅的家将王明。今日在镇上买办香纸，听得吕巡检拿住二公子，明日解上临安，因此我纠合众人驾着渔船，专等他来时抢劫。你的相貌宛然与大公子一般，所以在下认得。不知二公子为何到此？"

　　岳雷听了，不觉两泪交流，把前后事情细细说明。王明道："二公子且免悲伤！现今秦桧又差冯孝往府中抄没家私，装了几船，今日正泊在这里过夜。我们想个方法，叫那奸臣不得受用我们的东西才好。"众人听了，纷纷称好。

挨至二更时分，众人来至湖边，将引火之物搬上小船。一齐摇至大船边，然后轻轻将船缆砍断，慢慢拖至湖心。将引火之物点着，抛上大船，趁着湖风，大船尽皆烧着。

且说众弟兄回转庙中，已是五更将近。此时坟已上了，冯忠、冯孝已死，岳雷想去云南寻母亲、家人。诸葛锦道："此去云南甚远，况且各地都有捉捕你的榜文，如何去得？我前日一路来时，闻得人说牛皋叔叔在太行山上聚有数千人马，官兵不敢征剿。我们不如前往太行山，向牛叔叔那里借些人马，往云南去探望伯母，方为万全。"岳雷、牛通等人都说好。次日便一同往太行山而去。

这一日，几人来到太行山下。牛皋听报大喜，立刻与施全、张显、王贵、赵云、梁兴、吉青、周青等人一齐下山迎接。岳雷和众人相见过后，一同上山来到分金亭上。随后，岳雷又将一门拿至临安，幸得梁夫人解救发往云南及上坟许多苦楚之事细说了一遍。

牛皋听了，大哭起来。牛通却对父亲怒道："牛皋！你不思量替岳伯父报仇，反在此做强盗快活，叫岳二哥受了许多苦楚！今日还假惺惺哭什么？"牛皋被儿子数说了这几句，心中虽有些恼怒，但也无法辩驳。

岳雷对牛皋说想去云南探望母亲，因路上难走，欲向他借几千兵士。牛皋道："我们正有此心。贤侄且暂留几日，待我打造白盔白甲，起兵前去便是。"

且说岳夫人被押解着一路往云南进发。一日，到了南宁州柴王的封疆。自从柴桂在东京教场中被岳爷挑死，他的儿子柴排福就荫袭了梁王封号，镇守南宁。因得了秦桧的书信，他提前知道岳氏一门到云南必由此经过，便想着一定要趁机报杀父之仇。

柴排福听报说岳氏一门已到了南宁州，便上马提刀，带了人马直至营前叫阵。家将慌忙进来通报，岳夫人好不惊慌，张英急忙出了营。报了名号之后，张英把手中浑铁棍一摆道："这位将军，到此何干？"柴排福道："我乃柴排福，与岳飞有杀父之仇，今日狭路相逢，要报昔日武场之恨！"二人战到了一处，一时难分胜负，约定明日再定输赢。

柴王飞骑进关，回转王府，跟母亲细细讲了前事。谁知柴娘娘听了这番话之后却道："我儿，不可听信奸臣言语，恩将仇报！"柴王道："母亲差矣！岳家与孩儿有杀父之仇，不共戴天，母亲怎么反说恩将仇报！"柴娘娘便跟他讲出一桩秘闻。原来当年柴桂是误听了金刀王善之语，假意以夺状元为名，实是要抢宋室江山。柴王在校场中以势逼迫岳飞，岳飞也是万不得已才与柴桂交手，二人还为此立了生死状。

所以并非是岳飞有意杀了柴桂，实在是情势所逼。听了这番话后，柴王道："若非母亲之言，险些误害忠良！"当下母子俩便商定明日一同去见岳夫人。

次日，两位夫人见了面，尽释前嫌，相互礼待，还结为了姊妹。几日后，岳夫人即将动身前往云南，柴娘娘决定亲自护送她前去。岳夫人自然不想劳动她，柴娘娘却道："贤妹不知，此去三关，有愚姊相送，方保无虞。不然，徒死于奸臣之手，亦所不甘！"柴王见母亲决定亲往，便点齐了兵将，一同前往。

且说那三关总兵虽接了秦桧来书欲要谋害岳氏一门，无奈柴王母子亲自护送，自然不敢动手，岳夫人一行平安到了云南。

解官将文书并秦桧的谕帖交与土官朱致，朱致备了回文，并回复了秦桧的禀帖，另备盘费仪礼，打发解官解差回京。

第六十七回

赵王府莽汉闹新房
问月庵兄弟双配四 ◉

朱致本是个势利小人，早就接了秦桧的书信，准备在这里好好惩治一下岳氏一门。未料到柴王及柴娘娘一同前来，吓得他再不敢造次。柴王命他把府邸让出来给岳夫人居住，他只得答应。

这一日，岳夫人想起前往宁夏的二儿子岳雷，不禁有些烦忧。岳霆见母亲挂念二哥，便说要去宁夏探信。岳夫人细细叮嘱了一番，便放他去了。

且说牛皋命人打造盔甲器械，诸事齐备，发兵三千，让岳雷带往云南。岳雷辞别了牛皋等叔伯，与牛通、诸葛锦等弟兄带了三千人马，离了太行山，往云南进发。在路行了数日，并无阻拦。这一日，来到高镇南关不远处，此时正值五月末，天气炎热，人马难行。岳雷传令在山下阴凉之处扎住营盘，埋锅造饭，待明日早凉再行。

且说岳雷营中军士见牛通吃了饭上冈子去了，一夜不回，到了天明，便寻到口子上来，却一直未寻着。直至后山，但听得喊声震天，远远望见牛通独自一人正与众军厮杀。军士慌忙飞跑回营禀报了岳雷。岳雷慌忙同几个弟兄一起奔来。

　　寻到牛通后，他仍在与人交手。岳雷众弟兄一齐上前，高声大叫道："两家俱罢手！有话说明了。"对方是位王爷打扮的人，见岳雷带来的人马众多，便停了手。双方一报名号，原来此人乃是潞花王赵鉴，此地正是他所辖。岳雷听了急忙下马道："臣乃岳飞之子岳雷！臣兄不知，有犯龙驾，死罪死罪！"赵王道："原来是岳公子！孤家久闻令尊大名，不曾识面。今幸公子到此，就请众位同孤家到敝府一叙。"

　　进府叙谈之后，岳雷等人了解到，赵王之所以在此练兵，是因为镇南关总兵黑虎欲强要与他联姻，要在六月初一娶他独生女儿。赵王自是不愿，便想与他决一死战。听了这话，诸葛锦给赵王出了个主意，可以不费一兵一卒便解决此事。他让赵王差人去给黑虎送信，说只有此一女，不忍分离，须得招赘来此。如果黑虎同意来此，到时就来个瓮中捉鳖。赵王笑称此计甚好，便一切依计行事。

　　黑虎接到赵王书信，同意入赘。几日后，已是六月初一。岳雷等七人俱到赵王府中，将三千军士远远四散埋伏。傍晚时分，黑虎带着千余人马，一路鼓乐喧天，来到王府。入府参见赵王，赵王赐坐，摆上宴来。黑虎见殿上挂红结彩，十分齐整，喜不自胜。黑虎起身道："吉时已到，请郡主出来，同拜花烛罢。"赵王道："小女生长深闺，从未见人，恐惊吓了她。今日先请进内成亲，明日再拜花烛罢！"

说罢便吩咐几个侍女引黑虎前往新房。黑虎入了新房，把门关了，走到床边，叫道："我的亲亲！不要害羞！"说罢一手将帐子揭起，不承想帐内飞出一个拳头来，将黑虎一下子打倒在地。黑虎回转头一看，哪里是什么郡主？却是个黄毛大汉。黑虎道："你是何人？敢装郡主来侮弄我！"那人道："老爷叫作'金毛太岁'牛通。你晦气瞎了眼，来认我做老婆！"说罢几拳下去便将黑虎打死了。

另一边，黑虎带来的人马也一举被岳雷等人杀灭干净。一切收拾停当后，赵王提出想将女儿嫁给岳雷为妻，岳雷则说此事要先禀过母亲，才能定夺。赵王深以为是。

次日，众弟兄保了赵王，带领本部三千人马，直至镇南关。守关将士闻报黑虎已死，即刻开关迎接。赵王挑选一员将官守关，写本申奏朝廷，说是："黑虎谋叛，今已剿除，请旨定夺。"过了一夜，赵王别了众弟兄，自回潞花王府。

众弟兄又行了两日，来到平南关。韩起龙、韩起凤兄弟二人请缨去打关。几经波折，不仅打下了平南关，韩家兄弟二人还分别得了一桩好姻缘。韩起龙娶了平南关总兵巴云的

女儿秀琳，韩起凤娶了前村王长者之女素娟。

过了平南关，又行了数日到了尽南关。牛通请缨前去夺关。总兵石山闻听有人来夺关，立刻披挂上马，手提铁叉，带领人马冲出关来。牛通看见，也不问姓名，举起泼风刀，劈面就砍，石山抢叉招架。几个回合，石山便被砍伤，败下阵来。

石山逃回关内，回到府中，命人赶快去通报夫人、小姐。不多时，夫人、小姐同出堂来相见。石山道："我今日与贼人交战，被他砍伤肩膊。女儿快快出去，擒拿此贼，与我报仇！"石山的女儿名唤鸾英，见爹爹被打伤，立刻领命，披挂齐整，提枪上马，带领人马出关。

牛通智取尽南关
岳霆途遇众好汉　●

话说牛通正在尽南关下叫骂讨战，忽见鸾英放炮出关。牛通抬头一看，但见马上坐着一员女将，生得美貌且英气十足，牛通见了，心中喜欢。可鸾英却视他为仇敌，二人交换了名号，便战在一处。鸾英武艺不如牛通，却用一件石元宝打败了牛通。

接着，鸾英又用此法宝连败了欧阳从善和宗良二人。随后便得胜回关了。

且说牛通被石元宝打伤，伏在鞍上落荒而走，昏迷不省人事。正巧碰到了两个贵人，是谁呢？原来他们一个是施全之子施凤，一个是汤怀之子汤英。他们二人原是奉母亲之命往化外去问候岳夫人，可路过尽南关遇见石山，强收他俩做了干儿子。牛通今日所遇的石山的女儿鸾英曾遇异人传授石元宝，百发百中，很难战胜。牛通听了二人的话，忙问有何破敌之法。二人给牛通出了个主意，他们将牛通绑了，送进关去，只说是他们二人捉来的。等到趁石山不备,他们再合力杀了他,抢走小姐,与牛通婚配。牛通大喜道:"此计甚妙!"

三人便依计行事,杀了石山,一并把石小姐也掳回了营。岳雷见牛通回营,十分高兴。牛通引施凤与汤英见了岳雷,兄弟们见面,自然十分高兴。大摆筵席,弟兄饮宴。

几日后,岳雷一众人来到了云南。岳雷已探知母亲与柴王母子将上官的衙门改造王府,将人马安顿之后,便同众弟兄一齐进关来到王府。见了母亲、嫂嫂并各位兄弟,岳雷将前事细说了一遍,又引众弟兄拜见了岳夫人及柴娘娘等人。

当日,柴王大摆筵席,与众弟兄开怀畅饮,直吃到月转花梢,各人安置。

且说岳霆因有批文护身,所以一路安安稳稳到了宁夏。来到宗留守府中,拜见宗方之后才得知,二哥岳雷并不曾来此,而是到临安上坟,又转道去云南了。宗方要留岳霆在府中稍住几日,但岳霆也想到临安去给父亲上坟,便只在宗府留了一夜就上路了。临行前,宗方点了四名家将护送岳霆。

岳霆与四名家将一路行来。一日,来至一座山前,但见大松树下,拴着两匹马,石上坐着两位好汉。二人想与岳霆搭伙同行,岳霆见那二人相貌雄伟,便下马道:"如此甚好。"坐下后，三人一通报姓名，方知原来也是自家兄弟。原来，二人一个名叫罗鸿，正是罗延庆之子；另一外名叫吉成亮，正是吉青之子。得遇两位兄长，岳霆欢喜异常。三人遂撮土为香，拜为弟兄，一路同行。

一日，来至一片大树林中，只见一个人面如火神，发似朱砂，身长体壮，手提大砍刀，立在树林前。见了岳霆三人，便迎上前来，把手中刀一摆，大叫道："快拿买路钱来！"罗鸿上前道："你有甚么本事？擅敢要我们的买路钱？"那人道："我要往临安去，上岳元帅的坟。因缺盘缠，所以你们身上若有银两，快快交出来。"

三人一听此话，忙问他姓甚名谁，此人说他叫王英，父亲名叫王贵。岳霆忙报出自己的名号，王英十分高兴。随后兄弟四人一同上路。

同行了数日，来到海塘上。远远望见一个大汉，身长丈二，摇摇摆摆走来。岳霆几人心中暗想：这个莫不也是自家兄弟？岳霆不想横生枝节，便主动上前询问对方是何人，大汉称自己名叫余雷，因生得脸上不清不白，人称"烟熏太岁"。岳霆听了忙问对方父亲是否是余化龙，余雷点头称是。岳霆几个忙上前相认，兄弟几个相见行礼。一众大喜，遂雇了一辆马车，一同往临安而去。

行了数日，已到武林门外，众人拣一个干净的客店歇下。店主人送夜膳进来，便问道："客官们到此，想必是来看打擂台的吧？"余雷道："我们俱是江湖上贩卖杂货的客商，却不晓得什么'打擂台'之事，倒要请教请教。"

打擂台同祭岳王坟 ◉
愤冤情哭诉潮神庙

　　店主人道："这里临安郡中有个后军都督叫作张浚，他的公子张国乾最喜欢武艺。数月前，来了两个教武师父，一个叫作戚光祖，一个叫作戚继祖。他弟兄两人，本是岳元帅麾下统制宫戚方的儿子。张公子请了他们教授武艺，如今已经学成。在昭庆寺前，搭起一座大擂台，要打尽天下英雄。已经二十余日，并无敌手。客官们来得凑巧，这样的盛会，也该去看看。"

　　正说话间，店内又来了三个人，进店便问小二此处打擂的擂台在何处，说他们是来打擂的。余雷道："这三个说要去打擂台，我看他们相貌威风，必然有些本事，不如我们去会会他们。"岳霆道："待小弟去。"

　　这一探问才知，这三人也是自家兄弟。一个名叫伍连，是伍尚志之子；一个名叫何凤，是何元庆之子；一个名叫郑世宝，是郑怀之子。见过三个兄弟后，岳霆起身出房，邀了罗鸿等四人来与伍连等三人相见。

礼毕坐定，商议去打擂台。店主人送进夜膳来，八位英雄一同畅饮。谈至更深，方各自安歇。

次日，吃了早饭，岳霆拿出两锭银子递与店家，让他帮助买些三牲福礼装在筐内，明早要用。然后又让罗鸿、吉成亮、王英带了四个家将及一应行李马匹，并四筐篮祭礼，先到栖霞岭边等候。

岳霆则同伍连、余雷、何凤、郑世宝，共是五人，去看打擂台。来到昭庆寺前，但见人山人海，果然热闹。寺门口高高搭着一座擂台，两旁站着张家虞候、家将。只见张国乾扎缚得花拳绣腿，上台打了一套花拳，然后就坐在擂台正中间。戚光祖、戚继祖二人坐在擂台边。

戚光祖喊擂之后，先后上来三个人，结果都不是张国乾的敌手。岳霆见状，一闪身，纵身跳到台上。张国乾见是个瘦小后生，并不在意，叫声："小后生，你姓甚名谁？"岳霆道："先比武，后通名。"张公子露出锦缎紧身蟒龙袄，摆个门户，叫作"单鞭立马势"，等着岳霆。岳霆使个"出马一支枪"，抢进来。张国乾转个"金刚大踏步"，岳霆就回个"童子拜观音"。二人一来一往，几个回合后，岳霆把身子一蹲，反钻在张国乾背后，一手扯住他左脚，一手揪住他背领，提起来便将他扔下擂台。张国乾正跌得头昏眼暗，伍连走上去，当心口一脚，踹得他口中鲜血直喷，死于地下。

　　戚家兄弟二人正要上台来捉岳霆，岳霆已闪身跳下台去。台下的几个兄弟也各自拿出了兵器，一通打杀，戚家兄弟自不是对手，张府家将也被打得七零八落。岳霆五人飞奔来到栖霞岭下，罗鸿等三人已在等候，齐到坟前。四个家将将祭礼摆下，众人哭奠了一番，焚化了纸钱。随后，岳霆打发那四个家将自回宁夏去，复宗留守。然后八个好汉从后山寻路，同往云南一路而去。

　　且说王能、李直二人，自从岳飞被冤杀后，始终痛恨朝中这些奸臣，遂各庙烧香，虔心祷告。如此两三年，并不见有甚影响。二人又恼又恨，就变了相，逢庙便打，遇神就骂。这一日，正值八月十八，乃是涨潮之日。二人商议到钱塘观潮，以消解愁怀。江边有座"潮神庙"，供奉的是伍子胥，二人心中因多年烧香拜庙而不得遂愿，便开始遇庙砸庙。这一次，"潮神庙"也未能幸免。二人拿起砖头石块，将伍子胥老爷的神像并两边从人等尽皆打坏。

　　砸了"潮神庙"后，二人心情不错，来到江边不远的一家客店喝酒。喝过酒后二人赶至候潮门，城门早已关了。二人见不能回家，便决定过了万松岭，到栖霞岭下岳飞坟上去过一夜。两个乘着酒兴，一路来到岳坟，倒在草边睡着了，不一会儿便做起梦来。梦中得见岳飞受伍王法旨，会到各奸臣家去显灵。二人梦醒后，急忙动身回城去打探消息。

岳家将

　　且说秦桧自从害了岳飞之后，心中一直惴惴不安，因韩世忠、张信、刘琦、吴璘、吴玠等人皆未除掉，仍是心腹大患。于是这一日，他独坐万花楼上写本，欲起大狱，害尽忠良。突然，岳飞、王横、张保的阴魂显在万花楼上，岳飞见秦桧又在写本陷害忠良，便挺枪向他扎来，吓得秦桧屁滚尿流，大喊饶命。随后，岳飞阴魂又前往万俟卨、罗汝楫、张俊家去显圣，各奸臣皆吓得肝胆俱裂。

　　王能、李直闻知此事，又打听得各奸臣家家许愿，个个惊慌！二人十分欢喜，择日便重返潮神庙为伍子胥修整庙宇，装塑神像。

且说秦桧被岳飞阴魂吓了一遭后，次日便和王氏来到灵隐寺中进香，祝拜已毕，秦桧便和王氏到寺中游玩。处处玩罢，但见壁上有诗一首，墨迹未干。秦桧上前细看，只见上边写道：

缚虎容易纵虎难，东窗毒计胜连环。

哀哉彼妇施长舌，使我伤心肝胆寒！

秦桧吃了一惊，心中想道："这第一句，是我与夫人在东窗下灰中所写，并无一人知觉，如何却写在此处？甚是奇怪！"便问住持这诗是谁人所写，住持说是寺中一个疯僧人。秦桧找到那个疯僧人，问他为何要写这样的诗，疯僧人反问道："你做得，难道我写不得么？"秦桧心中暗惊，又问道："胡说！我问你，你这疯病是什么时候得的？"疯僧道："在西湖上，见了'卖蜡丸'的时节，就得了胡言乱语的病。"秦桧有些不信这诗是他作的，怀疑是别人作了让他写出来的，于是便决定当场考一考他。疯僧人让他出题目，秦桧道："就指我为题。"疯僧人想了一想，提笔便写出一首诗来：

久闻丞相有良规，占擅朝纲人主危。

都缘长舌私金虏，堂前燕子水难归。

闭户但谋倾宋室，塞断忠言国祚灰。

贤愚千载凭公论，路上行人口似碑。

秦桧见一句句都指出他的心事，虽然恼怒，却有些疑忌，不好发作，便问："末句诗为何不写全了。"疯僧人道："若见施全面，奸臣命已危。"秦桧回头对左右道："你们记着，若遇见叫施全者，不要管他是非，定要拿来见我。"随后，秦桧为防疯僧人对别人胡言乱语，讲出自己卖国、陷害忠臣的老底，所以要将他乱棍打死，疯僧人吓得急忙逃出寺去，不知去向。

话分两头。且说施全在太行山，日夜思量与岳爷报仇。一日别了牛皋，说自己要下山去探听仇人消息。他离了太行山，星夜赶到临安，悄悄到岳王坟上，哭奠了一番。又打听到这日秦桧在灵隐寺修斋回来，必由众安桥经过，便躲在桥下。秦桧果然在此经过，施全挺起利刃便向秦桧砍去，不知为何却突然手臂发麻，举手不起。两旁家将立刻上前将他砍倒在地，捆绑起来，押回秦府。

进府之后秦桧喝问道："你是何人？擅敢大胆行刺？是

何人唆使？说出来，吾便饶你。"施全大怒，骂道："你这欺君卖国、残害忠良的奸贼！天下人谁不欲食汝之肉，岂独我一人！我乃堂堂丈夫，行不更名，坐不改姓，岳元帅麾下大将施全便是。今日特来将你碎尸万段，以报岳元帅之仇。"秦桧被施全骂得大怒，即刻令两旁家将将他投进大理寺狱中，第二天便将他斩首于市。

牛皋在山上得知施全被杀的消息，怒发如雷，即要起兵杀上临安给施全报仇，被王贵劝下了。谁料转天王贵、张显就因悲伤过度而生了病，而且一病不起，不几日便双双病死。牛皋又哭了一场，然后将二人安葬了。

秦桧自斩了施全之后，终日神昏意乱，觉得脊背上隐隐疼痛。过不得几日，竟生出一个发背来，十分沉重。高宗传旨命太医院为其看治。秦桧觉得自己这番遭遇都是当初那个疯僧人所言，因当时听他说自己俗名叫叶守一，家住东南第一山，所以便派手下人何立前去东南第一山捉拿叶守一。

且说岳霆、伍连等八人自闹了擂台，祭了岳坟后一路来到了云南。见过岳夫人后，岳霆将这一路遭遇细细说了一遍。然后又去叩见了柴娘娘，柴娘娘见到这些小英雄，心中欢喜，欲让自己的儿子柴王与他们结为兄弟。众人皆很高兴。柴王即刻命人摆下香案，与众少爷一同结拜做弟兄。柴排福年长居首，以下依年龄依次排开，共二十位小英雄。此后众兄弟终日讲文习武，十分爱敬，赛过同胞。

转眼到了八月十五，府中大排筵宴，共赏中秋。柴王道："今日过了中秋佳节，明日我们各向山前去打围，如有拿得虎豹者，为大功；拿了榜鹿者，为次功；拿得小牲口者，为下功，罚冷酒三壶。"

四公子岳霖一心要寻大样的走兽，便把马加上一鞭，跑过两个山头。这时候正好一只金钱大豹奔来，岳霖大喜，左手拈弓，右手搭箭，一箭射去，正中豹身。就在岳霖上前想捉那豹子的时候，旁边突然冲出一名苗将，非要抢岳霖的豹子。二人就此打了起来，岳霖几枪将其扎死。

跟来的苗兵慌忙转马飞跑，回去报信了。岳霖取了豹，慢慢地坐马回营。走了不到一二十步，后面又追来一名苗将，只见他面如蓝靛，眼似红灯，十分威猛。岳霖不是他的对手，几下便败下阵来，被押回了苗洞。

第七十一回

苗王洞岳霖入赘 ◉
东南山何立见佛

这位把岳霖捉来的苗将正是苗王，把岳霖押回苗洞后他一审问，知对方竟是岳飞之子，急忙上前松绑，然后又细问了岳飞被害之事以及如今岳府人安在。岳霖便将父亲如何被十二道金牌催回，又如何被秦桧以"莫须有"之罪在风波亭陷害致死以及父亲死后家中所有遭遇都一一道来。

苗王听后不禁唏嘘，道："公子，俺非别人，乃化外苗王李述甫是也。昔日在朱仙镇上曾会过令尊，是他在皇帝面前保奏我来此地为王，不想他却被奸臣害了，令人可恼！你今既到此间，俺家只有一女，招你做个女婿罢。"然后便吩咐左右将岳霖送到里面，今夜便与公主成亲。岳霖恳请苗王说，自己须回家禀明母亲方可成亲，便苗王却不由分说，非要让岳霖当夜便娶公主。

苗后见岳霖一表人才也是十分喜欢，极力促成婚事。岳霖无奈，只得依允。

　　且说众弟兄各拿了些大小野兽，陆续回到营中，却独独不见岳霖归来。这时，岳霖手下军士逃回来禀告，说岳霖被一个蛮王擒去。柴王大惊，对弟兄道："我们快去救他，不可迟误！"

　　柴王领着众兄弟一起来到苗洞，苗王向他们细说了前情，众人进洞与苗王共叙。苗王向岳雷说了要招岳霖为婿之事，岳雷、柴王等人见苗王执意如此，只得同意。苗王大喜，吩咐安排酒席。

　　正欲上席，苗兵来报说黑王爷到了。黑蛮龙进来后，见过了李述甫，又与众弟兄见过了礼。听了岳飞被害之事，黑蛮龙气得腮边火冒，毛发尽竖，大怒道："只因路遥，不知哥哥被奸贼陷害，不能前去相救，不由人不恼恨！"牛通等人听他说愿意前去为岳飞报仇，便邀他带兵与太行山的人马会合，一同前去。黑蛮龙自然愿意。次日，他便带着众人，领了人马，杀进三关，给岳飞报仇去了。

　　且说秦桧差何立往东南第一山去捉拿疯僧。何立行了数日，逢人便问东南第一山的叶守一，却始终无人知晓。这一日，路上偶遇一个算命先生，于是何立便求他给自己解一解，接下来该怎么办。算命先生果然给他指了一条路，让他在前面的三岔口选择中间一条路，往泗洲而去，就能找到要找的人了。何立拿出银子谢了算命先生，便按他所说的往泗洲去了。

走了一日，何立终于来到了泗洲城，可是四处打听却没人知道东南第一山在哪里。不过，他倒是打听到泗洲山上有一座泗圣祠，祠内神道最灵。于是他打算去祷告一番，求神仙指引。上山拜了神道之后，下山时他看到一块山石，奇峰壁立，上面镌着"舍身岩"三个大字，临下一望，空空洞洞，深透不测。何立有些疲累，便倒在石上睡了过去。

正在睡梦中，忽然有人用手推他道："快走，快走！"何立抬头一看，却是前日遇见的那位算命先生。何立斥责他骗自己，这里根本没有东南第一山，谁知那先生却道："你抬头看，那不正是东南第一山吗？"何立抬头一看，果然前面一座大山，便慌忙向前走去。来到山前，但见一座大寺院，宫殿巍峨，金碧辉煌。山门前一座大牌坊，上边写着"东南第一山"五个大金字。

正往寺院里走，突然有一位行者上前问他是何人，来此作甚。何立忙道出自己名号，又说出自己前来找人。结果行者告诉他，他要找的"叶守一"其实乃地藏王菩萨。

行者进殿回禀后，带何立来到大殿。何立见过了菩萨，谎称自己是奉命来请菩萨赴斋的。结果菩萨一下子就拆穿了他的谎言，还告诉他秦桧已被拿下酆都受罪去了。不多时，狱主冥官便将秦桧带到，秦桧跪下连连求饶。何立见状，吓得一句话也说不出来。佛爷叫狱主带秦桧仍回地狱去。接下来便要治何立的罪，何立忙求道："求菩萨慈悲！小人家中现有八十三岁的老母，待小人回去侍奉终年，再来受罪罢！"菩萨道："善哉！你倒有一点儿孝心，可敬，可敬！"随即便命侍者领何立还阳去。

侍者领何立过了刀山地狱、奈何桥，又过了鬼门关，最后来到瞭望乡台。何立站到台上，侍者猛地推了他一把，何立大叫一声，一跤跌下台来，猛然惊醒，却原来在舍身岩，好一场大噩梦！

何立定了神，细想梦中之事，十分诧异。他急忙赶回临安，进相府来见秦桧。此时秦桧正发背沉重，睡在书房内床上，时时发昏，叫痛不绝！醒来后，秦桧对何立道："疯僧之事，我已尽知，也不必说了。你的家小，我已放了。你快回去，安慰你母亲、妻子罢！"

何立叩头辞谢了秦桧，出了相府。回到家中，见了母亲、妻子，大哭一场后又忙去备办香纸，拜谢祖宗，从此存心行善，一家人得以善终。

第七十二回

黑蛮龙提兵祭岳坟
秦丞相嚼舌归阴府 ◉

且说黑蛮龙领兵杀过三关，一路移文，说是要捉拿秦桧，为岳元帅报仇。张俊、万俟卨、罗汝楫等看了本章大惊，一同来见秦桧。可是秦桧病情危重，昏迷无语。三人商议，假传圣旨到云南，将罪名都推在岳夫人身上，叫她写书撤回苗兵。

再说黑蛮龙一路杀来，势如破竹，遇州得州，逢县得县，一径杀到临安范村地方。张俊闻报，急命总兵王武领兵五千，出城擒拿洞蛮。两方对阵，黑蛮龙几个回合便杀了王武，王武的五千人马也是自相践踏，死伤了一半。黑蛮龙引兵至栖霞岭下寨，随命军士备下祭礼，亲到岳飞坟上哭祭了一番。

次日，张俊亲自带领人马出城，来到净慈寺前，安下营寨。麾下总兵王得胜献计道："小将有一计在此，今夜可将桌子数百张，四足朝天，放在湖内。将草人绑于桌脚之上，各执火球。元帅带领人马，乘着竹排，将桌子放过湖去。小将前去劫营寨，那厮决来迎战。小将弓怕到河边，黑夜之中不知水旱，决然跌下水去，那时擒之易如反掌也。"张俊大喜道："妙计，妙计！"遂暗暗吩咐军士，依计而行。果然，黑蛮龙中计被擒，不过却被韩世忠的儿子韩彦直所救。

次日，黑蛮龙领了人马，又到城下讨战。张俊好生烦闷，只得用了缓兵之计，黑蛮龙限期十日，不交出秦桧，便杀进城去，一个不留。暂时稳住了黑蛮龙，张俊急忙发文书去调各处人马，火速勤王。

且说云南的岳夫人接到朝廷旨意，知道黑蛮龙兵犯临安，忙令岳雷写书一封，即命张英星夜兼程来到临安交给黑蛮龙，让他撤兵。黑蛮龙看了书信不觉感愤皆集，最终也只能无奈撤兵而去。张俊遂进朝来假奏："微臣杀退洞蛮，追赶不着，已逃窜远去，特此奏闻。"高宗大喜，加封张俊为镇远大都督，赏赐黄金彩缎。

张俊谢恩出朝，一直来到相府，看望秦桧。秦桧的儿子秦熺将他带到秦桧床前，只见秦桧面色黄瘦，牙根紧咬，十分危笃。张俊轻轻叫声："太师，保重贵体！黑蛮龙已被小弟杀退，特来报知。"秦桧睁开双眼，见了张俊，大叫一声："岳爷饶命啊！"张俊看见这般光景，心下疑惑，只得别去。

秦熺送出府门，复身转来，方至书房门口，便听得里边有铁索之声。慌忙走进到床前来看，秦桧看见秦熹，把头摇了两摇，分明要对秦熹说什么话，却是说不出来。霎时把舌头吐将出来，咬得粉碎，呕血不止而死！

当时秦熹哭了一场，一面打点丧事，一面写本入朝奏闻。

第
七
十
三
回

胡
梦
蝶
醉
后
吟
诗
游
地
狱
●
金
兀
术
三
曹
对
案
再
兴
兵

且说临安城内有一个读书秀才名叫胡迪，字梦蝶，为人正直倜傥。自从那年岳飞归天后，他心中十分愤恨，常常自言自语道："天地有私，鬼神不公！"这一日，听说黑蛮龙被张俊杀败，心中很是烦闷，喝起闷酒来。朦朦胧胧，忽见桌子底下走出两个皂衣鬼吏来，说王爷唤他，然后就把他押解而去。

胡迪随着二人行走了十余里，来到一所城郭，城中也有居民往来贸易。入到城内，来到一座殿前，上写着"灵耀之府"，门外立着牛头马面，手执钢叉铁锤守着。不一会儿，一个皂衣吏将胡迪带进殿内。

进到殿内，只见殿上坐着一位大王，衮衣冕旒，好像庙中塑的神像一样，正是阎王。左右立着神吏六人，绿袍皂带，高幞广履，各个手执文簿。胡迪在阶下跪下叩头。阎王怒斥他道："你乃读书士子，自该敬天礼地，为何反怨恨天地，诽谤鬼神？"胡迪急忙否认，阎王又道："天地有私，鬼神不公。难道不是出自你口？"

胡迪听了，方才醒悟，便拜道："贱子见岳公为国为民，却被奸臣残害，沉冤不雪，那奸臣反得安享富贵。一时酒后感忿，望大王宽者！"阎王道："念你也是出于耿直之心，但不敬鬼神，还是要受罚。"说完便叫绿衣吏取过一白柬来，写道：右仰普掠地狱冥官，即带领此儒生遍观众狱报应，毋得违误！那绿衣吏领命，就引了胡迪下西廊。

过了殿后三里许，但见白石墙高数仞，以铁为门，上边写着"普掠之狱"。此处阔有五十余里，日光惨淡，冷气萧森。四边门牌皆写着名额：东曰"风雷之狱"，南曰"火车之狱"，西曰"金刚之狱"，北曰"冷溟之狱"。男女披枷带锁，约有千百余人。

绿衣吏对胡迪道："此辈奸臣，凡三日则遍历诸狱，受诸苦楚。三年之后变为牛羊猪犬，生于凡世，使人烹剥食肉。秦桧之妻王氏，即日亦要拿到此间来受罪，三年之后变作母猪，替人生育小猪，到后来仍不免刀头之苦。今此众已为畜类五十余世，而且历万劫而无已，岂有底止！"一面说，又引胡迪至西垣一小门，题曰"奸回之狱"。但见披枷带锁百余人，满身披着刀刃，浑类兽形。绿衣吏又道："这些皆是历代将相、奸回党恶，欺君罔上，误国害民，每三日亦与秦桧等同受其刑。三年后变为畜类，与秦桧一样也。"

接着绿衣吏又带着胡迪到了"不忠内臣之狱"。绿衣吏道："此等皆是历代宦官：汉朝的十常侍，唐朝的李辅国、仇士良、王守澄、田令孜，宋朝的阎文应、童贯等。俱是向时长养禁中，锦衣玉食，欺罔人主，残害忠良，浊乱海内。今受此报应，万劫不复！"

再至东壁，有男女千数，皆赤身跣足，或烹剥剖心，或锉烧舂磨，哀痛之声，呼号不绝。绿衣吏道："此等皆在生为官为吏，贪污虐民，不孝不忠，悖负君亲，奸淫滥略，为盗为贼，皆受此报！"胡迪大喜，叹道："今日始出我不平之气也！"

绿衣吏仍领胡迪回至灵耀殿。阎王道："汝今既见，心已坦然。可再作一判文，以枭秦桧父子夫妇之过。"胡迪写完呈上。阎王看了赞道："这生果然狂直。"胡迪禀道："奸臣报应，生员已经目击。但岳侯如此忠义被陷，不知此时在于何所？"阎王道："只因狂生不知果报，故特令汝遍历地狱。已邀请岳侯、兀术之魂，到此三曹对案。"但见岳飞随着岳云、张宪，又有一番邦王子到来。对案之后，阎王道："请元帅、太子，各回本府。胡迪虽狂妄无知，姑念劲义正直，如今果报已明，加寿一纪，放他回阳去罢！"

阳间此时胡迪已死三日，醒来后但见合家男女围着啼哭，正要下殓。见他醒来，合家男女好不欢喜，都各去了孝服。自此以后，胡迪斋僧布施，广行善事，也不图功名富贵，安享田园，直活到九十多岁，无病而终。

且说黄龙府金主完颜乌骨达驾崩，传位与皇弟吴乞买。是时吴乞买崩，原立粘罕长子完颜冻为君。众王子朝贺之后，兀术回转府中，闷闷不乐，原来他一直还在惦记中原江山。次日，他入朝奏知，即同军师哈迷蚩、参谋勿尔迷商定计策。不日后，兀术约同众王子完颜乾等，并大元帅粘得力、张豹马，提国元帅冒利燕，支国元帅迷特金，提国大将哈同文银，提国元帅完黑宝，黑水国元帅干里朵，共同起大兵五十万，浩浩荡荡，杀进中原而来。

那些地方官员告急本章，犹如雪片一般进朝告急。

第七十四回

赦罪封功御祭岳王坟
勘奸定罪正法栖霞岭

且说秦桧死后，王氏日夜心神恍惚，坐卧不安。一日，她听家人来报说，兀术又起大兵五十万，杀进中原，势加破竹，将近朱仙镇了。王氏心中暗想：岳飞已死，无人迎敌，宋室江山，决然难保。我何不同了孩儿、家属，悄悄逃往金邦，决有封赠，莫待他得了天下，落人之后。正在暗想，忽然一阵阴风，却见牛头马面，引着一班鬼卒，将秦桧牵着，披枷带锁，走近前来。王氏惊得魂飞魄散，冷汗直流。那鬼卒将铁锤向王氏背上一击，王氏只大叫一声，跌倒在地，两眼爆出，死了过去。秦熺悲伤，大哭一场，一面端正丧事。次日早晨，写本奏闻。

且说这日高宗升殿，黄门官奏说兀术领兵五十万，再犯中原，十分危急。高宗听后大惊，便问两班文武："哪位贤卿，领兵去退金兵？"这时候，岳飞的忠魂正附在罗汝楫身上，只见罗汝楫跪下奏道："臣岳飞愿往！"高宗听了"岳飞"二字，吓得魂不附体，大声一叫，跌下龙椅。此后一病不起，驾崩而去。众大臣议立太子登位，乃高宗之侄，是为孝宗。

孝宗即位后，南朝元帅张信来到临安朝贺。孝宗问张信可有退兵良策，张信奏道："臣有五事：第一要拿各奸臣下狱治罪，以泄民怨；第二命官起造岳王坟，建立忠祠，以表忠义；第三差官往云南赦回岳家一门子孙，应袭父职，就命岳雷去退番兵；第四招安太行山牛皋众将，协同剿灭兀术；第五复还旧臣原职。陛下若能依此五件行事，不愁金兵不败，社稷不安也！"。孝宗闻言大喜，立刻准奏。

张信谢恩，领旨出宫，立刻带了校尉，前往捉拿罗汝楫、万俟卨、张俊等奸臣以及家属，尽行下在天牢内。

且先说那李文升奉旨往太行山招安牛皋等众，牛皋听说朝廷来招安，当即大骂高宗，并拒绝接受招安。李文升告之高宗已经驾崩，如今孝宗即位，已经赦免了岳氏一门，而且将奸臣全部斩首了。牛皋还是不同意，这时候吉青劝道："我们可先往云南去见过了嫂嫂，若果然赦了他们，再考虑进京之事。"牛皋觉得有理，便带了人马往云南而去。

再说岳夫人那边不日便收到赦免的圣旨，岳夫人择日与岳雷、韩起龙、韩起凤、牛通四人结了花烛。过了三朝，带了新人，一齐往临安而去。到得南宁，柴王、柴娘娘、潞花王，各与众人拜别。

岳夫人过了铁炉关，一路行来，恰好遇着牛皋的人马。牛皋得知岳氏果然被赦，便决定回太行山去收拾山寨，然后再前往临安。

数日后，一众人来到临安。孝宗即宣岳夫人等上殿，众臣俯伏谢恩。孝宗道："先帝误听奸臣之言，以致忠良受屈。今特封李氏为一品鄂国夫人，四子俱封侯爵。牛皋、吉青五人俱封为灭虏将军。韩起龙、宗良等俱封御前都统制。岳雷承袭父职，赐第暂居。"众人一齐谢恩出朝。次日，孝宗带领文武各官，传旨排驾，出了钱塘门，来到岳王坟前，排了御祭。命大学士李文升代祭。

李文升祭奠毕。孝宗传旨封岳飞为鄂国公，岳云为忠烈侯，银瓶小姐为孝和夫人，张宪为成义将军，施全为众安桥土地，王横为平江驿土地，张保为义勇尉，汤怀为忠义将军，杨再兴为忠勇将军，董先等五人俱封为革忠尉。其余阵亡诸将，俱各追封，建立祠庙，春秋祭祖。

这时候，刀斧手将各奸臣带到坟前，准备行斩刑。又将秦桧夫妻二人的棺木打开，枭了首级，供在祭桌上。正在要行刑之即，坟门外齐声呐喊，震得天摇地动！

原来，因那张俊在临安无恶不作，百姓对其恨之入骨，如今听说他要被行刑，都想来报仇雪恨。岳夫人得知这一消息后，便道："既有此事，那百姓众多怨恨，这一刀，怎能报得许多仇来？也罢，如今可传我之命，将张俊赏与众百姓，随他们处置罢！"百姓们便将张俊绑在一棵树上，然后依次来细说他的罪状，然后咬下他一块肉。就这样，你咬一口，我咬一口，直到张俊疼痛而死。

几日后，又有告急本章进朝奏道："兀术大兵已近朱仙镇，十分危急，请速发救兵！"孝宗随传旨，宣岳雷进朝。孝宗封岳雷为扫北大元帅，牛皋为监军都督，诸葛锦为军师，众位英雄俱各随征，有功之日，另行封赏。次日，岳雷拜别了母亲妻小，到教场中点齐各将，带领二十万人马，浩浩荡荡，离了临安，往朱仙镇而来。

　　且说当年董先死于金营后，岳飞一直送金银给他在九宫山上的妻儿。转眼间，董先的儿子董耀宗已经长大，长得高大威猛，惯使一柄九股托天叉。那一村人都惧怕他，称其为"卷地虎"。一日，董耀宗从同伴处得知岳家父子被害一事，心中愤愤不平。回到家中，收拾行李，别了母亲，往临安而去。

　　在前往临安的途中，董耀宗先后遇到了两个兄弟：一位是"摇山虎"王彪，其父正是王横；另一位是杨继周，其父正是杨再兴。王、杨二人也都听说了岳家父子被害而欲往临安报仇。兄弟三人说得投机，便摆下香案，结为兄弟。杨继周此时正在九龙山落草，他建议不要急着去临安，不如在九龙山招揽英雄，充足粮草，到时再杀进临安，才可报仇。王、董二人觉得有理，三兄弟便在九龙山暂时住下，开始招兵买马。

　　一日，三人正在寨中闲谈，忽有巡山小喽啰报，说有一起官家解犯在此经过，三人急忙带领喽啰大步飞奔下山。只见四个解官、五六十个解差，押着三四十个犯人，男男女女，已到面前。王彪上前一问才得知，押解的正是秦桧、万俟卨、罗汝楫、张俊等众奸臣的子女及媳妇等家眷。

　　三人听后哈哈大笑："这一班奸贼，不想也有今日！"然后便吩咐将万俟卨、罗汝楫、张俊之子，取出心肝，另行枭首。又设了岳飞父子、张宪、王横的牌位，用心肝人头祭奠一番。那解官吓得魂飞胆丧，只是磕头求告，并告诉他们，岳氏一门已被平反，岳家二公子已经被封为扫北大元帅。三人放了解官，那解官没命地奔下山去，赶路回临安复旨去了。

三人听说岳雷封了大元帅，便决定统领人马，前去相助。商议后决定由董、王二人先行带人马过去，杨继周留下收拾人马粮草，随后就来。

再说那岳雷领了大元帅印绶，统领大兵二十万，到了天长关，总兵郑材出关迎接。岳雷过了天长关，直至朱仙镇上，放炮安营。

次日，岳雷升帐，诸将参见已毕。欧阳从善请命出征，岳雷即命其带领三千人马，往金营讨战。番营那边小将土德龙请战。土德龙不是欧阳从善的对手，几个回合便被杀于马下。岳雷命军政司记了欧阳从善第一功。

土德龙被杀，气坏了他的三个兄弟土德虎、土德彪和土德豹，他们一齐请命上阵。岳雷则派出了老将吉青，协同宗良、余雷，带领三千人马，一齐迎战。土德虎和土德彪先后被斩于马下，土德豹败走回营。

土德豹回营后来见兀术，哭禀道："南蛮厉害，两个哥哥又丧于南蛮之手，特来领罪！"兀术大怒，问哪个敢去再战。这时候，大元帅粘得力上前来禀道："小将愿往。"兀术遂命领军三千，去宋营报仇。

这大元帅粘得力果然厉害，手中一把一百二十斤重的紫金锤使得风生水起。罗鸿、牛通二人皆不是其对手。岳雷只得又派出宗良、余雷、欧阳从善、郑世宝四将，一齐迎战粘得力，却也未能战胜。

次日，粘得力又到宋营讨战。岳雷传令王英、吉成亮、施凤、汤英、伍连、余雷、韩起龙、韩起凤、岳霆，共是十员小将，出马迎敌。但最后，十员小将也全都招架不住，败走回营。

又过一日，岳雷升帐。粘得力再次来讨战。岳雷忙与众将商议。诸葛锦道："元帅不必忧心！小可夜来细观天象，袖卜阴阳，不日定有将星来克他，帮助元帅成功扫北也。"于是岳雷便吩咐挂出了"免战牌"。不过，此举却遭到牛皋的非议，他认为岳雷胆小怕事，便决定亲自带兵出战。

牛皋提着双锏出了营，与粘得力战到一处。可他不是粘得力的对手，几个回合便败下阵来。因在岳雷面前说了大话，牛皋不好意思往本营败走，只得落荒而逃。粘得力在后面紧紧追赶。

危急时刻，救星赶到，此人正是大刀关胜之子关铃。自从在朱仙镇上散伙回家之后，关铃心中一直愤愤不平，欲兴兵为岳飞报仇，却又孤掌难鸣。此时闻得高宗驾崩，新君即位，赦了岳氏一门，拜了岳雷做元帅，兴兵扫北。于是他急忙前往长沙府、潞安州、金门镇各处，邀请陆文龙、樊成、严成方、狄雷四人，一同往朱仙镇上来助阵。

关铃等五人一起围战粘得力，粘得力终于遇到了强手，一番轮战下来，樊成手起枪落，斩杀了粘得力。关铃下马来取了粘得力首级，后面番兵一哄逃散。牛皋大喜，同五人一齐回转大营，来见岳雷。岳雷与众人见过礼之后，便写了奏本，差官入朝启奏，请封五人官职。

到了次日，探子来报："河间府守备解送粮草三千石，将近朱仙镇，却被金将尤可荣截住抢夺，望元帅

普
风
师
宝
珠
打
宋
将
　诸
葛
锦
火
箭
破
驼
龙
◉

速遣大将救应。"牛皋主动请缨前去救应。赶到时，河间守
备孙兰正与金将尤可荣厮杀，牛皋上前应战，尤可荣败逃，
牛皋紧追不舍。转过一道山城，尤可荣不见了踪影，却见山
坡山立着一位道人，正是师父鲍方。牛皋急忙上前拜见，鲍
方道："那番将命不该绝，放他去罢！你儿子有难，我有丹
药一颗给你，可半服半敷，救他性命。再有一颗，可救何凤
之命。你一路去，倘有妖人用宝伤人，你只将'穿云箭'射去，
便可破得。"说罢，驾起祥云，霎时不见。牛皋望空拜谢了，
下坡上马回营而去。

且说兀术听报说粘得力战死，又气又恼，正在愁闷，忽
见小番来说报，国师普风爷到了。兀术大喜，紧忙起身迎接。
普风劝兀术不要忧心，自己有法宝在身，一定会好好收拾那
些宋将。

次日，普风独自一个骑着马来到宋营讨战。牛通、何凤
二人请求出战。论武艺，普风不如二人，所以十几个回合便
败下阵来。普风掉转马头败逃，牛通紧追不舍。孰料这是普
风的诈败之计，他悄悄从豹皮袋中取出一颗"混元珠"来，
拿在手中，叫道："小南蛮，休要赶，送你一件宝罢！"说
罢便把宝珠抛起。牛通抬头一看，只见米筛一般物件，滴溜
溜地在天上转，然后一下子打中了他左边肩膀，将他打落马
下。恰好何凤同众将刚刚赶到，救回了牛通。

何凤来与普风交战，不想也被他用"混元球"打落下马，幸亏汤英、余雷、吉成亮各举兵器，冲上前来，把普风围住混战。普风见人众，便又把"混元珠"望空抛去，犹如乌云黑雾盖将下来。那三人慌忙跑马转身，败逃回营。普风得胜，转回番营。兀术大喜，摆宴款待。

且说宋营众将败阵进营，牛通、何凤叫疼唤痛，眼看就要性命难保。这时，牛皋正好归营。见此情形，急忙拿出师父给的丹药，给二人服下一半，另一半磨了敷在伤处。不多时，二人的伤情便得以平复。

岳雷与众将商议后，决定先挂几日"免战牌"，待想出退敌妙计再出战。牛皋却还是嚷嚷着挂"免战牌"太丢人，所以要亲自出战。岳雷担心他不是普风敌手，诸葛锦道："元帅可仍差牛通等五人出战，只消牛老将军压阵，必然万无一失！"

第二日，普风又来叫阵，牛皋带着五员小将一起出阵迎敌。普风见对方人众，又取出"混元珠"，喝一声："南蛮看宝！"牛通五人见头上一片黑打来，正在慌张，牛皋立刻取出那支"穿云箭"来，搭在弓弦上，朝着那一团黑气嗖的一声射去。那团黑气立刻随风四散，扑的一声响，"混元珠"坠在地下转。牛通立刻跳下马，将那颗珠抱在手中。

普风失了宝贝，急忙败逃，余雷赶上去一锤，正中普风肩膀，普风一跤跌下马来。牛通举刀来砍，不料普风在地上化作一金光逃去。众将也不追赶，回营报功去了。

普风受伤回营，将丹药敷了伤痕，伤口立时便好了。兀术见他也败了，不免叹息。普风却道："太子放心，我还有一个法宝，有五千四百零八条驼龙，能大能小，收在葫芦内，专吃人精髓。今晚待我作起法来，将宋营数十员将官，连那二十万人马，吃他一个干干净净，以报今日之仇！"到了晚间，普风用这件宝贝大伤宋军，宋军兵将损失一万八千。

天明升帐，岳雷问诸葛锦，普风用的是何宝物，诸葛锦道："此阵名为'驼龙阵'。我自有妙计对付他。"遂令军士将火炮藏入沟渠之内，上边盖了干柴芦苇，上面再放些引火之物，又将猪羊血放在上面，又令军士于旧处下营。三军得令，一齐呐喊到原处下营。又传令三千军士，换了皂衣，埋伏营前，专候驼龙落入沟渠，即听放炮为号，齐放火箭。诸事齐备。

准备好这些之后天色已晚，普风又将葫芦盖揭开，放出驼龙。但这一次，他却未能再次得逞，诸葛锦的计策彻底毁了他的"驼龙阵"，驼龙尽数被烧死。

普风在黑暗之中亦被乱箭射中了三四箭，逃回本营来，拔出箭头，用药敷好，心中暗想：这场大败，又伤了驼龙，何颜去见兀术！不如且回山去。再炼法宝，来报此仇。主意定了，也不去通知兀术，径自连夜回山去了。

山狮驼兵阻界山 ■
杨继周力敌番将

普风逃走后，兀术又惊又恼，只得写成奏章，遣差官回本国去奏闻，求再添兵遣将，与宋朝决战。

次日，这边岳雷升帐发令，兵分四路向番营杀来。兀术人马虽多，怎禁得宋军四面八方地杀来，接应不及，五十万金兵，被杀去大半。兀术大败亏输，带领残兵败将，一路逃回。

岳雷随令三军扎住营盘："候粮草到日，再去追拿兀术，迎请二圣还朝便了。"昔日岳爷曾有写志诗一首，不道被奸臣陷害，不能遂意，今日岳雷方得继父之志。

且说兀术败回关外，途中遇到了本邦元帅山狮驼及涵关总兵连儿心善，二人带领番兵五千，前来助战。二人得知兀术兵败，便立誓言要为他报仇，又请兀术回国调兵来接应。兀术遂将败卒尽数留下，带着众王子、军师等人返回本国调派人马去了。

且说岳雷率领大军，一路来至界山，早有探军飞报："启禀元帅，界山下有金兵扎营阻住，不能前进，请令定夺。"岳雷便令放炮安营。

金营中山狮驼听得宋兵已到，随即披挂上马，手提一百二十斤的一杆溜金，来至宋营讨战。关铃得令上马提刀，带领三千兵士，战鼓齐鸣，来至阵前。怎奈那山狮驼十分厉害，关铃不是他敌手，败下阵来，三千人马也伤了一半。

岳雷担心番兵半夜来劫营，遂与诸葛锦计议，暗暗传令三军，退下二十里安营。命关铃领兵三千，埋伏左边；严成方领兵三千，埋伏右边；陆文龙领兵三千，抄远路转出界山，截他归路。自己则领着众军将，在大营两边埋伏。但听炮声为号，四面八方，一齐杀来，捉拿番将！是夜，番将果然来偷袭。双方混战，皆未占到便宜，各自损伤不小。

隔了一日，番将连儿心善带领番兵来到宋营讨战。严成方得令，领兵出到阵前。双方通报了名号后便战到一处。一个指望直捣黄龙府，一个但愿杀到临安殿。一个合扇刀，闪烁似寒光；一个八楞锤，星飞若紫电。直杀得：播土扬尘日光寒，搅海翻江云色变。战了三四十个回合，严成方败走，连儿心善在后紧紧追来。严成方败下有十余里路，正遇到董耀宗和王彪。

通报姓名之后，董、王二人上阵拦住了从后面追来的连儿心善。连儿心善力敌二将，全无惧怯。又战了几个回合，严成方回马举锤打来。连儿心善虽然勇猛，怎经得三个战一个，只得虚晃一刀，回马败走。三人回马来至本营，到帐内来见了岳雷。岳雷大喜，就记了董、王二人之功，然后设宴款待。

连儿心善败回营中，山狮驼心中好生焦躁。次日，山狮驼来到宋营前，点名要岳雷出战。岳雷即欲亲自出战，王英却主动请缨，岳雷应允。结果，王英不是山狮驼的敌手，败下阵来，山狮驼在后追赶。

危急时刻，恰遇牛皋一路催趱粮草，望界山而来。牛皋举铜迎战，不想却被山狮驼一下子打落兵器。牛皋忙败走，山狮驼自不会放过，在后面一直紧追。牛皋败走途中，遇到一簇人马，打着"九龙山勤王"的旗号，飞奔而来。人马近前，牛皋见王英同着一位英雄，并马而来。原来此人正是杨继周。

杨继周迎战山狮驼。杨继周右手戟架开，左手一戟当胸刺来。来戟架，戟去迎，二人真是棋逢敌手，将遇良才，战了百余回合，不见胜负。

王英见杨继周久战不胜，也拍马上阵前来助战。山狮驼敌不住二人，只得拨转马头，往本营败去。王英遂同杨继周回到宋营，同牛皋一齐进帐缴令。岳雷同众将出帐迎接。杨继周进帐，见礼后，叙了些旧话寒温。岳雷传令收明粮草，分隶兵卒，设宴款待。直吃到更深，方各回营安歇。

　　且说山狮驼败回营中，气愤不过，正在思忖破得宋兵之计，小番忽然来报："国师普风在营外求见。"山狮驼道："请进来相见。"小番得令，来至营门外传请。

第
七
十
八
回

黑
风
珠
四
将
丧
命
◉
白
龙
带
伍
连
遭
擒

　　普风进帐后劝山狮驼不要忧心，待自己明日出战，定将宋将全部捉回。次日，普风也不乘骑，只带领三千人马，步行来至阵前讨战。岳雷得知普风再次前来，知道他去而复来，必有妖法，便有些迟疑。诸葛锦建议先挂出"免战牌"，岳雷应允。

　　可吉青却觉得岳雷胆小，梁兴、赵云、周青三人也一齐请缨，牛皋自然不甘落后。岳雷见五人坚决，只得同意出战。果然，普风这次又带来了两件宝贝："黑风珠"和"黑风旗"。那"黑风珠"往半空一抛，一变十，十变百，霎时，变做成千上万的铁珠，有碗口大小，望着吉青等四人头上打来。可怜弟兄四人，俱死于非命。

　　普风正待招呼军士来取首级，牛皋、陆文龙、关铃、狄雷、樊成等急忙各举兵器，一齐向前，将普风围住厮杀，宋营军士急忙将吉青等四人尸首抢回。牛皋等人不是普风敌手，只得败回营去。回到营中，众人各自痛哭了一场，吉成亮更是哭得死去复醒。岳雷吩咐备办棺木，成殓已毕，祭奠一番。

过了两日，军士来报："普风又在营前讨战。"吉成亮听见，坚决要去替父亲报仇。旁边那些小爷们也一齐要去迎战。岳雷无奈，只得命众人分作左中右三队，自领众军压住阵脚，一齐放炮出营。结果众人再次惨败而归，普风乘胜追击，直捣宋营，杀得宋兵星飞云散，往后逃命不及。普风得胜，收军回营。

岳雷率众直退至三十里安营，计点将士，死伤无数。岳雷好生烦恼，对军师道："这妖僧如此厉害，如之奈何？"诸葛锦道："元帅且免愁烦！小生算来，众将该有此一番磨难，再迟几日，自有高人来破此阵。"岳雷无可奈何，一面调养将士；一面安排铁菱鹿角，以防妖僧乘胜劫寨。

过了两三日，救星果然来到，此人正是牛皋的师父鲍方老祖。据鲍方老祖所讲，原来那妖僧普风本是蜃华江中一个乌鱼，因头戴七星，朝礼北斗一千余年，所以成了气候。老祖道："不论哪位将军出阵，等他放出妖法之时，待贫道收了他的妖法，他就无能为了。"岳雷大喜，一面整备素斋款待，一面传令三军饱餐一顿。次日，岳雷率兵来到山前下营。普风闻信出来迎战。这一次，他自然未能再得逞，"黑风珠""黑风旗"皆被老祖所破。普风不死心，又将手中铁禅磨了一磨，抛向空中，口中念念有词。那根禅杖在空中，一变十，十变百，霎时，成千成万的禅杖，望宋将头上打来！宋将正在惊惶，老祖不慌不忙，将手中的拂尘，抛向空中。那拂尘在半空中也是这般一变十，十变百，变成千千万万，一柄拂尘抵住一根禅杖，呆呆地悬在空中，不能下来。

普风失了禅杖，心慌意乱，驾起金光要走。欧阳从善赶去一斧，将他砍下马来。余雷又赶上前，手起一锤，把普风脑盖打开，他立刻现出原身，果然是一个不大不小的乌鱼。

山狮驼和连儿心善见普风被杀，急忙逃走，欧阳从善和杨继周怎能放过二人，合力上前杀掉二将。岳雷把令旗招动，大军一齐冲杀过去。这几千番兵，哪里够杀，有命的逃了几个，没命的都做了沙场之鬼。

岳雷大军过了界山，收拾人马，放炮安营，计功行赏。鲍方老祖告辞而去。养兵三日后，岳雷点欧阳从善为头队先锋，余雷、狄雷为副，带领一万人马，为第一队；又点牛通为第二队先锋，杨英、施凤为副，领兵一万，为第二队；自己同众将引大兵在后，望着牧羊城进发。

不一日，欧阳从善率领前队先锋已到牧羊城。次日，欧阳从善上马提枪，余雷、狄雷持锤在后，带领兵卒，来到牧羊城下讨战。那牧羊城内守将，乃是金邦宗室完颜寿，生得虎头豹眼，惯使一口九耳连环刀，有万夫不当之勇。手下有两员副将正是当年在临安摆"擂台"败走的戚光祖、戚继祖，他二人原是戚方之子。

欧阳从善首阵出战，结果不敌完颜寿，被杀于马下，幸好余雷、狄雷急时围住完颜寿，众军士才抢回他的尸首。余雷、狄雷与完颜寿斗了一会儿，无心恋战，虚晃一锤，转马败走。完颜寿也不来追赶，掌着得胜鼓进城。余、狄二人，只得将从善尸首收殓，暂葬于高冈之下。

次日，牛通二队已到，与余、狄二人相见，得知欧阳从善阵亡，牛通便要杀进番营，余、狄二人忙将其劝住，最后三人商定待岳雷大军到后再作打算。

且说完颜寿虽然赢了一场，但算来终究寡不敌众，便连夜写本，差人前往黄龙府去讨救兵。金主接了告急本章，忙请四王叔上殿商议。兀术建议传旨往鹞关去调元帅西尔达，让他先领兵去救应，自己则前往万锦山千花洞，拜请乌灵圣母出来助阵。金主准奏。

且说鹞关总兵西尔达接了金主调兵的旨意，遂同女儿西云小妹率领人马赶到牧羊城来。完颜寿开城迎接，置酒款待。次日，西尔达披挂上马出城，把人马摆开。岳霆出战迎敌。那西尔达虽然勇猛，怎抵得过岳霆少年英武，几个回合便被刺落马下。岳霆上前一枪，结果了其性命。岳雷传令，鸣金收军，记了岳霆的功劳。

　　金兵抢回西尔达的尸首进城，西云小妹放声大哭。次日，西云小妹全身素白披挂，带领番兵出城，点名要岳霆出马。岳霆飞马出阵，西云小妹舞动手中绣鸾刀，迎住厮杀。战了七八个回合，西云小妹败逃，岳霆紧追。

　　不料这是西云小妹的诈败之计，原来她曾遇异人传授阴阳二弹。眼见岳霆即将追上来，她随手在黄罗袋内摸出一颗阴弹来，然后扭转身躯，朝着岳霆打来。只见一道黑光，直射面门，岳霆一下子翻落下马。幸亏樊成一马冲出，挺枪挡住西云小妹，众人才将岳霆救回。那西云小妹与樊成战了三四合，又向袋中摸出一颗阳弹，劈面打来。樊成也被打落下马，伍连急忙上前迎敌。西云小妹见伍连生得齐整又英气，不禁心中爱慕，几个回合下来后，她便腰间取出一条白龙带，丢在空中，只见空中一条白龙落将下来，将伍连紧紧捆定，西云小妹便赶上来拦腰一把将他擒了过去。然后她便拍马回营去了。岳雷只得鸣金收兵，同众将回转大营，闷闷不乐。

　　且说那西云小妹擒了伍连回到自己营中，解下白龙带，然后又差一个心腹侍婢去劝他降顺，与自己结为夫妇。伍连初时自是不肯，但转念一想，不如将计就计，假意应承，再图机会。便对那婢女道："既蒙不杀之恩，但有一事，那欧阳从善是我结义弟兄，誓同生死，今被完颜寿害了。若能为我报了此仇，情愿依从，并去说服岳家弟兄，一同到来归降金国。若不杀得完颜寿，宁甘一死，决不从命。"

婢女将此话回复了西云小妹，她心中有些犹豫。过了一夜，陆文龙在营外讨战。完颜寿出马迎敌。二将交锋在战场，战到四五十个回合，完颜寿招架不住，大叫："西云小姐快来助我！"可西云小妹却立在吊桥边没有动身。又战了三四回合，完颜寿只得回马败走。刚至吊桥边，陆文成已经赶到，手起一枪，将完颜寿挑下城河，结果完颜寿就做了个水中之鬼。

西云小妹命军士拽起吊桥，弩箭齐发。可怜戚光祖、戚继祖两个，上不及吊桥，宋军一拥，跌下坐骑，双双地被众马践为肉泥。陆文龙掌着得胜鼓，随着大军回营。岳雷记了陆文龙大功，犒赏军士，暗暗差人打听伍连消息。

西云小妹回到营中，心中暗喜，便叫侍婢到后营去对伍连说了今日之事。

施岑收服乌灵圣母
牛皋气死完颜兀术⊙

伍连听了之后，又喜又愁，思来想去，又以无媒无证为由暂时拒绝了婚事。西云小妹听说后，便道："也罢，待我明日到阵上擒一员宋将来，叫他为媒，不怕他不从。"

次日，西云小妹又来讨战。吉成亮请缨出战，罗鸿一同前往，结果二人皆被西云小妹的宝物所败。牛通见二人战败，拍马上阵，却被西云小妹所抛出的白龙绑住，差一点儿被捉到番营。

宋将这边回了营。只见牛通身上有一条白带，犹如生根一般，将身子捆住，要解也没个头。岳雷只得命人写了榜文，挂在营门口：有人能解得捆带者，赏银千两。

西云小妹虽战胜了，却未能捉回一员宋将，心中烦闷。婢女给她出主意，待明日再战，可将宋将引至无人之处再行捉拿。西云小妹连声称好。

　　且说伍连在后营，因西云有意招亲，所以看守的人对他十分客气，看守得也不紧。伍连趁机向他们提出要喝点酒，几个看守立刻端来了酒菜，伍连又约他们共饮，看守们自然高兴。伍连左一碗、右一碗，向四个看守敬酒，结果他们个个喝得烂醉。伍连趁机逃了出来，可是人生路不熟，正不知逃向哪里时，忽听得前面有人声，他急忙跳进了左边的一堵围墙内。

　　围墙内是一座大花园。伍连一步步挨进一间屋内，正在东张西望，忽听外面有人说话，吓得他急忙藏到床底下。原来此处正是完颜寿的女儿瑞仙郡主的卧房，她回到房中，止不住两泪双流。丫头劝道："郡主且免悲伤。王爷已死，不能复生，郡主且自保重。小婢打听得都是西云小妹这贱人欺心，她前番捉的那宋将生得十分英俊，便要与他成亲，所以不肯押来交给王爷，以致王爷气恼出阵，结果她又见死不救。如今哭又哭不活了，且待慢慢报仇罢！"郡主听了，咬牙恨骂："待我奏过狼主，将她千刀万剐，绝不会饶了这贱人。"

　　伍连在床底下，看得真切，但见那郡主生得十分貌美，正是：广寒仙子临凡世，月殿嫦娥降下方。

　　两个丫鬟伺候郡主睡下后便出去了。好一会儿，那郡主也睡着了。伍连从床底下爬将出来，轻轻揭起罗帐，看那端仙郡主睡颜，不禁动了心。这时，郡主突然醒转，见床前站着一人，立刻就要叫喊出来。伍连急忙上前捂住她的嘴："郡主不必声张，我并不是贼，乃是来杀西云小妹，替你父亲报仇的。你若高声，我只得先杀了你。"郡主道："你是何人？也须说个明白。"伍连便细细将前日在阵上被西云小妹用妖法擒来，并被逼着成亲一事说给了郡主，还说如果郡主愿意嫁给他，他便为郡主报仇，然后同归宋室。郡主见他生得英俊，也有些动心，又听他说愿为自己报仇，细想一番后便同意了。二人商定，伍连扮作郡主亲随，待西云小妹明日出战回营，伺机杀了她。

　　且说那晚四个守军醒来，不见了伍连，吓得连夜逃出营门，投往别处去了。次日，西云小妹得知伍连逃走了，忙吩咐军士全城搜查，却未找到。又过了一日，她再次披挂上马，带了军士出城到宋营讨战。

　　岳雷吩咐将"免战牌"挂出，再作计议。四公子岳霖却执意要出战，岳雷只得应允。二人战了七八十个回合，西云小妹诈败而逃，岳霖拍马追来。一下子追出十多里路，两边俱是乱山，中间一条路。西云小妹暗想：此时不下手，更待何时？于是便从腰间取出一条白龙带来，望空抛去，岳霖抬头一看，晓得此物厉害，正要回马逃走，忽听得前面山上叫道："岳霖休要惊慌，有我在此！"

　　岳霖抬头一看，却是一个道人，头戴九梁冠，身穿七星道袍，坐下一匹分水犀牛，手执一把古定剑，生得仙风道骨。只见他把手一抬，那白龙忽然缩做一团，便钻入他的袍袖内去了。西云小妹大怒，将阴弹、阳弹一同打来。那道人把袖口一张，两道寒光也落在袖内去了。

　　西云小妹见势不妙，拨马飞奔，岳霖同道人一路赶来。刚到城门边，城上瑞仙郡主忙命人将吊桥放下，开了城门迎接。西云骑马刚一进城，伍连就从城门边闪出，拔出腰刀，拦腰一挥，将西云小妹斩为两段。

　　郡主坐在马上大喊："我已归顺宋朝，降者免死！"众番兵齐声："愿降！"岳雷随后统领大兵一齐进城。伍连引了郡主来见岳雷，将岳雷众人接进完颜帅府。

　　岳霖同道人见了岳雷，讲述了道人相救之事。岳雷忙下礼拜谢："请问仙长何方洞府？哪处名山？高姓尊名？来救我兄弟之命，且得了牧羊城，其功不小！"道人道："贫道乃蓬莱散人，姓施名岑。偶见令弟有难，便助一臂之力。若有将士受伤，贫道亦能医治。"岳雷大喜，就命将岳霆、樊成、吉成亮、罗鸿、牛通五人一齐抬到大堂上。施岑取出四丸丹药，用水化开，灌入四人口中，霎时平复。然后又对着牛通用手一指，他身上的绑绳便自行脱落了。

　　众将无不惊异，俱赞叹仙长法力，各皆下拜，都称其为施仙师。岳雷不敢怠慢，着人将施岑送至西涵真观内安歇。次日，传令盘查府库，出榜安民，犒赏军士。接下来便养军练士，准备扫北。

且说兀术往万锦山千花洞拜请乌灵圣母，扶金灭宋。乌灵圣母见兀术来请她助阵，满口应承，遂带领三千鱼鳞军星夜起身，往牧羊城救应。路上遇着小番，报知牧羊城已失，兀术大惊，急忙与乌灵圣母商议退兵之策。圣母道："太子放心！待贫道去蜃华江边，摆下一个阵图，看岳雷过得过不得。"

且说岳雷大兵分作四队，一路而来。离蜃华江不到五十里时，岳雷命拣空阔处安营。随后命韩起龙、韩起凤、杨继周、董耀宗四人在左，罗鸿、吉成亮、王英、余雷四人在右，分为两翼；自领众将在中，结成三个大寨。又命张英、王彪等领军士砍伐树木，督造大筏，准备渡江，专等牛皋后队到时开兵。

几日后，金邦救兵也已到来，六国三州共有十万人马。人马齐聚后，乌灵圣母摆下一阵，名为"乌龙阵"，即让兀术下战书到宋营，约日决战。岳雷即时批："来日准战。"

次日，两边放炮出阵。兀术提斧纵骑，叫岳雷亲自出来应战。岳雷方欲上前，旁边闪过关铃，叫道："元帅请住马，待小将去擒来。"说罢举起青龙偃月刀，跑动赤兔胭脂马，劈面砍来，兀术用金雀斧一架，两个战了十余合，兀术招架不住，拨马逃回本阵，关铃拨马赶来。这时，阵内一声钟响，走出一位老道姑，骑着一匹避水犀牛，手中仗着一对截铁刀，大叫一声："南蛮，休得眼内无人，我来也！"乌灵圣母报出名号，便与关铃战到一处。关铃抵挡不住，回马败走。兀术招呼众番兵一齐掩杀，杀得宋兵大败，退走二十余里，死伤无数。

岳雷闷闷不乐，正在与众将商议，忽报牛皋等后队已到。不一时，施岑亦自道观到营。岳雷遂将昨日战败之事说了一遍。施岑道："元帅放心！待贫道明日出阵，必定擒他。"岳雷道："全仗仙师法力！"

次日，岳雷传令三军拔营而进，直至金营对面排下阵势，命牛皋出马讨战。金营内一声敲响，兀术亲自出阵。二人战了十来回合，宋营中关铃、陆文成、狄雷、严成方、樊成、牛通六员小将，各举兵器一齐上来。宗良举起乌油铁棍，斜刺里给了兀术一棍，正中其左肩，打得他差点落马。

兀术大叫一声，回马败走。众番将见兀术受伤，无心恋战。哈同文被关铃砍死，哈同武被狄雷打死，其余众将也大败逃奔。宋将一齐赶至金阵前。只听得一声钟响，乌灵圣母再次出阵，只见她把手中双刀一摆，阵内滚出三千鱼鳞军，蜂拥而来。宋将俱各回马而走。

这时候，施岑从宋阵内走出，只见他拿出一个葫芦，揭开了盖，呼的一声响，飞出一队铁嘴火鸦，起在半空，只望鱼鳞军的眼珠乱啄。不多时，那鱼鳞军便惨败。乌灵圣母认出是施岑来助阵，心中惊慌，但不肯就此认输，于是便跟施岑斗起法来。不过，她自然不是施岑对手，最后"乌龙阵"被破，乌灵圣母也现出了原形，原来也是一条不大不小的乌鱼。施道长收了她，横在犀牛背上，借着水道，霎时而去。

那一班宋将见"乌龙阵"被破，勇气十倍，奋勇杀来。众番兵番将料来不济，俱各逃奔散走。直赶至靥华江边，慌乱上船，逃回北岸。有上不及船的，被宋兵杀死无数。

兀术见"乌龙阵"被破，急忙招集败残军士逃命，不想却劈头遇到牛皋。败军之将，何以言勇？几个回合下来，兀术便被牛皋打落马下，牛皋下马骑在兀术身上，大笑道："兀术！你也有被俺擒住之日么？"兀术圆睁两眼，大吼一声："气死我也！"说罢一时怒气填胸，口中喷出鲜血不止而死。牛皋哈哈大笑，快活极了，一口气不接，竟笑死于兀术身上。

表精忠墓顶加封●
证因果大鹏归位

　　且说岳雷追杀金兵一阵后便鸣金收军。陆文龙擒得哈迷蚩来献，关铃擒得金将白眼骨都来献，伍连取得番将乌百禄首级来献。众将俱来报功。只见牛通哭上帐来，说其父亲拿住兀术，双双俱死。岳雷一悲一喜，随传令将牛皋从厚收殓，命牛通扶柩先回乡去。又命将兀术的尸身用棺木盛殓，暂葬于山风之下。又将哈迷蚩、白眼骨都斩首号令，然后具表入朝奏捷。

　　不日，张英、王彪一齐上帐来禀："船筏俱已完工，特来缴令。"岳雷下令择日渡江。几日后，岳雷引大军过了蜃华江，毫无阻挡，一路闻风瓦解，直捣黄龙。金国当即派出使者完颜锦哥到宋营请降。岳雷道："若要求和，快快将二圣送出。以后年年进贡，岁岁来朝。若稍有差讹，即起大军来征，决不轻纵。"完颜锦哥道："二圣久已归天，只有天使张九成还在。待某回去奏闻，送来便是了。"随后完颜锦哥辞了岳雷进城。

不多几日，完颜锦哥和张九成同送徽、钦二灵位，并郑皇后、邢皇后梓宫出城。岳雷同众将迎接至营中，搭厂朝祭已毕，就令张九成与完颜锦哥领兵三千，护送梓宫，往临安去了。

且说大军一路回到朱仙镇，镇上父老携男挈女，各顶香花迎接。各各赞叹道："这是岳爷爷的公子，今日平金回来，岳爷爷在九泉之下，不知怎样快活！那奸臣何苦妒贤误国，落得个子孙灭绝，还不知在地狱里如何受罪哩！"

数日后，大军已到临安，孝宗即命众大臣出城迎接。岳雷进了城中，率领众将入朝朝见。孝宗道："朕赖元帅大力，报了先帝之耻，迎得梓宫回朝，其功非小！卿且暂居赐第，候朕加封官职。"岳雷谢恩，同众将出朝候旨。

孝宗一面命工部将秦桧宅基拆卸，重新起造王府，与岳雷居住，又命于栖霞岭下，营造岳王庙宇，及诸忠臣祠宇。一面择吉安葬帝后梓宫。随后颁赐金银彩缎与完颜锦哥回金国而去。数日后，岳雷带着一众功臣一同来到大殿听封。圣旨读罢，众文武各各山呼，谢恩退朝。

次日，孝宗特旨，拜张九成为大学士，张信为镇国公。又差大臣前往云南，封李述甫为顺义王，统属各洞蛮王。封黑蛮龙为遵义将军。颁赐柴王、潞花王，金珠彩缎。各王亦遣使臣来进贡谢封。

岳夫人择日为岳霆、岳震完婚。孝宗又赐彩缎千端，黄
金千两，宫娥二对，彩女四人，金莲宝炬。好不荣耀！自此
岳氏子孙繁盛，世代簪缨不绝。不能尽述。